サイコパスに
恋をして

Sleeping with a Psychopath

著者
キャロリン・ウッズ
Carolyn Woods

訳者
下田明子
Akiko Shimoda

K&B
PUBLISHERS

著者 キャロリン・ウッズ近影

サイコパスに恋をして

Sleeping with a Psychopath
by
Carolyn Woods

Japanese translation rights arranged with
David Higham Associates Limited
through Japan UNI Agency, Inc., Tokyo

カバーイラスト KAME（亀倉秀人）

彼はあなたに狙いを定め、言葉巧みに武装を解き、態度で支配する。手練手管であなたを喜ばせる。楽しい夢を見させてくれるが、ツケはいつでもあなたに回される。彼は微笑みながらあなたをだまし、その瞳で恐怖に陥れる。そして、早晩そうなるだろうが、飽きれば彼はあなたを放り出し、無邪気な心とプライドも、みやげに根こそぎ奪っていく。残されたあなたは、悲しみこそ深まるが知恵は一向に深まらず、いったい何が起きたのか、わたしのどこが悪かったのかと、くよくよ思い悩むことになるだろう。そんなとき、再び同じような人に扉をノックされたら、あなたはその扉を開くだろうか？

ロバート・ヘア著『良心の欠如【仮題】』「鎖につながれたサイコパス【仮題】」

目次

プローグ

2013年年6月15日

打ちのめされ、身じろぎもせずに、わたしは横たわっている。指一本動かせない。体じゅうの神経がぼろぼろだ。疲れ切っているのに、目を閉じると瞼の裏にまぶしい光がちらつき、吐き気がする。だから、ただこうして横たわったまま大きく目を見開いている。息もできずに。

死にたい。真っ暗な穴に体が吸いこまれていく。頭の中ではラジオの雑音みたいな音が響き、繰り返し浮かぶ言葉が、行き場を求めてしだいに大きくなる。気が狂いそうになってやっと、言葉は叫び声となってわたしの口から飛び出す。

人でなし！

2013年6月13日、木曜日。ほんの1年半前のわたしは、教養と知性を兼ね備えた大人の女で、自信にあふれ、陽気に人づきあいを楽しみながらも、ひとり暮らしを謳歌していた。離婚と両親の死を乗り越え、新たな人生のスタートを切ったばかり。二人の娘が巣立った後の家を処分して、居心地のいいコッツウォルズの町に移り、家探しをしながら当座の住まいとしてすてきなコテージを借り、品のいい服飾雑貨店の店員という仕事に就いた。客は富裕層だから、応対する自分もそれなりの身なりを整えなければならないが、それもおしゃれのいい口実になった。なかなか新鮮な体験で、地味な製薬会社に10年間勤めていた後だからなおさらだ。

わたしはできるだけ地元の暮らしに溶けこみ、新しい友だちを作ろうとしていた。昔の友人たちは皆、思い切って〝夢の暮らし〟に飛びこんだわたしの勇気を讃えてくれる。これ以上ないほど満足で、もちろんロマンスを求める気持ちもなかった。

それなのに、ある日、一人の男性が店に入ってきたときから、わたしの人生は一変した。それまで出会った誰とも違う、ハンサムでさっそうとした彼にたちまち惹かれ、彼のほうもわたしに惹かれた。知り合ってすぐは、税金対策でスイス暮らしをしている銀行家だと称していたが、後になって秘密を誓わせてから打ち明けてくれた。銀行家はカムフラージュで、本業はスパイなんだと。

もちろん奇想天外な話だ。でも、わたしは頭から信じた。いかにもそれらしい風采や雰囲気に、この人は生身のジェームズ・ボンドに違いないと思ったのだ。そしてマークに恋し、結婚を望んだ。ワードローブには今も、高価なウェディングドレスが掛かっている。

彼との関係に苦しむ今となっては、すべてが遠い昔のことのようだ。気まぐれなライフスタイルにはもう慣れたが、それにしても、もう数か月も会っていないし、電話とメールは毎日来るとはいえ、やはり心配だ。

マークはじわじわとわたしの生活を牛耳るようになっていて、大好きだった仕事を辞めて借りているコテージからも出るようわたしを説き伏せ、彼の買った屋敷に住まわせた。二人の終の棲家である、さらに豪華な大邸宅の改装が終わるまでという約束で。わたしは世間と切り離されて、不安でふさぎこむようになり、まるで誰かに頭のてっぺんを開けられて脳みそをかき混ぜられているみたいに、頭も混乱している。自信も消え失せ、世捨て人のように孤独で惨めな思いを抱えながら、会える日を知らせるマークからの電話とメールをひたすら待ち続ける日々だった。

鏡をのぞきこむ。こちらを見つめ返してくるこの女はいったい誰？　わたしはいつだって若く見られていたのにもう見る影もなく、自分ではないような気がする。彼とつきあい始めてから、毎月一つずつ歳をとってしまったみたいだ。容姿にはかなり自信があった。いつも身ぎれいにして化粧も欠かさず、美容院は2か月に一度。だがそれももうやめた。白髪が目立ち始め、目の下にはクマができている。毎日ただいたずらにその日をやり過ごしているだけで、先がどうなるかは全くわからない。

マークがバースに300万ポンドで購入したジョージ王朝様式のタウンハウスでの孤独な暮らしを逃れて6か月が経った今は、無一文で借金の山を抱え、昔の友だちのお情けにすがって住処を転々とする日々だ。

心のどこかで考えすぎよという声がし、マークとの新生活は約束どおりうまくいく、という希望にすがりついた。もともと、生活を整えるまでに1年半はかかるだろうとマークは言ってたのだから。そしてわたしは待つと言ったのだから。でもその期間ももうすぐ終わろうとしている。この先どうすればいいのか。何度も裏切られながら、それでもマークの誠意は信じたい。希望だけが、わたしに残されたすべてだ。

午前4時22分。カーテンから曙光が射しこんでくる。一晩じゅう、一睡もできなかった。もう耐えられない。

暗がりの中で、指がベッドサイドテーブルを探った。携帯を取り上げ、文字を打ちこむ。

お願い　助けて

2時間後、ジェームズ・ミラーから返信があった。もしよければ電話をくださいと。ジェームズのことはよく知らない。マークと何やら事業をしているらしく、ぼくと連絡がつかないときに何か困ったことがあったら、ジェームズに連絡すれば安心だ、彼に訊けば何でもわかる、と以前マークに言われたことがある。

わたしはジェームズに電話をかけ、こんなに早い時間にごめんなさいと謝った。短い会話を交わしただけでは、求めていた安心は得られない。わたしは言った。「この何週間か、マークは繰り返し言ってました。あなたが迎えに来る、航空券とお金を持って、あの人のところへ連れていってくれるって。一緒に仕事をしている人なんだって。そのことで何かご存じ?」

「いいえ、残念ながら」ジェームズは言った。「何も知りません」。そして、次の言葉にわたしは愕然とした。

「キャロリン、たいへん申し訳ないが、私自身、マークのせいでさんざんな目に遭ってるんです。事業はしくじり、私の評判もがた落ちだ。どうやって抜け出せばいいのやら。彼についてはわかったことがかなりあるんです。お耳に入れたほうがいいな」

会えないか訊くと、ジェームズもそうしましょうと言った。土曜日にグロスターシャーからロンドンに出るので、そこで会ってあなたの疑問に答えますと。疑問なら山ほどある。

2日後、わたしはトウィッケナムにある学生時代の友だちの家に移っていた。午前9時。ジェームズのバイクが家の前に停まり、わたしたちは近くのトウィッケナム公園へと向かいながら、ぎこちなく会話を交わした。共に、先に待ち受けているものに怯えながら。

公園のはずれにあるアーサーのビストロは、まだ早い時間なのでガラガラだ。わたしたちはできるだけ人目につかないよう引っこんだ席を選び、コーヒーを注文した。ジェームズはスクランブルエッグも頼んだが、わたしのほうは食欲もない。よく晴れた6月の朝だというのに、氷のような寒気を感じる。さぞかしひどい様子に違いない。だが、カフェが混み始めるうちに気づいた。ほかの客は誰も変だなんて思ってない。ましてや、わたしを取り巻く世界が崩れ去ろうとしているなんて。

わたしたちは、コーヒーを片手に会話を交わすただのカップルで、はためからは、のんびりした店の雰囲気にしっくり溶けこんで見えるだろう。茶色のレザージャケットとジーンズに身を包んだわたしと、バイク用のジャケットとヘルメットを手にしたジェームズ。だがわたしはまるで自分が、〝絶望中〟とか〝自殺志願者〟と書かれたプラカードをさげているような気がした。

会話の糸口を見つけるには苦労したが、いったん話し始めたら、時が経つのも忘れるほど夢中になっていた。思いもかけない事実が次から次へと転がり出てきて、いっぺんには受け止めきれない。

彼の名前はマーク・コンウェイではない。

いったいなぜ、わたしがこんな目に？　どうしてあの人に人生を台なしにされ、死にたいと思いつめるまでになってしまったの？

そして、マーク・コンウェイでないのなら、あの人はいったい誰？

第一章　忘れがたき日

それは忘れがたい日だった。私に大きな変化をもたらしたからだ。とはいえ、これは誰の人生にも言えること。人生からある一日がなかったとしたらどうだろう。その後の進路はどのくらい変わっただろうか。読者のあなたも、いったんページをめくる手を止めて、鉄か金か、イバラか花か、何でできているかは知らないが、長い鎖の最初の環が生まれた忘れがたい一日のことを考えてみるといい。その日がなければ、あなたがその鎖に縛られることもなかっただろう。

チャールズ・ディケンズ『大いなる遺産』

２０１２年１月19日。朝のカーテンを開けたとき、続く24時間でわたしの人生がひっくり返ってしまうなどという予兆は、みじんも感じなかった。虚ろにわたしを見つめ返してくる灰色の空は、その後も一日じゅうどんよりと曇ったまま、夕刻になると鉛色のマントでコッツウォルズの小さな町テットベリーを包みこみ、やがて宵闇が訪れた。

クリスマス後で客足は途絶えていたが、店を閉めて帰宅するまでにはまだ30分ほどある。ニーナ・シモンの柔らかな歌声が流れる店内で、カウンターの後ろに腰をおろし、業務日誌をつけていた。そのとき、ベルとドアの開く音がしたので、わたしは目を上げ、遅く来たその客を迎え入れた。

「いらっしゃいませ」と笑みを浮かべた。「何かお探しですか？」

男性客が一人で来ることはめったにない。そういう客はたいてい、ジーンズかくたびれたコーデュロイのズボンに、これまたくたびれたツイードのジャケットを合わせている。このあたりのドレスコードは典型的なカントリー風で、あか抜けたカジュアルスタイルを目にすることは少なく、きちんとした服装なんて、めったにお目にかかれない。

だがこの男性のいでたちは申し分なかった。中肉中背、豊かな茶色の髪、茶色い目。顎ひげと口ひげはごく短く整えられ、肌はオリーブ色だ。ぱりっとした白いシャツにノーネクタイ、ひと目でデザイナー仕立てだとわかるスーツと眼鏡を身につけていた。どことなく大陸風の雰囲気が漂い、自信と、人を惹きつける魅力がにじみ出ている。彼はわたしの目をとらえて微笑んだ。

「ショーウィンドウに飾られてるジャケット、サイズがあるかなと思って」

「見てきますね。紳士ものは奥です。どうぞ」わたしは店の奥へ案内した。

「ふだんのサイズは？　42かしら？」

ラックに掛かっているジャケットをチェックしたが、42はない。

「ショーウィンドウのあれが最後の一着のようですね。お取りします」

「いや、わざわざそんな。ちょっと見るだけのつもりだったので」

「わざわざなんて、とんでもない。その間に店内をご覧になって。ほかにも、とってもすてきなデザインのがあるんですよ」

別のジャケットをいくつか見せた。これは裏地がカラフルでしょう。そっちのは、ボタンとボタン穴の組み合わせが変わってますけど、これがブランドの特徴なんです。彼が試着している間に、ショーウィンドウのジャケットを取りにいった。その間も会話を続けながら。

「もう何週間になるかな、毎日車でロング・ストリートを通りかかるんですよ。で、あのジャケットが目についたというわけ。これまで途中で車を降りる機会もなかったんだけど、今日はどうしても髪を切りたくてね。でも美容室の閉店は5時なんですよ。ひどいでしょう！　でもまあ、かえってよかったかも。ふだん入るような美容室じゃないから。しかしこの店はいい雰囲気ですね。ここにはどれくらい？」

「1年半ほど。紳士ものを始めたのはつい最近なんです。いかがかしら？」

　わたしはジャケットを着る彼に手を貸した。

「うん、こういうのはふだん着ないけど、かなりいいな。でもちょっとサイズが合ってない気がしませんか？　もう一つ上のサイズがあればな」

「これで大丈夫だとは思いますが、よろしければもう一つ上のサイズを取り寄せましょうか？」

「ちょっと考えます。似たようなのをあつらえてもいいし。本当に体に合うのを手に入れるには、それがいちばんですよね。ところで、お名前は？」こちらをまっすぐに見つめてくる顔には、まだ微笑みが浮かんでいる。

「キャロリンです」

「ぼくはマーク。よろしく」

　そのまま店の正面へ戻り、他愛ないおしゃべりに興じていたが、突然邪魔が入った。友だちのユーマが犬のルルを連れて入ってきたのだ。風で髪をぼさぼさに乱したユーマは長い茶色の防水コートを着て、シープスキンの帽子をかぶっている。わたしたちはよく、お似合いの漫才コンビになれるわねと冗談を言いあっていた。コンビ名は〝シャビーとシック《素朴さと品のよさ》〟。ユーマとわたしは正反対のタイプだが、だからこそ互いに惹かれあうという典型的な例だ。この店で知り合って以来、ユーマのパートナーであるアントニーとも、親しくしてもらっている。

「キャロリン、聞いて。散歩の途中、あなたが検討してたドウトンの家のそばを通りかかったの。あそこはやめたって聞いたけど、考え直すべきだと思う。掘り出し物だもの。手を加えれば価値がぐっと上がるよ。それを言いに来たの」以前、不動産屋で働いていたユーマは、この件では何かと世話を焼きたがるのだ。

「ありがとう、ユーマ。でも手を加えるとなると大仕事よね」

ユーマはちらっとマークを見て、もの問いたげな視線をこちらへ向けたが、紹介はしなかった。本音を言えば、早く出ていってくれないかしら、そうすればこの魅力的な客ともっと近づきになれるのに、と思っていた。

「わかった。じゃあもう帰るね。気が向いたら帰りに一杯やりに寄って。気を変えてみせる」

「喜んで寄るわ。でも、この件に関しては、もう決めてるから」

ユーマが出ていったので、途切れていた会話を再開した。テットベリーに引っ越してきたばかりなんです。家を買うつもりで探しているんだけど、思ったより難しくて。マークはとても話しやすく、ずっと前からの知り合いみたいな気がする。ご家族は、と訊かれ、わたしは成人した娘のラーラとエマのことを話した。テーブルに広げてあった雑誌『コッツウォルズ・ライフ』を手に取り、下の娘エマの写真を見せた。この店の宣伝用モデルになってくれたのだ。

「きれいでしょ?」

「ほんとだ」

「上の娘も同じくらい美人なんです。外見だけじゃなく中身も。わたしは恵まれてると思うわ」

「ご主人は?」

彼が三回結婚したということはもう聞いていた。

「いません」

「誰か特別な人は?」

ずいぶん突っ込んでくるのね、と一瞬答えをためらった。

「えっと……」

あなたには関係ないことよ。でも、子どもの頃から、質問されたら答えるようにしつけられていたし、嘘はつけない性分だ。

「男性との出会いなら、こっちへ来てから何人か」とわたしは言った。「でも、気持ちが傾いたのは一人だけ。残念ながら、その人もマナーに難があったのでお断りしたんです。独り身が気楽だわ」

そう言って彼を見ると、向こうもわたしを見つめていた。唇にちらっと笑みがよぎる。

「ですね」

「さあ、悪いけれど、そろそろお店を閉めなきゃ」

もともとわたしはざっくばらんな性格だが、少し喋りすぎたかなと感じていた。でも彼のほうから聞きたがったんだし、何しろ話しやすい人だから。

「出勤は毎日？」

「いいえ、週に4日。でも曜日は決まってないんです」

判で押したような毎日は好まない。時間を定めない働き方のほうが自由で、人に縛られなくてすむ。

「じゃあ、きみがいつ店にいるか、知る方法は？」

「ないと思います」

「どうすればきみに会える？」

わたしは彼を見つめた。

「さあ、どうかしら」

二人の間の緊張が高まる。

「連絡先、教えてもらえるかな？」彼は携帯を取り出して待ちかまえている。

わたしは教えた。あっさりと。連絡先を打ち終えると、彼はわたしに目を向けた。

「どうして教えてくれたの？」

「ほんと、どうしてかしら。いつもなら教えないのに」

自分でも戸惑っていた。いったいなぜ教えたんだろう？　わたしらしくない。

と、突然背後のロッカーでわたしの携帯が鳴りだした。

「念のためにね」彼はにっこりした。「うまく通じたようだ」

そしてわたしの手を取ってキスした。手が冷たいことをわたしは謝った。

「手が冷たい人は、心が温かい」そう言って、彼がわたしの視線を受け止める。そして身をひるがえして店を出ると、ガラスのドア越しに振り向いてちらりと微笑んでみせてから、暗闇に消えていった。

携帯が鳴って新しいメッセージの着信を告げる。

17時25分　ぼくに気持ちは傾いたかな？

考えるまでもなく返信した。

ほんの数センチくらいは傾いたかも……

店を閉め、ワインを一瓶とタバコを買いに行った。ふだんは吸わないが、彼から漂っていたかすかなタバコの香りに、ふと真似てみたくなったのかもしれない。すでに彼の魔法にかかっていたから。それからユーマの家へ向かった。一杯のワイン、一服のタバコを楽しみに。さっきのことを胸の内で思い返す。一人の男性が店に入ってきただけの、ごくありふれたできごとなのに、何だか特別な意味を感じる。これまでのどんな出会いとも違う気がして。

「で、店にいた人は誰なの？」

ユーマは三つの大ぶりなグラスに冷えた白ワインを注いだ。ユーマとアントニーはいつもこうして、夕方の一杯を楽しんでいる。

「知らないのよ。名前はマーク。空港で働いてるんだったかしら。ジャケットを見たいと入ってきて、そのまま話してたの」

「なんだ、そうだったの！　状況がわからなくて、なんで紹介してくれないのかなと思ってたんだ。てっきり友だちどうしだと――つまり、ずいぶん親しそうに見えたから、お邪魔なのかなって」

「たしかにお邪魔だったわよ！　これ見て」

二人に携帯のメッセージを見せた。

「気が利いた返信だね」アントニーはにやりとした。

そのとたんまたメッセージが入り、読みながらどきどきしてきた。マークは、正直に言ってほしい？と訊いてきた。ほんとは何が目当てだったのか。

17時55分　正確には、目当てだったっていうより、ちゃんとつかまえたっていうか。

まあ！　ためらわずどんどん押してくるタイプなのね。

「ねえ、見てよ」

アントニーとユーマに見せると、二人はわけ知り顔で目くばせした。

「どうやらあなたに分があるみたい」ユーマはそう言いながら、グラスをわたしのグラスに合わせて掲げた。「乾杯！」

胸が躍ったが、ここは慎重にしよう。隙を見せすぎだ。すぐ返信するのはやめておこう。だが彼はへこたれない。

19時24分　メッセージ、見た？

今度はこらえきれなかった。

ええ。つかまえた、って何のこと？

ストレートに言おう。

彼は続けて、わたしを好きになってしまったんだと告白した。少なくとも1年半は誰とも特別な関係にならないつもりだったのに、わたしが「あんまり魅力的」だから。「これは運命のいたずらだ」ですって。

19時45分　お褒めにあずかって光栄だわ。わたしも運命を信じてます。でも四度目の結婚の話をする前に、まずは飲みに行くのはどうかしら？　ちょっと性急すぎない？

あはは！　今どこだい？

わたしは放っておいた。少し気を揉ませてやろう。

20時20分　きみはぼくにぴったりだ。

あら！　こんなに積極的に迫られたことなんて一度もなかったから、悪い気はしない。彼は魅力的で褒め上手だ。でも返信はしなかった。ユーマとアントニーはまたも目くばせし、眉を上げてみせた。と、携帯が鳴り始めた。彼からだ。二人に断ってから部屋の外で電話に出る。

「マークです。さっきからきみにメールしてるんだけど。どうして返信してくれないの？」

「手が離せないんです。友だちといるから」

「そう。待たされるのには慣れていなくて。ねえ、きみが好きだ。また会いたいんだよ。すぐにでも。明日の晩は空いてる？　飲みに行こうって言ってたね。迎えに行く」

「今は話せないの。でもわたしも会いたいから、明日電話してちょうだい。詳しいことはそのときに」

「いいね。待ちきれないよ」

「それじゃ、明日」

わたしは電話を切った。体じゅうの神経が昂っている。

「で、彼は何て？」キッチンへ戻ると、ユーマが訊いた。

「また会いたいって。明日の晩、飲みに行くことにしたの。電話をくれるそうよ」

「ずいぶん急な展開ね。気をつけてよ。その人のこと、何も知らないんでしょ？」

「もちろん気をつける。ただ飲みに行くだけよ」

でも、間もなくまた来たメッセージに、わたしの心は沈んだ。「やっぱり会わないほうがいいかも」

わたしはユーマに携帯を見せた。

22時16分　今、何を着てるの？

「あれ、なんか株が下がったね。もしかして、ただの女ったらしかもよ！」

この質問はわたしも気に入らなかった。不審の念が頭をもたげ、うっかりクモの巣に触れたような不快感が広がる。わたしはそれを払いのけながら、気を引き締めなきゃと思った。返信はしないでおこう。が、1時間ほど経って帰宅した頃、またメッセージが入った。

23時9分　もしかして……メッセージ読んでない？

一晩としてはもう十分。待たせよう。何を着てるの？なんて訊かれたことが心に引っかかっていた。それでも彼のことを思わずにはいられない。これまで、よかれと思った友人たちがデートをお膳立てしてくれたこともあったし、誘ってくる男たちも何人かいた。心の中で、ダメ出しをした男たちの顔を思い浮かべてみる。そして再びマークの姿を。これまでとは全く違う。彼と目が合ったあの瞬間、あれはまさしくひとめぼれだ。
その晩は彼のことを考えてほとんど眠れず、翌日の仕事中も、昨晩のメールに返信したくてそわそわしていた。

10時14分　おはよう。メッセージは読みました。でもあの質問はないと思うわ。

さあ、どう答えるかしら。

10時55分　ああ訊いたのは、きみのスタイルが好きだからだよ。

続けて、きみが夕食に着替えたのか知りたかったんだと書いてきた。後で会うのが待ちきれないよ、とも。あの質問にそんな意図があったなんて一瞬たりとも信じなかったが、それでもその弁明は気に入った。わたしと同じように、ちゃんとした服装を好み、夕食のための着替えを重んじる人なんだ。そこに共感を覚える。

名刺を持ってきてね。任せっきりは嫌だから自分の車で行くけど、乗せてくれるという申し出はありがたく受け取ったわ。あなたのフルネームとか、いろいろ教えてもらえる？　グーグルで検索できるように。用心に越したことはないし、昨日はわたし、突然のことでどうかしてたみたい。今夜の場所と時間はどうしましょうか？　すてきな地元の店がいいわ。

ぼくもきみの姓を知らないけど、べつに気にならないよ。

そのうちわかることだし、ぼくはただきみをいいな、〝すてき〟だなと思っただけだよ、と彼は言う。そして、飲む場所はきみが決めてくれ、ぼくのお勧めは〝ヘア・アンド・ハウンズ・ホテル〟だよとも。

それにしても、用心なんて失礼だな。

そんなぶっきらぼうな言い方も、その後の「きみが過去に傷ついたことがあるからといって、ぼくからも傷つけられるとは思わないでほしい」という言葉でやわらいだ。リンクトインとツイッターにはアカウントを持っているけれど、ソーシャルメディアは嫌いだからフェイスブックだの何だのはやってない、と言う。

嬉しい。わたしと同類だわ。プライバシーを大切にし、ソーシャルメディアで全世界に向けて私生活を発信するような真似はしない。

12時33分　**あら、失礼に聞こえたならごめんなさい。そんなつもりはなかったの。これだから、メールとかチャットのやりとりは嫌なのよ。声の調子がわからないと、誤解が生じやすいのね。あなたから、何を着ているかと訊かれたときと同じ。さ、じゃあ水に流して、今夜のことに話を戻しましょう。〝ヘア・アンド・ハウンズ・ホテル〟がいいわ。何時？**

ところで、わたしもフェイスブックやツイッターはやってません。はやりの出会い系サイトみたいなのも。現実世界のほうがずっといいわ。

7時は？

じゃあその時間に。

わたしは一日じゅう興奮が抑えきれず、午後遅くなってからいちばんの親友アンにメールして、デートするのよと伝えた。返信はすぐに来た。

16時31分　で、相手は誰？　前に話してた人？

ううん、別の人。自信たっぷりで押しが強いけど、見かけ倒しということもあるわ。そのうちわかるでしょう。三回も結婚してるってことは、ちょっと遊び人なのかも。昨日店に来たばかりなのに、気づいたらなぜか連絡先を教えてたの。この手のことはずいぶんご無沙汰なのよね。幸運を祈ってて。

閉店時刻が近づき、今日はギリギリに入ってくる客がいないのがありがたかった。すぐに帰ってひと息ついてから、出かける準備をしたかったのだ。帰宅して風呂に入り、化粧をし、シンプルなショート丈の黒いツイードのシフトドレスを着た。控えめにラメが織りこまれ、ポケットにはゴールドのフリンジがあしらわれている。「シャネル」っぽくてわたしに似合うお気に入りのドレスだ。それに合わせてマットな黒タイツと、黒いスエードのパンプスをはき、ショート丈の黒いカーディガンを羽織った。お気に入りの黒のバッグと、フェイクファーのコートを着て、コーディネートは完成。出かけようとしたとき、携帯のメッセージ音がした。

18時43分　着いたよ！　時間より早く着くなんて初めてだ。(キスキス)

ここは電波があまりよくないとも書いてあったので、正面玄関を入った右手の読書室で待っててと返した。ずいぶん熱心なのね！　それに、キスのマークまで。

着いたのは20分後だった。少し離れたところに車を停め、早足でホテルに向かう。正面玄関を照らす柔らかな黄色い灯りの下に立って、マークがタバコを吸っている。彼の視線に気づき、わたしは肩の力を抜いてゆったりと笑みを浮かべ、歩み寄った。

「こんばんは」

「やあ」彼も微笑んでいる。「すてきだよ。入ろうか」

タバコを消し、ドアを開けてわたしを通してくれる。

「ここで待ってたんだ。飲み物は？」

読書室をのぞくと、暖炉のわきのテーブルにグラスが一つ置いてあった。炉床には薪が赤々と燃えている。暖かく誘うような雰囲気が、とてもロマンティックだ。

「あなたはシャンパン？」

「うん」

「じゃあ同じものを」

マークはバーへと出ていき、わたしは読書室に入って、マークが座っていたと思しき席の向かいの、火に近い大きなアームチェアに腰をおろした。部屋にはわたしたちだけだ。わたしのシャンパンを持ってマークが戻ると、ごく自然に会話が始まった。今日はどうしていたのと訊くと、ジュネーブから戻ったばかりなんだ、ひとえにきみに会うためだよ、という返事。何とも心をくすぐられる。自分は銀行家で、税金対策で国外に住んでるが、事業をやってる関係でイギリスにもしょっちゅう来ると彼は言った。会話は弾み、気づくと1時間以上が過ぎていた。彼の話がとても面白くてつい夢中になってしまった。どうやら一日20時間も働いているようだし、自家用機を操縦し、七か国語を操り、映像記憶を持っているなんて。聞けば聞くほど、いったいどんな人なのか興味が湧く。

会話の合間に、彼がこちらに視線を向けた。

「タバコは?」

「たまに」

「やっぱり! ぼくたち、ぴったりだと思った。吸わない?」

そして、ドアのほうへ目線を投げたので、コートを羽織って外へ出た。マルボロの赤。スペイン製だ。マークは二本に火をつけ、一本をよこした。タバコを受け取るとき、わたしはバッグを地面に置いたが、マークはすぐにそれを取り上げ、ドアの取っ手に掛けた。

「そんなふうにバッグを下に置いちゃいけない、絶対だ」彼は叱った。「縁起が悪いんだよ。全財産をなくすことになる」

「幸い、わたしは迷信深くないの」笑って煙を吸いこむと、ニコチンが効いてきた。若干頭がふわふわするが、一緒にタバコを吸うのは楽しかった。仲間意識というか、共犯めいた感覚が芽生える

——ちょっぴり悪さをしているような。わたしはいつだってとても〝いい子〟だったのだ。厚手の暖かいコートを着てきてよかった。外はとても寒く、わたしは身をすくめた。

「寒いわね！」

「だろう？　だからこの国には住めないんだ。気候がひどすぎる。ぼくは世界中に家があるけど、住むなら地中海がいちばんだな。ここはだめ。こんな国に住む人の気が知れないよ」

　彼にドアを開けてもらって、わたしたちは中へ戻った。マークは家族のこと、子ども時代のこと、受けた教育、結婚、お金のことなど、洗いざらい語ってくれた。常識とはかけ離れた世界だ。彼は母親が嫌いだと言った。スペイン人で、自分の子どもたちより犬と一緒に過ごすほうが好きらしい。「出産のたびに新しくプードルを飼って、愛情は全部そっちに注ぐんだ。やってられない」そう言って首を振る。

　とても裕福な家庭（部屋は一〇〇以上！）に生まれたのに、小遣いをもらったこともなく、常に働かなければならなかった。学費の一部まで自分で出したのは、父親への意趣返しみたいなものだという。学校はイートンからオックスフォードへ進んだ。

「どのカレッジ？」わたしは勢いこんで尋ねた。わたしの父と、娘の一人がオックスフォード出身なのだ。どちらかがあなたと同じカレッジだったら奇遇じゃない？

「ニュー・カレッジ」彼は答えた。「でも、学位を取ったのはそこじゃない。授業が退屈だったから、退学してロンドン《L》大学《S》経済学部《E》へ移ったんだ。そこでは首席だった」

「そう」わたしは疑いもしなかった。学歴は申し分なく、今、文字にしたこのセリフを読み返してみると、反吐が出そうな自慢話だけど、すてきなホテルの暖炉の前に座っていたあのときは、そう思えなかった。それどころか、自信に満ちた態度は気持ちがよいほど率直で、自分のことを語りながらわたしを見つめる様子も、何もかも魅力的だった。

彼の家族の話には続きがあった。兄にも、脳外科医をしている妹にもめったに会わず、ただ一人連絡を取っているのはおじさんだけだという。女性たちとの関係も同じくらい変わっていて、ごく若いときに結婚した最初の奥さんは、フィンランド人の美人モデルだったそうだ。

「美人だけど愚かでね。あまりにも知性がないから、こっちがおかしくなりそうだったよ」

二度目の結婚は、両家の利益のための政略結婚で、知性がある代わりに美しさは持ち合わせない女性とだった。家柄もコネもばっちりだったが、奥さんはカトリック組織のオプス・デイ会のメンバーで、結婚生活は、二人が本当の意味で結ばれていなかったために破綻し、しまいに彼はポルノに夢中だという理由で離婚を申し立てられたという。

「でも、どうすればよかったと思う？　それに、ポルノを見るほうが、ほかの女性たちと寝るよりはずっとましだろ」彼は言った。「時間の節約にもなるし」

その離婚訴訟を担当した判事の不倫を知ったので、それをネタに黙らせたんだ、と彼はいたずらっぽく笑った。「知は力なり、ってわけさ」

のちに彼はまた別の女性と結婚し、その連れ子が一四歳になるペドロという少年だった。夫婦としては2年前に終わったが関係は良好で、ペドロの教育費も彼が負担しているそうだ。実の父親はものすごい金持ちなのに、びた一文出さないからだ。

「かわいそうに。母親とぼくがもう一緒にいられないという理由で、あの子を見捨てるわけにはいかない。そんなの間違ってる」

「実のお子さんは？」

「いない。最初の妻との間に二人いたんだけど、あるとき一人が病気になってね。ＤＮＡ鑑定を受けたらぼくの子じゃないとわかった。それから一切、連絡していない」

なんて波乱万丈な人生だろう。家族の財産に頼らず自力で人生を切り拓いてきたことは尊敬に値するが、うらやむ気にはなれない。わたしには固い絆で結ばれた家族がいてよかったと心から思った。家族はわたしのすべてなのだ。

マークは自分の暮らしぶりを話し続けている。世界各地にある豪邸、最高のレストランに入ればたちまち用意されるテーブル、高価なものに囲まれる生活。彼は〝最高〟のものだけを好み、また手に入れるだけのお金があった。それから彼は、有名人の知り合いを次々に挙げて自慢を始め、さすがのわたしもそれに気づいて遮ったのを覚えている。

「あなたのお金に興味はないのよ」

「もちろん、それはわかってる」

「それにしても非凡な人生なのね」

「そのとおり。非凡な人生さ。映画みたいだけど、そんな脚本を書こうとは誰も思わない……でも、言っておかなきゃならないことがある」彼はテーブルから身を乗り出し、打ち明けた。「ぼくはふつうじゃない」

たしかに。でも「ふつうじゃない」のは決して悪いことじゃない。そもそも、わたしのかよった大学のモットーは「人と違うことをせよ」だったから。自分で考え、人に追従するなという意味のその言葉が気に入っていたし、自分の気性にも合っている。マークには独特の雰囲気とカリスマ性があって、見た目も魅力的だし、知性も高い。わたしは知的な人に弱いのだ。彼の発散するエネルギーも刺激的だった。自由に恋愛できる身になってからわたしに近づいてきた男たちとは、まるっきり違う。何しろその中には、食事中も心臓の持病について長々と喋る人までいたんだから。胸が高まるとは言いがたい体験だ。マークは全然違う。

当時、わたしは自立した毎日を楽しんではいたが、深い孤独も感じていた。独身女性は人の輪に入れてもらいにくい。人生の大きな転機を乗り越え、すべては予想以上に順風満帆だと思っていた。もうすぐ自分の家を持てるだろうし、貯蓄も十分で将来は安泰。唯一欠けていたのがパートナー、つまり恋人だ。再婚は望んでいなかったし、誰かと一緒に暮らす気もなかったが、男の人がいれば、人生はもっと豊かで楽しくなるだろう。マークの条件はとてもいい。傲慢なところも自信の表れと思えば魅力的だ。もう昔ながらの関係はいらないし、彼ならそれとは全く異なる、わたしの人生に欠けていたものを与えてくれる気がする。刺激だ。

急に話が変わった。マークは今夜会ったときからずっとわたしに注いでいた意味ありげな視線を、またこちらに向けている。

「じつはね、ぼくは会った人の性格をすぐに見抜けるんだ。本のように人を読める。相手が自分でも気づかなかったことまでね。人ってわかりやすいものだよ。たとえばきみ。すごく魅力的で知的な女性だ。性格もいいし、品もある本物のレディだ。でも、きみには違う面もあるんじゃないかな。内に秘めた欲望が。違う?」

あまりに度を越してるとは思ったが、不思議と反感は覚えず、むしろ、そんな真正面からのアプローチに愉快になったくらいだ。だから笑って首を振った。

「あなたったら、ずいぶん大胆ね」

「じゃあ否定しないんだ。ほらね、ぼくは人の心が読める。それはそうと、きみはいくつ?」

「五四」

人には一〇歳くらい若く見られるが、年齢でサバをよんだことはない。

「あなたは？」

「当ててみてくれ」

「うーん」人の年齢を当てるのは情けないほど苦手なのだ。わたしより若いのは確かだけど。

「四七？」

「四六」

「へえ」わたしは彼を見つめた。「じつはわたし、これまで年下の人とつきあうなんて考えられなかったの」

「なぜ？」彼はいたずらっぽく微笑んだ。

「自分が歳取った気がするから、かしら」

「そんなことない。むしろ若くなった気がするんじゃないかな。ぼくは年上が好きなんだ。これまでつきあった女性はみんな年上だった。若い女は退屈だ。会話は空っぽ、おどおどして人生経験も浅い」

時間はまたたく間に過ぎてしまい、そろそろ帰る時刻だ。マークは空港まで戻り、スイスに飛ぶことになっていたが、バースにも家があるから翌日には戻ると言った。こんな人に会ったのは初めて。頭がくらくらする。

「車まで送るよ」

「どんな車に乗ってるか、ばれちゃうわね！」

大邸宅やらプライベートジェットやらスポーツカーやらの話をさんざん聞かされた後だったから、わたしの車を見て彼がどう思うのか気になった。

「もうばれてるよ。入ってくるのを見てたから」

わたしの10年もののフォードKAの前で足を止めると、突然(今になっても、なぜ彼があんなことをしたのかわからないが)、彼は片手でわたしのドレスをめくり、もう片方の手で脱がそうとした。

「やめて!」

「だって、きみが欲しいんだ。きみだってそうだろ?」

「今は嫌」

「嫌じゃない。自分でもわかってるはずだ」

「やめてってば!」

言葉は本気だったが、わたしは笑っていた。後になって誰かに、それはセクハラだと言われたが、そのときはそう思わなかったし、彼もすぐにやめた。身を離して車に乗りこむと、彼がドアの内側、座席の下に腰をおろした。

「そんなところに座らないで。スーツが汚れちゃう」

「かまわない。またきみに会いたいな。すぐにでも」

「わたしも」

彼はぐっと近づき、わたしの目をしっかりとらえた。

「ぼくが本当は何者か、わかる?」

「スパイかしら」わたしはささやき返した。

「また電話するよ」

彼は立ち上がってドアを閉め、わたしが車を出して去るまで見送っていた。帰るとすぐ、わたしはユーマにメールした。

ねえ聞いて! 彼のこと、本気で好きになっちゃった。すごい冒険の幕開けよ。

第二章　早業の男

人間は平穏無事をもって満足すべし、というのは無意味だ。人間は行動を起こさなければならない。行動の目標が見つからなければ、自分で作ればよい。

シャーロット・ブロンテ『ジェイン・エア』

翌朝は早く起きた。ほとんど一睡もできなかったのに全く疲れは感じず、それどころか活気に満ちあふれている。携帯にはアンと店のオーナーのケリーからのメッセージが入っていた。ゆうべの顛末を、早く二人に話したくてたまらない。

気分が昂って、どうにも落ち着かない。その日は仕事が休みだったので、気を紛らわすために家を掃除し、心を鎮めることにした。エネルギーがあり余っていたので、まるでつむじ風みたいにコテージの隅から隅まで駆け回りながら、シーツを替え、洗濯ものを集め、掃除機をかけ、そこらじゅうを拭いたり磨いたりし、クッションを叩いて膨らませ、すべてをあるべきところに片づけた。家じゅうがピカピカになったのでコーヒーを淹れ、座って本を読み始めた。だが集中できず、同じところを何度読んでも頭に入ってこない。だめだ。とうとうあきらめて、携帯を手に取った。冷静でいるべきなのはわかっていたが、すごいことが起きそうな予感に、居ても立ってもいられない。

12時0分　よく眠れた？　わたしは全然。昨日のあなたのセリフに思い出し笑いをしてたわ。あなたって、ほんとに率直で面白い人ね。そういうところも含めて好きだわ。じゃあね《アビエント》。また会いましょう《アスタ・ラ・ビスタ》。イタリア語の響きっていいわね《ミ・ピアーチェ・クアンド・パルリ・イタリアーノ》。

〝送信〟を押して返事を待つ。ずいぶん経ったように感じた頃にメッセージが届いた。

愛してるよ《ティ・アーモ》

きみと愛し合いたい。

朝の5時に寝て、今起きたところなんだ

気が散って何も手につかないの。いつ会える？

ぼくもだ。5時頃電話する。

そんな時間まで話ができないなんて。何年も先じゃないの。何か気晴らしをしなくちゃ。そう思ってユーマを散歩に誘った。新鮮な空気を吸って体を動かせば気分もすっきりするだろうし、誰かと一緒にいたかったからだ。2時間ほどの散歩の間も、いつもなら電源を切ったままか、家に置きっぱなしのこともある携帯に、絶えず耳をすましていた。5時になった。5時半。6時。もしかしたら、電話は来ないのかも。でも必ず来るという確信があった。6時40分、メッセージが入った。

1時間だけ空いたよ！　どこへ行けばいい？

え？　どこにいるのかしら？

どういうことかわからないわ。1時間じゃ、バースとここの往復は無理よ。

うん、でももうM４に乗るところなんだ。

慌ただしく愛し合うなんてできない。ううん、できるけどしたくない。わかる？

わかるよ。でもキスくらいできるだろ。ぼくとキスしたくない？

したい。

どこへ向かえばいい？

断るなんて無理だ。わたしは住所を告げた。

了解。20分後に。

わたしは慌てふためいた。午後は散歩に出ていたので、ジーンズも含め、着ているのは全部くたびれた服で、髪も体も洗っていない。あまりだらしなく思われたくはないが、会うことになるとは思っていなかったから身づくろいする時間もない。彼の前ではきれいでいたいと思う一方、シャワーも浴びず、着心地はいいけどそそられない散歩用の下着をつけていれば、服を脱ぎたいという衝動に駆られずにすむかも、とも思った。ゆうべ言われたことは正しかった。彼が欲しくてたまらない。

間もなく車が砂利を踏む音がした。彼の姿を見て、喜びで胸が膨らむ。入ってくるなり、彼はわたしにキスし始め、わたしたちはソファへと移った。どうしようもなく彼に惹きつけられ、体じゅうの神経が今にもはじけ飛びそうだ。

「こういうの、好き?」彼がささやいた。

「ん、好き」わたしもささやき返す。

彼はパッと跳ね起き、またたく間に服をすべて脱ぎ去った。そういえば〝特殊部隊〟上がりだって言ってたっけ。目の前で一糸まとわぬ姿になった彼は、準備万端整って鋼のような筋肉を見せつけてくる。いい眺めだけれど、今ここで、これ以上進むなんて論外だ。

「ちょっと何してるの? やめて! すぐ服を着て。今すぐ!」強い口調で言ったが、彼はかまわずわたしの隣に腰をおろし、またキスを始めた。

「ねえ、きみだって同じくらいぼくが欲しいくせに。いいだろ」

「あなたと寝るつもりはないわ。だめよ!」

でもわたしは笑っていた。まったくおかしな人。それに本音を言えば、そのストレートで、障害をものともしない迫り方は悪くない。

「きみと愛し合いたくてたまらないんだ。なんで時間を無駄にしなきゃならない？　二人ともそれを望んでるのに。こんなに相性がいいカップルなんて、めったにいないよ。ひと目見たとたん、きみはぼくにぴったりだってわかったんだ。ねえ、いいだろう？　きみだって同じだよね？」

彼はもう私のジーンズのボタンをはずし、ジッパーをおろしていた。ジーンズはきつくて脱がせにくかったが、わたしは抵抗らしい抵抗もしなかった。何がなんだかわからないうちに、気づけばわたしも裸になっている。彼はわたしをうつぶせにするとしっかり抱きかかえ、ぴしゃりと叩いて深く突き入れた。

「叩かないで。そんなの嫌」わたしは言った。

彼は黙ってわたしをあおむけにし、再び深く突いた。

これじゃ落ち着かない。「二階へ行きましょ」彼の目をのぞきこみながらそっと言った。わたしはプライバシーを守りたいタイプだ。ドライブウェイに面した小さな窓を通して、石段から誰かにのぞかれるかも、と思うと気が気じゃなかった。「お願い」

そして彼の手を取り、すばやく二階に上がってベッドに倒れこむと、彼はいっときも無駄にせずに、またわたしを求めた。今度は私も安心して体を開いた。すごくいい気持ち。それにすごく幸せで、胸が弾む。なのに突然、彼は動きを止めてわたしの中から引き抜いた。そしてわたしの目をのぞきこむ。

「ああ、どうしよう！　まるで悪夢だ！」

「どうしたの？」

悪夢って？

「きみに恋してしまった。一大事だよ！」

そして再びわたしの中に入った。情熱的に、でも優しく動きながらキスをし、顔を包んで目をのぞきこむ。

「どうしたらいいんだ」彼はつぶやいた。「こんなのまともじゃない。これまで、本当に人を愛したことも愛されたこともないのに」

わたしは彼の髪をもてあそびながら思った。ああ、なんて幸せなの。

「愛し合い方も知らないし」と彼はつけ加えた。

それはどうかしら。「ううん、知ってるでしょ」わたしは微笑みながら彼の髪をなでた。本心だった。

その後、わたしたちはくたびれ果てて横になり、とりとめもなく会話を交わした。彼が急に身を起こす。

「最後にセックスしたのはいつ？」

「秘密。想像に任せるわ」わたしははぐらかし、すぐに訊き返した。「で、あなたは？」

「2年ぶり」

「何ですって？　冗談でしょう？」

心からの驚きだった。こんなにエネルギッシュで精力旺盛に見える人が。

「事実だよ。ぼくは好みがうるさいんだ。でも、一日三回はイカないと、調子が出ない」

「えっ？」

「ほんとだよ。一日三回。だから、マスタベーションの達人になった」

「あなたったら！　つきあい始めたら、わたしだけで足りる？」

「もちろんさ！」ほかの人のことなんて考えただけでも吐き気を催すと言わんばかりに顔をしかめ

たのが嬉しい。彼はわたしの手を取った。

「この指輪、誰にもらったの？」右手の薬指にはめた一粒ダイヤの指輪を見つめる。

「母の婚約指輪。いつもつけているの」

「ほかの男からもらった指輪をつけてほしくないんだ。それだけ」

「じゃあ、あなたのは？」彼のほうも、右手の薬指に指輪をしている。

「祖母からもらったんだ。おばあちゃん子だったから」

リラックスムードのなか、マークはたんすの引き出しからカメラを取り出した。わたしは写真が趣味で、散歩に出かけてはあちこち撮っている。彼が写真を撮り始めた。

「よして！」抗ったが、彼はやめない。

ふざけ合い、笑い転げている間も、彼はシャッターを切り続けた。

あっという間に彼が出ていく時間になった。ずっといてほしい。二人でごろごろし、喋ったり抱き合ったりしながら一晩じゅう一緒にいたい。でもそれはかなわないのだ。

「ごめん。ペドロが一緒なんだ。ペドロのことは話したよね？　前妻の息子の。あの子が目を覚ますときにはそばにいてやらないと」

「今は誰が世話を？」

「子守さ。子守のところで降ろして、まっすぐここへ来た。どうしてもきみに会いたくて。またすぐに会おう」彼はベッドを出て下へおり、脱ぎ捨ててあった服を、脱いだときと同じくらい手早く身につけると、わたしにキスして出ていった。

その姿が消えるか消えないかのうちに、メッセージが届いた。

もうきみが恋しい

わたしもすぐさま返した。

わたしもよ。寂しいわ！

ひとり暮らしを始めてから寂しいなんて思ったことは一度もなかったから、我ながら驚いた。ベッドの中で何度も考えた結果、これまで寂しいと思わなかったのは、心から一緒にいたいと思う人がいなかったからだと気づいた。でもマークとは、心から一緒にいたい。なのに彼は出ていき、わたしは寂しさをかみしめているのだ。なじみのない感覚、なじみたいとも思わない感覚だった。

すべてを知った今になって、あのめくるめくような出会いを思い返すと、マークのふるまいの意味がよくわかる。彼は間違いなくサイコパスだ。

サイコパスは人から奪うだけで、良心や愛情、同情、罪の意識、後悔といった感情を持たない。マークも、本当に人を愛したことも愛されたこともないと言っていた。人に心を寄せることがなく、ただ自分の喜びを満たすためにのみ魅力を振りまき、冷たい心で他人を操り、利用するのだ。話題が豊富で話もうまい。自信にあふれ、おおらかで人前でも堂々としていて、相手をたやすく籠絡してしまう。マークはこうした特徴をすべて備えていた。出会ったばかりの頃のことで今でも鮮明に覚えているのは、人の目をしっかり見て話すしぐさだ。てっきり真実を語っているしるしだとばかり思っていたが、当時はまだ、相手をすっかり信頼させてしまう〝サイコパスの凝視〟というのを知らなかったからだ。最初の頃のメールを読み返すと、彼がどんなふうにわたしをおだて、自分の「正直さ」を強調していたかがわかる。もう一つわかるのは、わたしが当初から無意識に危険を察知していたことだ。彼に「任せっきりは嫌だ」と言い、友だちに「見せかけだけ……遊び人」と漏らしていた。なのに最初のデートで、ポルノを見ていたと打ち明けられても、距離を置こうとはしなかった。ふつうなら興ざめしそうなものなのに、その率直さが新鮮に映り、危険なオーラに惹かれた。なんといっても、まじめな女の子はいつだって、不良少年に弱いからだ。

人間は、ちょっとした会話から、多くのことをうっかり漏らしてしまうものだ。とりわけ、じっとこちらを監視し、情報を引き出そうと反応を探ってくる相手には。あの最初の三回で、マークはどうすればわたしの心を動かせるか見抜き、わたしの望む姿に自分を合わせていたのだ。その上、いいようにわたしをからかって、「愛し合い方も知らない」なんて言ったりした。サイコパスは、人の心を操るのがとびきりうまい。人の心が本みたいに読め、本人さえ気づかないことを見抜けると大胆に言ってのけ、かと思えば、「知は力なり」という偉そうなセリフを吐き、厚かましくも「ぼくはふつうじゃない」と告白した。あの最初のデートでわたしが車で走り去った後、彼はしてやったりとほくそ笑んだに違いない！

むろんわたしも、身を守るためにあらゆる手を尽くしてはいた。乗せていくよという誘いは断ったし、グーグル検索できるよう名刺をちょうだいとも言った。すると、ぼくを信頼してくれないなんて失礼だ、と返されたので、わたしは罪の意識を覚えてしまい（話のすり替えや狡猾な攻撃も、サイコパスの手管の一つだ）、何日も経つまで彼の苗字さえ知らないことに気づかなかった。彼みたいに巧妙な策士にかかっては、わたしなんてひとたまりもない。それに、しつこく身元がわかるものを見せてとせがめば、彼は何か用意したはずだ。スパイだとわたしに思わせる種を、あれほど入念に仕込んでいたんだから。自家用ジェットを持っているとか、七か国語を操れるとか、映像記憶を持ってるとか。

マークとの関係を振り返ると、人がどれほどたやすく他人の信頼を得られるかがよくわかる。ほんのわずかなヒントを与えるだけで、その人が見たいと思う絵を、あるいはその人に見せたいと思う絵を描かせられるのだ。わたしは正直であるよう、そして人の良い面を見るようにと育てられ、50年以上、それで何事もなく暮らしてきた。そんな人間が、人生すべてを嘘で塗り固めている人に太刀打ちできるはずがない。わたしは自分と違う世界の人と知り合うのが怖くてインターネットのデートもしなかったのに、「現実世界」の出会いでこれほど簡単にだまされてしまうなんて、思ってもみなかった。

自分では気づかなかったが、後から思えば、わたしはあのとき精神的に不安定だったのかもしれない。新しい土地に引っ越し、新しい生活を始めて、突然の大きな自由を手に入れたばかりだった。日々の家族の世話から解放され、町の牧歌的な雰囲気に根拠のない安心感を覚え、大きな決断をしたことで自信とプライドを感じてもいた。なじみのある土地を離れたひとり暮らしに解放感でいっぱいになっていたわたしは、マークが店に入ってきたとき、ちょっぴり思い切った冒険をしてみたかったのだ。少しくらい奔放になってみてもいいじゃない、と。

第三章　恋に落ちて

だが、悩みは快適な場所へもやってくる。悩みは駆け巡り、悩みは扉を叩く。はびこっている場所から休暇を取って、別の場所を訪れることさえある……始まりは、よくあることだが、恋からだった。

ジョン・アーヴィング『サイダーハウス・ルール』

初めてテットベリーを訪れたとき、こういう場所では悪いことなんて起こりっこない、と思ったのを覚えている。ここなら絶対安心、そう思ったから住もうと決めたのだ。でも今ならわかる。安心だと思ったとき、人は警戒心を解いていちばん脆い状態になるのだ。

マークとの初デートに続く数週間は嵐さながらに、息つく暇もなかった。デートの数日後にはコッツウォルズ空港に連れていかれ、飛行機のコレクションを見せてもらった。わたしは目を疑った。格納庫の中にはざっと二〇機以上も並んでいる。飛行機には疎いわたしの目にも、その眺めは壮観だった。途中、二人用のコックピットの屋根を開けた、かわいらしい年代物のシルバーの飛行機に目を奪われた。ほかにＤＣ３やスピットファイアもある。

「スピットファイア修復のビジネスを立ち上げようとしてるんだ」マークが説明してくれた。「スピットファイアといえば、イギリスを代表する航空機だ。ちょっとこれ見て。きれいだろ？　スピットファイアが嫌いな人なんていない。だから、価値はどんどん上がってるんだ。きみもよかったら投資してみたら。不動産購入よりずっといいよ」

「投資のことは不動産くらいしかわからないのよ」わたしは答えた。「少なくとも頭の上の屋根は確保できるし、家は必需品だもの。どっちみち、スピッツファイアのことなんて何も知らないのよ。でもそうね、いつか操縦を教えてもらうのもいいかも」知り合ってたった4日なのに、こんなに幸せでいいのかしら。つきあい始めのカップルはみんなそうだが、わたしたちはくだらない睦言を交わしあった。

2012年1月23日
10時24分　会いたくておかしくなりそう。あなたのせいよ。わたしの世界は一変したわ。
ぼくだって。
このドキドキする音、聞こえるかしら。早く夜になってあなたに会えたらいいのに。もう、じれったくてしかたないわ！

その晩、マークがコテージにやってきた。彼と一緒だと、しんからくつろぎ、幸せな気持ちになる。わたしたちは愛を交わし、長々と語り合い、出会えた奇跡を喜びあった。

するとと彼が跳ね起き、わたしの服をまとめて放ってよこした。

「着るんだ、ベイビー。ドライブに行こう。ほら、早く」

わたしたちはじゃれ合いながら服を着て下へおり、1月の冷たい夜へと飛び出した。

「きみが運転して」そう言って、車のキーを投げてよこす。

彼の指示に従って六キロあまり離れたカルカートンを目指し、空き家になっている農家の電動ゲートで車を停めた。ヘッドライトに照らされて家の名が浮かび上がる――ウェストエンド・ファーム。

「ポールがぼくたちの住む家を探してくれてたんだ。ポールは、いずれ会わせるけど、ぼくの部下だよ。いい家を見つけるのはなかなか大変で」

わたしの口はあんぐり開いたままだ。

「だけど、ここはちょっと見せたかったんだよ。家の中は無理だけど、ゲートを通って庭には入れるから、窓からのぞける。ぼくは、国じゅうどこの家でも、セキュリティコードが手に入るんだ」

「えっ？」わたしは耳を疑った。

「なんて顔をしてるんだ？　一緒に住もうよ。嫌だなんて言わせない。きみもぼくもそれを望んでるのに、時間を無駄にするなんてナンセンスだろ」

頭がくらくらし、マークの強い口調に圧倒されていた。それに彼、さっき何て言ったっけ——どこのセキュリティコードも手に入る？　クローゼットを抜けて別世界に迷いこんだのかしら。

「ここで待ってて」マークは車を飛び降り、セキュリティのキーパッドに向かう。携帯で誰かとコードを確認しているらしい。番号を打ちこむと、ゲートが開いた。

「さあ、入って！」

わたしは前庭に乗り入れて車を停め、マークにドアを開けてもらって降りた。

「どう？　さっき言ったように、今すぐ入ることはできないけど、まわりを歩いてみようよ。ぼくとしてはもう少し大きいほうがいいけど、きみは気に入るんじゃないかと思って。まわりに何もないところが好きそうだし。ここなら当座住むのには便利で、飛行場にも近い。しばらくは、飛行場を頻繁に使うことになるから……正直言うとね、きみの狭いコテージで会うのはあまり好きじゃない。今後のために、二人の場所が必要だ」

「あら、わたしはあのコテージが気に入ってるわ。安らげる家だもの。もちろんここもいいけど、ただ、ちょっと話が急すぎやしない？」

「ダーリン、ぼくたちは離れられないんだよ。こうすれば一緒にいられるのは、きみだってわかるだろう。無駄な抵抗はやめて」

「ライトムーブの不動産サイトで中を見てから、感想を伝えるわね」

「うん、愛してるよ」マークはキスしながら言った。

「わたしも」

「さあ行こう、時間だ。もう戻らなきゃ」

今度はマークが運転席に座り、猛スピードでコテージまで戻ってわたしを降ろした。小さくなっていく車のライトを見送る。これから長いドライブになるのだろう。家に入るとわたしはすぐパソコンを開き、ウェストエンド・ファームの内部を眺めた。すてき。ここにマークと住むのも、すてき。新たな冒険の始まりだ。不動産屋がわたしの知っているところだと気づいてひとり笑いし、マークにメールした。

21時23分　家の写真を見たわ。すごくよかった。不動産屋も知ってるし。あそこに住むことを考えると愉快になっちゃう。あの不動産屋ったら、自分の家を持つには収入が足りませんなんてわたしに言ったのよ。ぶらっと立ち寄って鍵をちょうだいと言ったら、どんな顔をするかしら！　あなたってほんとすてき。でも恐ろしく危険なひとね。

翌朝、マークから、アシスタントのポールをアウディの販売店に行かせ、すぐにわたし用のA５を買う手続きを取らせているというメールが来た。わたしがフォードKAを運転しているのを、マークは心配していた。事故が起きたらと思うと居ても立ってもいられないと言って。

えっ？　嘘でしょ！　そこまでしてくれなくたって。でも嬉しいわ。現実じゃないみたい。運転のしかたを習わなきゃね（笑）

その晩帰宅すると、アウディのカタログが郵便受けからはみ出していた。翌日、マークが8時頃寄るよとメールをよこした。待ちきれない。話したいことが山のようにあるのだ。

8時ね。楽しみにしてる。この前はわたし、びっくりしすぎてちゃんと喋れなかったわ。あなたにも同じ思いを味わわせてあげたい。今夜は、わたしが喋ってあなたが聴く番よ。お互いうまくできるかしらね！


だが着いたとき、マークはとても動揺していた。ソファに座って髪をかきあげてばかりいるし、額には深いしわが刻まれている。

「くそっ、ひどい日だった。コーヒーを淹れてくれる？　それと、タバコも」

コテージでは吸わないでと言ってあったが、今日は大目に見てあげよう。

「何があったの？」

「仕事のストレスだよ。ひどい連中なんだ！」

「あらあら、どうしたっていうの？」

ＭＩ6で働いているというわたしの読みは当たっていた。スイスの銀行に勤めているのは本当だが、カムフラージュだという。ここへきて、わたしとの関係のせいで面倒なことになっているらしい。

「本気の交際はご法度でね。上の連中はすべてお見通しで、きみに関する分厚いファイルを渡されて読めって言われたんだ。そんなのは嫌だと断ったけど。ちくしょう、こんな暮らしはもううんざりだ。初めはよかったんだけどね。きっと長くやりすぎたんだ。上のやつらは任務を解いてはくれないし、ぼくたちを引き裂こうとありとあらゆる手を使ってくる。それも仕事のうちなんだとさ。まったく！」

彼は、出会った日の話を繰り返した。1年半経つまで、ふつうの関係は結べない。

「初めて会った日は――あれからまだ1週間足らずか!――ただ一緒に楽しく過ごせればと思っただけなんだ。お互いそうだっただろ? だけど、きみに恋してしまった。あっという間に。そばにいてくれるかな? 険しい道のりになるから、きみの支えを信じなきゃくじけてしまう。これからは試練だ。でも切り抜けた先の未来予想図を描いてほしいんだ。きっとうまくいくって約束するから。きみのためなら何でもする。でも、このことは誰にも言わないで。いいかい? やつらはあの手この手で邪魔してくるだろうし、ほかの人を巻きこむわけにはいかないからね」

「1年半待つって言ったはずよ。約束は守るわ」

「そうだね。きみのそういうところが好きなんだ。強くて頼りがいがある。ありがたいよ! それともうひとつ、いいかい。ペドロに会わせるのは慎重にしたいんだ。家庭環境が落ち着かないうえに父親が恋人をとっかえひっかえするせいで、不安定になる子は多い。子どもに罪はないのにね。ペドロは実の子じゃないけど、ぼくの人生にきみが入ってくれば少なからず影響はある。できるだけうまくやりたいんだ」

そんなふうにペドロを気にかけるなんて、なんて優しい人だろう。しかも、彼の言葉は、かねてからのわたしの考えとも合う。子どもに何が必要か気を配ってやるのは、とても大切だ。こんなふうに、マークと同じ道徳観、同じ価値観を持っているのが嬉しかった。

マークの電話が鳴った。空港へ送るために外の車で待機しているポールからだ。彼との時間はあまりに短く、わたしはもっといてほしいと願った。

「気持ちはわかるよ。でも最後はきっとうまくいくから。未来予想図を忘れないで」

その晩遅く、横たわって眠りにつこうというときになって、何度も切りだそうとしたのにまだマークの名刺ももらっていないことに気づいた。苗字さえあやふやだ。コンウェイだったかしら。そろそろはっきり訊こう。

2012年1月27日
0時24分　ねえ、あなたの苗字は？　コンウェイだったっけ？　いずれ家族が知りたがるだろうし、知らないなんて言えないでしょ。愛してる。あなたが恋しいわ。

返信はなかった。

翌日マークはほんのちょっとだけ店に立ち寄り、世界経済フォーラムに出席するためダボスに向かわねばならないと告げた。

「仕事なんだ、ごめん。しばらくはこんな調子だろうけど、埋め合わせはする」

彼が立ち去ってすぐ、メールの着信音がした。

きみはほんとにきれいだ。

彼への愛を胸いっぱいに感じながら、わたしは返信した。

ほんとに幸運だわ。世界中に星の数ほどあるなかで、あなたがこの店を、しかもわたしがいる日を選んだなんて！　今でも信じられない。

（笑）

すぐさま返信が来た。

2012年1月28日
0時10分　ねえ、娘があなたの苗字を教えてって。メールだから助かったけど。当然の質問よね。もし答えられないなら理由を教えて。

0時39分　ごめん、この前は眠っちゃって返事してなかったね。コンウェイだ。

それから、きみの苗字は？　べつにどうでもいいけどね、と続けた。

やっぱりコンウェイよね。わたしだってどうでもいいと思うけど、家族に必要以上に詮索されたくないし、あなたを疑いの目で見てほしくないの。もちろん興味は示すでしょうけど。なんせここ何年かで、わたしが惹かれた初めての男性なんだから。わたしにとって家族は、とりわけ娘たちは、すごく大事な存在なの。弟と義妹には今晩会うことになっているわ。スキーから戻ったばかりなのよ。いつ弟たちに会ってくれる？

またしてもマークからのメールは途絶え、その日の閉店間際になってようやく返信が来た。ダボスから戻ったよ。ぼくにちょうど合うサイズのジャケットがあったら、試着できるよう持ち帰っておいてくれないか。わたしのところに立ち寄るけど、長くはいられないそうだ。

その晩遅くにドアを開けると、彼は一人ではなかった。二歳くらいの女の子が一緒だ。ブロンドをカールさせ、見るからに高そうな服を着ている。マークはわたしにキスして抱きしめた。そして、ソファで眠っている年寄り猫のところへまっすぐ飛んでいった女の子のほうを見やった。

「ビアンカだ。ぼくの行くところどこへでもついてくる」

「誰なの？　あなたの子？」

「いや、姪だ。でも養女にしようと思ってる」

「どうして？」

「話せば長いんだ。母親の育児放棄さ。虐待された相手との子なんだ。ぼくには子どもがいないし、あの子を心から愛してる。いずれにしろ、いつか母親の気が変わって、あの子を返してくれと言ってくれば返すけど」

「いくつなの?」

「二歳半」

彼はビアンカのそばに膝をつき、スペイン語で優しく話しかけた。心温まる光景だ。幼い子を優しくかわいがる彼。なんて姪思いなのかしら! これを見たら、どんな女性の心もとろけてしまう。

「ジャケットを着てみる?」わたしは尋ねた。

「もちろん」

彼はわたしが差し出したジャケットを着た。

「完璧だ! いや、いつも着ているのとは違うけど、これはこれでいい。もらうよ」

そしてポケットから札束を出して数え始めた。300ポンド――35ポンド足りない。

「ごめん、持ち合わせはこれだけなんだ」

「大丈夫。立て替えておくから後で返して」

「ありがとう。愛してるよ」

「わたしもよ」

彼はもう帰らねばならないと言った。ウェーブリッジへ行くんだ。ビアンカとペドロと、ぼくのおじさんと幸せな家族を演じるためにね。わたしも外出したが、一晩じゅうマークのことを考えて上の空だった。弟夫婦に別れを告げている最中にメッセージの音が聞こえ、心臓が飛び跳ねた。


22時15分　会いたい。

来て。わたしも帰る途中なの。

(笑) ウェーブリッジに着いたところなんだ。これから夕食をとって寝るよ。

そう、ごゆっくり。

（笑）明日会おう。ビアンカは猫が気に入ったそうだよ。

わたしはまたあの女の子のことと、マークがどんなに優しくあの子に接していたかを思い出した。彼みたいな男性は自分の子が欲しいに決まっている。わたしには決してあげられないものだけれど。

次の晩、わたしは家でマークがやってくるのを待ちわびていた。時間のこととなると彼は全く当てにならず、いつも時間に遅れるんだとあらかじめ断りを入れられていた。ふつうなら遅刻はマナー違反の最たるものだが、慣れるしかない。それでも、夜が更けるにつれていらだちが募ってきた。時が過ぎ、耐えられなくなってコテージを歩き回り、ついに彼にメールを送った。

20時44分　いつ来るの？

たっぷり20分も待たされた後、ようやく返信があった。

21時3分　これからも、きっと何度も約束を破ってしまうことになる。

でも、お願いだから嫌いにならないでくれ。

彼は続けて、悪夢のような一日だったのだと弁解し始めた。7時にはペドロを送り届け、8時にきみのところに行けるはずだったんだけど。すぐ電話するよ。

何年も経ったかと思う頃に電話が来たが、わたしはすっかり腹を立て、待たされるのにうんざりしていた。

「だけど、来られないって電話くらいできたでしょう？　ほんとにいらいらする。時間を無駄にされるほど嫌なことはないの」

それに、35ポンドを返してもらっていないことも気にかかっていた。お金には無頓着なほうだが、昔、いつもお金に困っている人とつきあってすごく嫌な思いをしたことがあるから、マークが返すべきお金を返してくれないのが頭にきていたのだ。

「それに、あなたにお金を貸してたわよね」わたしは言った。

彼はショックを受けたようだ。35ポンドぽっちで、わたしがそんなに怒っていることに。

「もちろん返すよ。どうしちゃったんだ？　ぼくを信用してないの？　そんな小銭のことで怒るなんて。ああ、ごめん、もう行かなきゃ」

彼に電話を切られ、ぶつぶつ言いながらわたしも乱暴に電話を切った。ほんとに腹が立つ。こんなふうに扱われて許すわけにいかない。わたしの時間だって彼のと同じくらい貴重なんだってわからせなければ。約束の時間に会えないとわかった時点で、電話してくるのが当然だろう。それが世間一般の礼儀というもの。わたしがメールしなければ、彼のほうから連絡が来たかどうかも怪しい。いいわ、こんなふうに扱われるくらいなら、もう会わなくたってかまわない。わたしは心の中で思った。

しばらくして、外で砂利を踏む車の音が聞こえた。玄関へ行くとマークが立っている。

「ほんとは来るべきじゃないんだ。すでに遅刻なんだから。でもあんなに怒ってる声を聞いたらたまらなくなって」。なんて嬉しい言葉だろう。わたしの固く尖った心といらだちは、彼の姿を見ただけで柔らかくとろけ、抱かれてキスされたとたんに消え失せた。

「そうだ、これ」彼はポケットを探り、35ポンドを取り出して渡しながら、まだわたしの〝ヒステリックなふるまい〟をからかっている。

「たった35ポンドごときで！　正直言って、ぼくには理解できない。きみはもうすぐとてつもない金持ちになるんだ。そろそろ慣れなきゃね。こんなのはした金だよ」

優しく、なだめるような言い方に、いつもどおりすっかり気が緩み、しまいにはわたしも、あんなわずかなお金のことで大騒ぎするなんて、ちょっと馬鹿げていたかしらと思ってしまった。「心からきみを愛してる」彼はキスの合間にそう言った。「あらゆる手を使ってきみに会いに来るよ。こんな状況にはほとほと嫌気がさしてるんだ。ただきみといたい」

そして彼は去っていった。離陸時間を気にしながら。

22時1分　愛してるよわたしもよ。ごめんなさい。やっと落ち着いてきたわ。また会うのが楽しみ。愛してるわ。

マークは、初めて会ってからたった2日でわたしに恋したんだ、と言い、「愛してる《ティ・アーモ》」とメッセージを送ってきた。初めて会ってから72時間後のことなのに、おかしいとも不愉快だとも感じなかった。わたしは救いがたいロマンティストで、ひとめぼれを信じてる。彼の魅力にも、その言葉にもころっと参ってしまった。大好きなイタリア語というロマンティックな言語で言われたからよけいに。

この時期、本当に彼を愛していたのかと訊かれる。答えはイエスだ。すっかり恋に溺れ、めくるめくような幸福感を覚えていた。のぼせあがっていたと言ってもいいが、わたしはそれを恋だと信じ、そうじゃないなんて誰にも言わせないと、たしかに思っていた。だが今になって、マークにアウディを買ってもらったときの自分のメッセージを読み返すとぞっとする。「嘘でしょ……でも嬉しい！　現実じゃないみたい」。だって、実際に嘘かもしれない、現実じゃないかもしれないとは一瞬たりとも思わず、「恐ろしく危険なひとね」という自分の言葉が、まさに真実を言い当てているとも気づかなかったのだから。

翌朝、友だちのアンからメールが来た。

その後、冒険のゆくえはどう？

気持ちの揺れに参ってる。といっても、何度も会ったわけじゃないの。合わせて4、5時間というところ。弟夫婦や友だちは心配してるの。わたしたちが知ってるふつうの生活とは全く違う世界の人だから。ゆうべはちょっともめたけど、ちゃんと話し合って仲直りできた。わたしが馬鹿だったの。次の一歩には全面的な信頼が必要だけど、踏み出す覚悟はできてるわ。

2月2日、二人で住むための家探しをマークから頼まれた。予算は200万から300万ポンドだが、ほんとうにいいものならもっと出してもいいという。最低でも六〇〇平米の広さがあり、キッチンとバスルームが新しいことが条件だ。一方で彼は、わたしの銀行預金についてずいぶん熱心に、バークレイズ銀行に口座を開けば利率がもっといいし、サービスも最高だと勧めてきた。それにバークレイズの幹部であるボブ・ダイヤモンドはぼくの友だちなんだ。ほかのところに預ければもっと増やせる金をそのまま放っておくなんて、どうかしてると彼は言う。ユーロ建ての口座も開かなきゃ、とも。そうすれば、海外に行っても、必要なときにいつでもきみに送金できるからね。そして、海外口座は二つ必要だ、とつけ加えた。

そうした言葉は聞き流していた。30年間同じ銀行を使ってきたのだから、今さら変更手続きを急ぐ必要はないし、それとは別に、まだ自分の家を買うつもりでいたので、いつでも自由に引き出せるところにお金を置いておきたかった。ちょうど、前年に契約寸前まで行ったところでご破算になっていた物件をあらためて勧められたばかりで、関心は自分の家の購入のほうへ向いていたのだ。もう一軒見に行った家もあったが、マークはどちらの家にも手付けを払わないよう全力でわたしを止めにかかった。今はぼくと暮らすことを考えている最中なんだから、家に求める条件も変わるかもしれない、もう少し様子を見てもいいだろうと言って。

2月7日の夜遅く、〝任務の報告待ち〟の間に、彼は両方の不動産について得た情報をわたしに伝え、二つとも過大評価され過ぎだと言って、購入を思いとどまらせた。

ぼくの言うとおりにすれば、いつだってうまくいく。
情報は力なんだよ。

次の日、彼はメールで、バークレイズに口座を開くための予約を取り、自分も一緒に行くと知らせてきた。ところが銀行に行く前日、わたしたちの関係が危うくなった。気に入ったら買うという条件で数日前に渡してあったミンクのコートを、彼が返しもせず、支払いもしなかったからだ。約束を守らず、わたしに対するケリーの信頼を損なうような真似をしたことで、わたしは激怒し、約束どおりにコートが返ってこなければ、わたしたちの関係はおしまいよと言った。マークが、部下のポール・デオールにスイスから飛行機でコートを届けさせると言うので、すぐ出発させたほうがいいわねと返した。夕方の5時45分、店のドアがノックされ、わたしは初めてポール・デオールと対面した。前職は銀行の支店長だと聞いていたので、引退した六〇前後の堅い身なりの人を想像していたが、外の暗がりの中でも、ポールが四〇がらみで、体格も身のこなしも、都会の勤め人というよりナイトクラブの用心棒のようだというのは見てとれた。

「何が何だか、さっぱりわからないんですが」サウス・ロンドンなまりで言いながら、ポールはコートを差し出した。

「巻きこんでしまってごめんなさい」わたしはコートを受け取りながら答えた。「あなたのせいじゃないのに。わたしのせいでもないけど」

自分でも驚いたことに、2時間もするとマークに対する怒りは消え失せ、わたしは「機嫌が直った」こと、愛していることを伝えるメールを送っていた。

翌日マークは銀行に現れなかったが、ポールが同行して二つの口座を開くのに手を貸してくれた。2月15日、わたしは全財産を新しいバークレイズの口座に移した。

また次の日、一緒にサイレンセスターの銀行へ向かう車中で、マークに電話があり、資金繰りの問題で何か話しているのが聞こえた。どうしたのかと尋ねると、わたしたちが住むことになっている家の改装費用の支払いのことだという。ウェストエンド・ファームはとうの昔に候補から外し、今は、マークが最近購入したウィドクーム・マナーに移るつもりでいる。売りに出ているのに気づいたのはわたしだ。美しいジョージ王朝様式のマナーハウスで、バースに近く、しかもカントリーサイドにも出やすい郊外の、息をのむほど素晴らしい土地に建っている。そこに住むと考えるだけでワクワクしてくる。

「いくら要るの？」わたしは訊いた。

「たいした金額じゃない。2万6000くらい」

「じゃあ、貸してあげる。銀行に眠らせてるだけだもの」わたしは気前のいいところを見せたくて、それに彼を全面的に信頼していることを伝えたくて、熱心に言った。

「いや、それはよくない。ほんとにたいした問題じゃないんだ。自力で解決する」

「ううん、お願い。力になりたいの。そのくらいさせて。それに、わたしたちの新しい家のためじゃない」

銀行に着く頃には、わたしの申し出にマークも同意していたが、金額は当座もっと少なくても大丈夫だというので、2万2000ポンドをポール・デオールに送金することにした。どうやら、関係者との交渉は彼が一手に引き受けているらしい。後でわかったが、これがその後2か月あまりにわたってほぼ毎日のようにポールを介して行なわれ、総額75万ポンドにのぼった七〇件の送金の始まりだった。

この最初の送金の数日後、マークから、危険を伴う偵察任務のためイランへ行かなければならないと告げられた。ジェット機を操縦しているコックピットから電話をかけてよこし、離陸前の誘導路に入ったところだと言う。そのため、わたしはマークの身を案じ、二度と彼に会えなくなるのではと怯えながら、人生最悪の一夜を過ごした。ところが翌朝、仕事に行く支度をしていると、早朝の霧の中から一台の車が現れ、私道を入ってくるのが見えた。マークだ――イランから戻って、まっすぐわたしのもとへ来てくれたんだ。

彼はコーヒーを淹れてくれないかと言い残し、二階へ上がっていった。キッチンにいるわたしのところまで、電話で話す声が漏れてくる。保護回線を頼むと言い、暗号の数字とＩＤコードを告げ、出た相手を「サー」で呼んで、すべてうまくいきました、任務は成功です、と話している。国家安全機関のトップに近い人と話しているに違いない。もしかしたら、外務大臣ウィリアム・ヘイグその人かも。

次の日マークから、総額9万ポンドになる二つの貸付契約書のうち一通を渡された。それによれば、4月6日までに10万ポンドをわたしに返すことになっている。わたしは、お金はすべてウィドクーム・マナーの改装に使われると信じていた。何万ポンドもかかる大工事になるのも不思議はない。けれど、なぜ最初の2万6０００ポンドという申し出が、あっという間に9万ポンドの貸付契約にまで膨らみ、しまいには2か月あまりのうちに75万ポンドになってしまったのか、どうにもわからない。数年後に出てきた三通目の37万5０００ポンドの貸付契約書には、やはりわたしの署名があった。署名はおろか、そんな契約書を見た記憶もない。結局、わたしの署名が偽造されたのだということになった。何のために？

わたしの銀行口座については片づいたから、今度はセキュリティに取りかかろうとマークは言った。出会ったときから、彼はしょっちゅう、監視カメラを見つけては、ほら見てごらんと指してみせていた。一台ではなく、あちこちにあるのだ。誰もが常に見張られているんだ、メールだってボイスメールだって電話での会話だって、簡単にハッキングできるんだよと、彼は言った。「政府が絶えず監視してるのさ。やつらは容赦なくすべての人に目を光らせてる。もはやプライバシーなんてものは誰にもない。特に、メールやメッセージを削除せずに放置していればね。だからぼくは寝る前に必ず全部削除するんだ。きみもそうしなくちゃ」

メールやメッセージの中には取っておきたいやりとりもあったが、マークはこれを嫌がり、折さえあればわたしの携帯から履歴を削除するのだった。煩わしくはあったが、特に彼のメッセージを残しておいて、二人とものっぴきならない羽目になるのは、やはり怖い。

マークはまた、通りにいる怪しげな風体の人を指して、くれぐれも気をつけるんだよと言った。ぼくの死を見届けたいと思っている人間はたくさんいる。そして、わたしの命を危険にさらすことはないと約束はしたものの、セキュリティを万全にするためにできることはすべてするのが得策だと説いた。まずはきみの携帯とパソコンを変えることからだ。マークがくれた新しいｉＰｈｏｎｅとMacBook Airには、彼がどこからでもリモートアクセスできると言う。すべてきみのためだ、用心しすぎることはないんだから、と。そしてまたもや、ぼくと同じように、毎日寝る前に携帯からもパソコンからもすべて削除するんだよと念を押した。「ぼくたち二人を守るためだ」

ポールとマークは〝目立つ〟セキュリティと〝目立たない〟セキュリティのことを詳しく教えてくれた。スイスでは武装警官に護衛してもらうこともあるんだ、それにあっちにある家のセキュリティを見ても、きみにはとうてい信じられないだろう、と言う。彼に見せられた現代風の大豪邸は、まるでフォート・ノックスみたいだ。でもイギリスでは、セキュリティは目立たないほうがいい。だから武装した護衛はつけないが、車と携帯は定期的に変えている、きみもそうしたほうがいいと言われた。さしあたってはボルボXC60だ。これを皮切りにマークからは次々と車が届いた。

2月いっぱい、ジュネーブでの表向きの仕事と、ケンブル飛行場で進めているプロジェクト、手持ち不動産の拡充、イランへの危険な任務のほかにも、マークはマドリッドでの「閣議」に出席し、スペイン国王の義理の息子の汚職容疑を晴らすためにドイツに赴き、「戦争を止める」ためホワイトホールに行くことさえあった。ウラジーミル・プーチンやヒラリー・クリントンとも知り合いだと言う。もちろんとんでもない話で、今振り返ってみれば、あんな嘘っぱちを鵜呑みにしたなんて信じられないが、そのときは鵜呑みにしてしまったのだ。彼は驚くほど病的な嘘つきで、人を簡単にだませる。世界各地を飛び回る仕事だと偽ってわたしを振り回し、彼の身を心配するようにも仕向けた。

結婚話はごく早い段階で出ていた。記憶では、最初に話題にのぼったのは一緒に銀行へ行ったときだったように思う。マークは、うるう年だからプロポーズはきみからして、と言った。2月29日当日は会えなかったが、わたしはカードを用意した。表には二一歳のときのわたしの写真に、こんな吹き出しをつけて。「あなたのおかげで若くなった気分よ！」これは、最初のデートで、年下の男性とつきあう効果だよと言ったマークの言葉だ。中にはこう書いた。「愛してるわ。結婚してくれる？」

わたしは幸せいっぱいだったが、その日の午後になって、幸せな気分はしぼんだ。義妹のアナリーサから、ありがたくないメールが届いたからだ。

キャロリン、わたしたち、この男が実在していないのではと、すごく心配しています。あなたは詐欺師に狙われているんじゃないかしら。車だって家だって食事だって、口約束ばかり。彼が自分で言っているとおりの人なら、あなたの知り合いみんなにこんな心配をかけさせないよう、何か手を打ってるはずでしょう。間違いない。あなたはだまされて、財産も個人情報も全部、奪い取られようとしてるのよ。今すぐ身を守る手段を考えなくちゃ。この手の詐欺に引っかかるのはあっという間だし、もう手遅れかも。ちゃんとした投資の専門家を紹介するわ。わたしたちの思い違いならどんなにいいか。でもどうか、昔からあなたを愛し、気にかけている人たちの言うことを聞いてちょうだい。アナリーサより。キスキスキス

今、このメッセージを読み返してつくづく思う。このとき、言うことを聞いてさえいれば。でも、そうしなかった理由はわかっている。メッセージを読んだとき、こう思ったのだ。まったく、なんてばかばかしい。マークに会ってもいないのに、こんなふうに騒ぐなんて。わたしが詐欺師に狙われている？　笑わせるにもほどがあるわ！

アナリーサとはそれまでずっと、とてもいい関係を築いていたが、このときは、よけいな口出しをされた怒りに震えそうだった。素直にわたしの幸せを喜んでくれればいいのに。マークに会ってから判断して。ケリーからのメールも同じような調子だったので、わたしはますます意固地になった。友だちや家族が手を差し伸べようとしてくれたのに、攻撃されていると思ってしまった。ユーマへのメールが、この時期のわたしの気持ちを物語っている。

言っておくけど、すべて現実のことよ。わたしの直観は正しいんだから。これこそ本物の恋なの。わたしの幸せを祝って。

「いずれにせよ」、次にユーマに会ったとき、わたしは言った。「最悪の場合でも、わたしの心が傷つくだけでしょ。でも傷ついた心はいつだって癒せるし、人生には思い切ってチャンスをつかまなきゃならないときがあるものよ。これまでそれでうまくいってきたし、今度もきっとうまくいく」

　翌3月1日の朝、マークがコテージを訪ねてきた。わたしは喜び勇んで、手書きのカードをラブレターと一緒に渡した。彼はカードを開け、こっちを見て微笑んだ。

「答えはわかってるくせに。ぼくも結婚したい」そう言ってわたしにキスする。

　ソファに座って、二人の関係のせいでわたしの友人や家族との間にきしみが生じていることを話した。アナリーサとケリーからのメールを見せたが、そのときわたしは、虐待の加害者に秘密を打ち明け、警戒させてしまうという、よくある過ちを犯してしまったのだ。彼の目が潤み始めた。

「ぼくたちのことがすっかり汚《けが》された」マークの頬を涙が伝った。「義妹《いもうと》さんは、きみが手にしているものが妬ましいんだ。それに店長のほうは、自分とビジネスのことしか考えてない。あの人にどれだけ尽くしたか、考えてごらん。きみに代わる人材は決して見つからない。彼女の頭にはそれしかないんだ」

　そのときはもっともだと思い、わたしはますます彼との絆を感じた。

「汚《けが》されたりしない」わたしは言った。「この手にあるのはわたしたちのもの、誰にもそれは変えられないわ。それにしても、人ってどうしてこんなに疑り深いのかしら。世の中が危険でいっぱいだと思いこんでるなんて、あの人たちの想像のたくましさときたら！　不幸な人生よね！」

　わたしたちの関係はたしかに少々ふつうとは違っていたが、のどかで牧歌的なテットベリーの町なら、ひとめぼれの相手と出会う確率のほうが、危険な詐欺師と出会う確率よりずっと高い。愚かにもわたしはそう思った。

「幸せを喜んでほしいだけなのよ。こんな悲観的な意見にはうんざり。みんなあんまり厳しすぎるわ」わたしは憂うつになった。

と、マークがわたしの携帯を取り上げ、アナリーサのメールを開くと返信を打ち始めた。

「今すぐこんなこと、やめさせなきゃ」彼はそう言って、文面を見せた。

わたしたち、好きな車を選んで、ナンバープレート待ちなのよ。

好きな家も選んで、イースターまでには住む予定だし。

食事だって何度もしたわ。

投資ならもう自分の銀行でやってるから結構。

頼むから、好きな人生を送らせて。

「いい？」彼が訊いた。

「ええ、いいわ」と答えると、彼は〝送信〟を押した。そのときは気づかなかったが、マークはこうして、徐々にわたしの個人的なやりとりに口を出し、家族との関係にひびを入れ始めた。

今思うと、すっかりマークにいいようにされていたのだとわかる。ビアンカをわたしのコテージに連れてくるという演出は、明らかに自分がいかに愛情深く優しい人間かを見せるためだし、ペドロのことも同じだ。彼はしきりに、自分は誠実で勇敢だ、常に自分より人を優先させる完璧な人間だと口にし、わたしは頭からそれを信じた。貸した35ポンドを返すときに、お金に無頓着な態度を示して、贅沢な暮らしに慣れるべきだと言ったのはただ、自分がケチ（わたしのいちばん嫌いな性質）だとわたしに思わせ、心理的に操作するためだったのだ。わたしはみごとにそれに引っかかり、気前のいいところを見せようとした。いい例が、４００ポンドもするグッチの靴を注文したことだ。代金は、彼が返してくれると思って立て替えておいたが、靴が届いてすぐ、こんなすてきなプレゼントをありがとうとお礼を言われたので、返してとは言えなくなってしまった。

送金の指示はいつも、午前中にマークからメールで来ていた。今にして思えば、わたしが最初に聞いた「資金繰りの問題」の通話も、マークが仕組んだ芝居に違いない。しかも彼は巧妙にも、金額を2万6000ポンドと言っておきながら、わたしを利用していると思われないよう2万2000ポンドでいいと言った。結局、その後すぐの送金で、彼は残りの4000ポンドも手に入れたけれど。貸付契約書はむろん、書かれた紙ほどの価値もなかった。この手記を書きながら、自分がこんなに簡単にだまされたことを知って、世間はきっとあきれるに違いないと思っている。自分でも、なぜあれほど考えなしだったのかわからない。だが、マークは魔術師で、わたしはその魔法にかかってしまったのだ。会ったことのない人に、彼がどれほど巧みに人を丸めこんでしまうかを説明するのは難しい。

ほんの何週間かのうちに、わたしは自立した陽気な人間から、すっかり彼の言うまま、思うままの操り人形に変わっていた。マークからの電話に飛びついていた自分の姿を思い出すと、ぞっとし、情けなくなる。以前は電話に邪魔されるのが嫌で、出かけるときは携帯を持たないか、電源をオフにしていたこのわたしが、彼からの電話だとすぐわかるよう、いちばん耳につきやすい「電話に出てください！」と繰り返すリズミカルなピアノの反復音を着信に選んでいた。それに、アナリーサやケリーのメッセージへの反応が示すように、人に指図されるのが大嫌いなわたしが、マークに自分宛てのメッセージを読ませたり、携帯やパソコンを自由に見せたりしていたなんて。

こうしてわたしは、彼への恋に溺れ、あっという間に深みにはまっていった。2012年2月28日に「結婚してくれる？」のカードと同時に書いたマークへの手紙を読めば、どれほど彼の虜になっていたかわかる。

2012年2月28日、テットベリー

愛するマークへ

ここ何週間かは、人生でいちばん素晴らしい日々よ。あなたに会えた幸運が信じられない。二人が出会えたのはきっと奇跡ね。心の底からあなたを愛してる。一生愛し続けるわ。あなたはわたしの運命の人、空気のようにそばにいるのが自然な人よ。あなたなしでは生きていけない。

あなたとの結びつきをどう思っているか、とても言葉では表せないわ。出会ってすぐ(そういえば、まだあれから1か月半も経っていないのね)友だちに話したことを振り返ってみると、最初からわたし、わかってたんだと思うの。あなたの言葉どおり、あなたはわたしにぴったりの人だって。

一緒にお酒を飲んだあのときにはもう、すっかりあなたに参ってしまって、この人とは強い絆で結ばれるという予感がしたの。あまり先を急がないように気をつけなきゃ、と自分に言い聞かせてたのに、一方で友だちにはあの頃、翌週結婚することになっても不思議じゃないなんて言っていたくらい!

とても幸せだわ。心からあなたを愛してる。初めてのデートで、あなたのお金に興味はないって言ったの、覚えてるでしょう。もちろんあのときは、あなたがどれほど裕福か知らなかったけれど。ただ、今は、そのおかげで手に入るものを楽しんでるって伝えたいの。お金があればいろんなことができる。楽しむために使うべきよね。今のあなたがあるのもそのおかげ。少なくともある程度はね。あなたが自分で努力して今あるものを手にしたのはほんとうにすごいと思うけれど、わたしが好きなのはあなたであって、あなたの持っているものじゃない。

自分のお金のことで(もちろんあなたのお金でもあるわ)、何度かケチくさい浅はかなことを言って悪かったわ。これにはわけがあるの。元夫からはいつも「結婚したからって一生食わせてもらおうと思うな」とか、「いつになったら自分の食い扶持を稼ぐつもりだ?」とか言われていた。だから、家族のために家を整え、二人の娘を立派に育てながら、懸命に働いてきたの。離婚後つきあったのが、お金に困っていて、端数まできっちり割り勘にしたがったり、お金のことで嘘をついたりするような人だった。そのとき、どんなことがあっても自立していようと誓ったの。友だちにも、男の人と暮らしたいそぶりをちらりとでも見せたら、わたしをどこかに閉じこめてって言ってたくらい。

こんなことを言うのも、初めの頃に少しぎくしゃくしたわけを話したかったから。ほんとに申し訳なかったわ。心の奥ではあなたを完璧に信頼しているって、どうかわかって。厄介なのは、わたしの気持ちを打ち明けられるのはあなたしかいないってこと。ほかの人たちはただわたしに説教しようと、それぱっかりで。あんな愚痴を聞かされて、あなたも不愉快だったでしょう。ごめんなさいね。でもあなたに隠しだてしたくはないの。どうかわかって。

でも、こんなことはたいした問題じゃないわね。わたしにはこれまで、ちゃんと面倒をみてくれようとする人がいなかった。男の人には何年もの間、気を許さず過ごしてきたから。だから、こんなに安心してあなたにすべてをさらけ出せるのが、ほんとうに嬉しいの。

わたしにとって、この愛はいちばん美しく貴重なもの。いつでもあなたのそばにいて、全力であなたを幸せにしたい。早く二人の新居に移り、互いを深く知り合いたくてたまらないわ。お城に住むのもいいけれど、あなたと一緒なら、という条件つきよ。あなたのいないお城に住むか、あなたとテントで暮らすかと訊かれたら――まあ、それは一考の余地があるわね。だってテント暮らしはあなたの性に合わないでしょうし、わたしもそうだから。それはともかく、言いたいことはわかるでしょう?

お金で買えるものを一緒に楽しむのもいいけど、肝心なのは、あなたと一緒にいること。

お願いだから、どんな些細な悩みでも言ってね。わたしにうんざりすることだってあると思う。そういうときはちゃんと気持ちを話してほしいの。

愛してる。身も心もあなたと一つになりたい。あなたを隅から隅まで知り尽くしたい。あなたはわたしのために生まれてきた人。そう信じてるわ。わたしは世界でいちばん幸せな女ね。すべてのことに感謝を。

愛をこめて。

キスキスキス

今読み返すと吐き気がする。あんなクズ男に、こうもやすやすと愛と忠誠を誓ったなんて。後から思えば、あの男はきっと会う前からわたしに狙いをつけていたんだ。お金のことで「ケチくさく浅はか」な態度を取ったと謝っている自分に身震いしそうだが、これだって彼の策略にはまったから。それに、この手紙を読むと、自分は自立心が強いつもりでいたけれど、本心では誰かに面倒をみてもらい、守られている安心が欲しかったのだとわかる。でも、そうじゃない人なんているかしら?

2月が終わる頃には、わたしはすっかり恋に目がくらみ、マークの言いなりだった。

第四章　愛の爆弾

バテシバはトロイを、自立した女性がその自立を捨て去ったときにのみ愛するやり方で愛した。強い女性がその強さを惜しげもなく捨て去ると、捨て去るべき強さなどついぞ持たない弱い女性よりも始末が悪くなるのだ。

トマス・ハーディ『遥か群衆を離れて』

マークが仕事でロンドンに行かねばならないときは、わたしもよくついていった。ポールが運転する車でM4を走りながら、二人で過ごす時間は楽しかった。おそらく彼とは、ほかのどこよりも車内で過ごす時間が長かったんじゃないかしら。彼がちょっとしたサプライズを用意してくれることもたびたびだった。

「ニッキー・クラークのヘアサロンに予約を取ってある。ニッキーとは友だちなんだ。実際にきみの髪をやってくれるのは本人じゃないけど、一番弟子の一人だよ。あそこの予約を取るのがどれほど難しいか知ってる？　世の中、コネがあれば便利なことがたくさんあるんだ。それに、きみもそろそろ最高のものに慣れておいたほうがいい」

　待ち合わせのバークリー・スクエアに着いたわたしの髪は、たしかにすてきだったと思う。でもそれまで、バッキンガムシャーのなじみの美容室で髪を切っていたときだって、まわりの評判はよかった。

「いや、これまでのライフスタイルは捨てて、ランクの高い暮らしをしようよ。その髪はすごくいい。

前よりずっとね。それじゃ次はショッピングといこう」

　マークと過ごすのはとても楽しかった。ハロッズやシャネルに連れていってもらったが、一緒に買い物をして楽しい男性なんて、父を除けば後にも先にも彼一人だ。ハロッズを知り尽くし、店員たちとも旧知の仲で、わたしに何が似合うかも直感でわかるとは素晴らしい。棚をさっとチェックし、渡された服を着て試着室から出ると、彼はきっぱりとためらいなく意見を言う。

「完璧だ。それにしよう……そっちはだめだ。まるで一五〇歳のおばあちゃんに見えるから……うん、こっちがいい。これに合わせるジャケットは？　きみが標準サイズでありがたいよ。決めるのも早いしプレゼント選びも楽だからね」

　マークは厳選された服を着まわすコツを熟知していて、わたしも徐々にそのコツを学んでいった。上質なキーアイテムが何点か。昼用にクラシックなディオールのハンドバッグ、夜用には小ぶりなシャネルのバッグ、仕立てのよいラルフ・ローレンの黒のパンツとジャケット、アルマーニの紺のシャツドレスと一枚仕立てのツイードのジャケット、シャネルのジャケット二着――一着はロング丈の紺のブレザーで、もう一着は定番のショート丈の紺のニットジャケット――、シャネルのワンピース、トッズのローファー二足、バッグに合わせたディオールの靴、シャネルのパンプス、バッグに入れて持ち歩くペンはモンブラン製だ。

「上等のペンを持つのは大事だよ」そのとおり、異議なしだ。

　すべてが美しく、それに、わたしから見ればばかばかしいほど高価だったが、高価なものに慣れなければならない。合間にマークは、自分のカフスボタンを欲しがった。それからゴールデン・レトリバーの子犬のためのリードも。しつけはプロにしてもらったんだと言って、彼はその子犬の写真を見せてくれた。買い物の中でもひときわびっくりしたのが、ハロッズの食品売り場にある丸ごとのハムで、1500ポンドという価格にはめまいがした。しかも、支払いの段になるとマークはこっちを見るだけで、黙ってカードを切るのはいつもわたし。それでも、別の店舗から靴を届けてもらうまでシャネルでシャンパンを飲みながら、慣れればこういう買い方も悪くないわねと思っていた。

そんなある日、ロンドンへ向かう前に、マークはテットベリーから数キロ離れたホテル、カルコット・マナーで待ち合わせようと言った。珍しいことではない。サプライズがある、とは聞かされていたが、今回はなんとヘリコプターで迎えに現れた。よく晴れた朝で、わたしがテットベリーに来たばかりの頃に住んだステーブル・コテージの上空を飛び、その後、高度を上げてディドコット発電所の冷却塔を越えた。ロンドンに近づく頃、10年間働いていたデナムのオフィス街が見えた。かつて暮らした懐かしい景色だ。ロンドンに近づく頃、眼下には、チルターン丘陵の村タービルが見える。ここをリストラで辞めたのがきっかけで、人生が変わったんだっけ。全く違う環境に思い切って飛びこんで正解だった。それにしても、こんな展開になるなんて誰が想像できたかしら？　デナム飛行場に着陸すると、マークは、ヘリポートがある場所に住めるといいね、ロンドンまで車で往復するのは時間の無駄だから、と言った。

マークとのこうした時間があまりに刺激的だったので、出会って数日で、わたしは運命の人を見つけたと確信した。マークも全く同じ気持ちだと言って、その確信をますます強めてくれた。正確には、きみがぼくを思うより、ぼくがきみを思う気持ちのほうが強いよ、という言葉だったが。今にして思えば、これは明らかな赤信号だ。うっかり見逃して自分の幸運を喜んでいると、そのうち真っ逆さまに泥沼に落ちる。わたしのように〝ロマンティック〟でひとめぼれを信じているようなタイプは、特に危ない。

マークはすっかりわたしを骨抜きにして、自分の思うままに操った。そしてわたしは、物事をうまく取りしきるその姿に惚れこんだ。そんなふうに頼りがいがあってテキパキした人、主導権を握って（それはいつだってわたしの役目だった）物事を片づけていく人とつきあうのは初めてだったからだ。

　さしあたっての関心事はわたしたちの結婚式だ。その準備を彼が着々と進めてくれているのが、とても嬉しかった。結婚を決めた翌朝には、薬指のサイズを教えてくれと電話がかかってきた。婚約指輪と結婚指輪はスイスで作らせているそうだ。結婚指輪はホワイトゴールドで、マーク自らデザインする。高価なジュエリーの写真が届き、気に入った？と訊かれた。きみに贈りたいものが山ほどある、でも好きじゃないものをあげたくはないから、好みが知りたいんだ、と言って。それから、ウィドクーム・マナーに併設されているチャペルで式を挙げ、屋敷内で盛大な披露宴をしたいそうだ。ミシュランの星つきレストランからシーフードを取り寄せ、金に糸目をつけずに最高の花——「フラワーアレンジメントの主役になりそうな、新種の赤い百合があるんだって」——を注文し、ニッキー・クラーク本人にきみの髪を整えてもらい、庭園にバンドを呼んで、花火と、音と光のショー《ソン・エ・リュミエール》もやろう。誰もがうらやむようなものを全部そろえて。おとぎの国みたいに魅惑的な、ド派手な結婚式だ。

　わたしはもともと、二度目、三度目の結婚式は控えめにすべきと考えていたが、マークといるとまるで女王様みたいな気になって、彼の描くまばゆいばかりの絵に、すっかり心を奪われてしまう。

「ちゃんとした式は挙げたことがないんだ」彼は言った。「思う存分やらせてほしいな。ぼくは国の最高勲章を受けたことがあるから、儀仗兵を呼ぶこともできる。赤いジャケットの軍服を着てもいいし。きっと気に入ってくれると思うよ！」

　ハロッズをぶらぶらしながら、わたしを食器売り場に連れていって好みの食器を教えてくれながら、結婚のプレゼントは超一流のものばかりだろうな、と言った。防犯グッズの売り場では、おびただしい数の家庭用盗聴器や防犯カメラを見せてわたしを驚かせた。こんなに高性能の機器が手軽に手に入るなんてびっくりだ。ここはデパートなのに。

「一歩外に出れば、陰謀が渦巻く世の中なんだよ」マークは教えてくれた。「誰に見張られてるか、わかったもんじゃない。だから常に用心しなきゃね」

マークはわたしに相談もなく、ナイツブリッジのキャロライン・カスティリアーノの店に、ウェディングドレスの衣装合わせの予約を入れていた。初めはパリに何泊かして、友人であるカール・ラガーフェルドにドレスを作ってもらえればと言っていたが、時間がないと判断したらしい。すぐにでも結婚したい、でも式は豪勢に、というわけだ。

最初の予約の際には彼も一緒に来たが、すぐに出ていったので、残されたわたしは派手なショールームで、鏡に囲まれながらシャンパンを飲んだ。

「ご予算は?」店員が何着かドレスを手にやってきた。

「特にないの」そう答えながら、ポールとの会話を思い出す。結婚式の準備でよけいな仕事が増えたといつもぶつぶつ言っているポールによれば、マークは「見せびらかす」のが好きらしい。そうとなれば道は一つ。お金で買えるかぎり華やかなウェディングドレスを選ぼう。華やかでいて上品。わたしがすごく魅惑的に見えるドレスを。

「それでしたら、お客様にぴったりのものがございます」

店員は心得顔で姿を消したかと思うと、たっぷりのビーズを飾り、ウエストをきゅっと絞って裾がフレアに広がった、たいそう〝ハリウッド〟っぽいドレスを抱えて戻ってきた。

「ぜひ、これをお試しになって」そう言ってわたしを試着室に通した。鏡に映る自分の姿を見ながら、ドレスに袖を通し、ファスナーを上げてもらった。好みにぴったり。それに、背すじを伸ばして姿勢を整えたわたしは、どの角度から見ても燦然と輝いている。

ビーズがたくさんついたドレスはずっしり重かったが、試着室を出て、床から天井までの巨大なフレーム付きの鏡に向かって、ショールームをさっそうと歩きながら、なんて上品できれいなんだろうと思った。

「ほんとうにお似合い！」店員は歓声を上げた。「誰にでも着こなせるドレスじゃないんですよ。堂々とした方でないと。でもお客様にはぴったりですわ。身のこなしも優雅で！　お気に召したでしょう？」

そのとおり、とても気に入った。ドレスの上に着るよう、ビーズ飾りのついた薄手の丸首のボレロも選んだ。うなじのところに留め金があり、背中が開くようになっている。マークと並んだら、わたしたちはさぞかし人目を引くカップルになるだろう。

ゆっくりできるようにと、マークはわたしをバビントン・ハウス（彼の会社の一つが、その親会社のソーホー・ホテルグループを買収したばかりなのだ）に連れていき、マニキュアとマッサージの予約を入れてくれた。直前だったからこのくらいしかできなくてごめんと謝りながら、彼はしきりにわたしの注意を引き、スタッフが自分にどんな応対をしているかを見せたがった。

「ほら、ぼくを見たとたん、パッと姿勢を正すだろ。みんなぼくのことを知ってるし、ぼくが最上のものしか受け付けないことも知ってる。このホテルではまず、新しいシェフを雇わなきゃ。食事がクソまずいんだ！」

施術のための部屋へ連れていかれ、そこでマークと話していると、美容師がやってきてマニキュアを施し始めた。するとマークは立ち上がり、身をかがめてわたしにキスし、部屋で待ってる、と言って出ていった。

「すてきな方ですね！」セラピストはそうささやき、爪から古いネイルをはがした。「すごく紳士的で。お客様はお幸せだわ」

「そうね」わたしは微笑んだ。「幸せすぎて信じられないくらい」

わたしたちが泊まったスイートルームは、リビングに緑色の大きなソファがあり、とっつきの一段高い場所にベッドが置かれているとても広い部屋だ。だが次の日、庭を散歩して本格的な菜園をわたしが褒めると、その後でマークはサプライズがあるんだと言って、その美しい菜園を見渡せる部屋へ連れていってくれたのだ。

「さっき庭を散歩したとき、とても気に入ったって言ってたから、この部屋のほうがいいんじゃないかと思ったんだ。いい眺めだろう？　それにごらん、薪ストーブがある」

ほんとうにすてきな部屋だった。リビングには暖炉があって抜群に居心地がよく、そこを見下ろす位置にある寝室エリアは、むき出しのレンガ壁で囲まれた武骨な造りになっている。贅沢なバスルームは独立式の銅製のバスタブを備え、テラスの外へ出ると、大きな銅製のジャクージもあった。

「満室だって言ってなかった？　この部屋の人はどうしたの？」

「別の場所へ移らされたのさ」彼は言った。「言っただろ。ぼくはどんな部屋でもよりどりみどりだって。気に入った？」

「もちろん！」

「あのさ、ぼくはホテルが大好きなんだ」マークは言った。「しばらくホテル暮らしをしてたこともある。もちろん、すごくいいところじゃなきゃダメだよ！　どうかな、ウィドクームに移るまで、きみのあのコテージじゃなく、ここに滞在するっていうのは？」

「絶対嫌！　それに猫はどうするの？　仕事は？」どんなにいいところでも、ホテルには住めないと、わたしはマークに言った。ホテルのスイートではくつろげない。わたしは自分の場所が欲しいの。自分好みに飾りつけをして、好きなものに囲まれて。だからといって、一流ホテルに泊まるのが嫌なわけじゃないし、それはそれですごく楽しいけど。

マークが薪ストーブに火をつけ、わたしたちは火の前に腰をおろした。けれど、マークは決してくつろぐということがない。いつも仕事やら何やら手いっぱいで、三つある携帯のどれかにかかりきりだ。今はテレビをつけ、座って投資チャンネルを見ながら、熱心に金《きん》の価格をチェックしている。かと思うと携帯を取り上げ、大量の金《きん》を買うように(売るように、だったかも)誰かに指示した。機関銃のように矢継ぎ早な指示だったので、ほとんど聞き取れない。気づけば、テレビに映るグラフが急に上がっていた(それとも、下がったんだっけ？)。

「ほらごらん」彼は言った。「ぼくがやったんだ」

いったいどういうことなのか、さっぱりわからなかったが、画面に映るグラフの急激な変化を見ていたわたしは彼の言葉に感銘を受け、つゆほども疑いを抱かなかった。でも振り返ってみれば、あれもやはり彼が作り出した幻覚だ。目についたものをとっさに利用して、偽の絵を描いてみせるいつもの手。ほかにも似たようなことがあった。バースに住んでいる頃、窓の外を見て、ヴィクトリア・パークを歩いてくる二人の警官にわたしの注意を向けた。

「ありがたい」彼は言った。「ぼくがここにいる間、特別に警官を配備してくれてる。約束どおりだ」

今ならわかる。あの日バースに警官たちがいたのはいつものことで、ただマークがその機をとらえてあんな話をでっちあげたのだと。彼はそうやって人の心に想像の種を蒔くのがとても巧みで、口もうまい。つきあっている間じゅう、そうしてごくふつうのできごとを捻じ曲げて、奇想天外な話に信憑性を持たせるための芝居に利用していたのだ。そうこうするうちわたしはどんどん彼に支配されていった。関係が深まるにつれて、彼はこの手でわたしを孤立させ、怯えさせ、すっかり自信を奪い、しまいにはわたしという人間そのものを吸いつくして、自分が何者かもわからない状態に陥れた。鏡の中の姿であろうと、ほかのどんな姿であろうと。

続く数週間のうちに、ウェディングドレスの衣装合わせのために、何度か一人でロンドンに行くことがあった。ある朝、街にいるときにマークから、ハーリー街の美容外科医の予約を取ったという電話があった。美容外科手術については前から話題になっていて、バース近郊のモンクトン・クームにいる知り合いのサラ・プレスコットのところでボトックス治療を受けないかと勧められ、勝手に予約されたこともある。

「まっぴらよ、ボトックスなんて。それにほかの美容整形もね」そのときはきっぱり断った。「たとえあなたのためでも。ありのままのわたしで我慢してちょうだい。受け入れるにしろ、捨てるにしろね！」。そんな治療を勧められたこと自体、軽く腹が立っていた。

「きみはきれいだよ。でも持ってるものを最大限に生かすべし、というのがぼくの信条なんだ。サラはボトックスにかけては一流だ。ぜひ会ってみて。その歳にはとても見えないんだよ。行って話だけでも聞いてみたら」

これまでずっと断ってきたが、今回は、すぐ角を曲がったところで予約もしてあるというので、純粋な好奇心から行ってみることにした。ハーリー街にあるサラ・プレスコットのクリニックに着くと、窓がなく、一面鏡張りで照明のどぎつい小部屋に通された。サラは、どうぞ鏡の前へ、お顔のどの部分が気になるのか教えてくださいと言う。顔のしわを気にしたこともあまりなかったが、こうして冷たい光にさらされると、肌のあらゆる欠点が際立って見える。特に目のまわりがたるみ、唇の上にはクモの巣のような細かい筋が目立つ。そこを指さした。

「正直言って、これまであまり気にしてなかったけど、何とかできるものなら、口のまわりのこのしわと、目の下のたるみを消したいわ」

「そうですね。これはヒアルロン酸とかボトックスとかを注入して何とかなるものではなさそうです」サラは鏡に映った顔を仔細に観察した。「美容外科医を呼んで訊いてみましょう。何かいい案があるかも」

嘘でしょう！　ショックだった。美容整形を勧められるなんて。やってきた医師に細かく顔を見られたあげく、サラと同じ言葉を告げられた。ボトックスなどの注入治療では効果がありません。

「本当に必要なのは」彼は横柄に言った。「全体のフェイスリフトです。いったん帰ってよくお考えになってもいいでしょうが、私としては、それがいちばん効果のあるやり方だと思いますよ」

何ですって！　わたしは心の中で叫んだ。偉そうに何よ！

考えてみますと言ってクリニックを後にし、すぐさまマークに電話した。

「あのクリニックで、何て言われたと思う？　全体のフェイスリフトですって。失礼ね！　撤回してほしいわ。そんな治療を受けたいなんて思ったこともない。いつも思ってたけど、ああいう人たちって、人の自信を根こそぎ奪うのね。診察室のギラギラした照明、見せたかったわ。あれじゃ、どんな人だってひどい顔に見えるでしょうよ。とにかく、何もするつもりはないから。この話はなしよ！」

「落ち着いて。なぜそんなことを勧めたんだろうね。ボトックスとかそういう、メスを使わない治療の専門家だと思ってたのに。どういうことなのか調べてみるよ」

その日の夕方になって、折り返し電話が来た。

「あのね、あそこは手術専門らしい。だからフェイスリフトを勧めてきたんだ」

「そもそも、なんであそこに予約を取ったの。わたしも行くんじゃなかった。その手のことに興味はないのに」

「わかったわかった。きみに任せるよ。ぼくも必要に応じてボトックスを入れてるんだ。でも、きみのことはきみが決めればいい」

ふーんと思ったが、その後何週間か、鏡で顔をチェックする回数が前より増えた。


もう結婚することに決まったんだから、仕事を辞めて借りているリトル・コーチ・ハウスからも出てくれとマークがしきりに言うので、わたしは店と大家に引っ越すことを告げた。コテージを借りたとき、不動産屋から、持ち主によればこの家は〝夢がかなう家〟らしいですよ、と言われていた。前の借り手はここに住んでいる間に素晴らしい運が向いてきたのだと。また同じ魔法が使われたみたいだ。

マークは、持ち物はほぼ全部処分したほうがいいと言う。過去はきっぱり捨てなきゃねと。

「自分の家を買うんだから、ゼロから内装を楽しんだらどうだい。それにいずれにしろ、しまいこんでおくものにお金を払うのは全くの無駄だ。きみは今だって、物を取っておくのにかなりのお金を使ってる」

服装についても、ぼくと一緒に暮らすなら、それにふさわしくもっと上等なものを着なくちゃ、と言う。

「きみを大切に扱っていないと思われたくないんだ」。だから、手持ちの服はほとんど手放すことになった。

バビントン・ハウスへの旅から間もない頃、ロンドンへ行ってハロッズの靴売り場でマークを待っているとき、電話が鳴った。

「やあ、今どこだい?」

「待ち合わせの場所よ。ハロッズの靴売り場」

「もうすぐ着く。でも覚悟しといて。笑わないように!」

「なぜ? どういうこと?」

「ニッキー・クラークとクリス・エヴァンスとの会議があったんだ。ニッキーに、ぼくの髪を好きなようにさせてくれたら、大口の寄付をするって言われてさ」

「えっ、すごい! で、どうなったの?」

「すぐわかるよ」

電話は切れた。

数分後に現れた彼の髪は、たしかに見ものだった。ツンツンと立たせて、頭のてっぺんがジェルで固められている。すさまじい髪形だ。

「どう?」マークは髪をかきあげた。

「ひどい。でも思ったほどじゃないわ。すぐ伸びるわよ。それに、洗ってしまえばそれほど悪くないかも」わたしは笑っていた。「でも、その髪形のあなたとは結婚したくない。わたしもそんなふうにされちゃうなら、ニッキー・クラークに髪をいじられるのはごめんだわ!」

また別のときには、マークにラックナム・パーク・ホテルに連れていってもらった。彼のお気に入りの場所の一つで、初めて一緒に訪れたときは、オーナーと大事な商談をしている最中だと言っていた。

「今、コラーン飛行場を買おうとしているだろ。ここなら金持ちの客があの飛行場から一本道で来られる理想の立地だ。わかりきったことだけど」

今回はしかし、ホテルに直行していつものワインとエスプレッソを楽しむ代わりに、マークはスパに近い石造りの小さな離れ家へと消えていき、自転車を引いて現れた。

「これはきみの」そう言ってまた姿を消し、二つ目の自転車とともに出てきた。二台とも小さすぎたが、何とか乗れる。猛スピードで先をゆく彼を追って、わたしは必死でペダルをこいだ。木組みの厩舎のあたりに着いたときは息切れしていた。

「ここにビアンカのポニーを置かせてもらうつもりなんだ」と彼は話してくれた。

「あの子には、何でも欲しいものを与えるつもりだ。ぼくたちみんなが一緒になれる日が待ちきれないよ。ね、自転車は楽しいだろ？　さあ、また競争だ！」わたしたちは再び走り出し、はしゃぎながら、小さすぎる自転車をがむしゃらにこいだ。

だが、マークとの時間はいつもそんなのんびりしたものとは限らなかった。あるとき、ナイツブリッジからハロッズへ向かう途中、マークはあまり気乗りがしないと言った。顔が知られすぎているからね。ポールが言っていたけど、今日はその近くでデモ行進があるから、かなり危険らしい。結局ハロッズに行くには行ったが、マークはとてもピリピリした様子で、間もなくポールからの電話を受けて、出たほうがいいと言った。

「心配いらない。でもすぐここを離れよう。ポールが外に車を停めてる。おいで」

そう言ってわたしの手を握りしめると、急ぎ足で店内を引っ張っていく。走るようにしてわきをすり抜けるわたしたちを、追い越された人たちが振り返って見ている。

車にたどり着くと、ポールはすでにエンジンをかけていて、わたしたちがさっと飛び乗るとすぐ発進した。ああ、ひやひやした。

「しばらくあそこには近寄らないほうがいいな。近すぎて危ない。スリル満点だったな？」マークはポールに話しかけた。

「スリル？　バカな。今日はこの辺に来るなと言ったのに聞かないんだから。そんなことじゃ、今にでっかいトラブルに巻きこまれるぞ」

マークはわたしを見た。

「大丈夫。きみの安全は守る」

夕方になってテットベリーに戻る途中、マークは急に、シートベルトはしっかり締めているかと訊いた。

車はM4を下り、狭い田舎道を走っているところだった。「計画変更だ。呼び戻された。ポールにはめいっぱいスピードを出してもらわないと。でもポールの運転は年季が入ってるから心配いらないよ。しっかりつかまってて。オーケー、ポール。飛ばせ！」

ポールがギアを変えてアクセルをいっぱいに踏みこんだので、背中がシートに押しつけられる。狭い道を時速一三〇キロのスピードで走りながら、わたしは恐怖に凍りつき、ただ座ったまま対向車が来ませんようにと祈るほかなかった。やがてポールがスピードを緩め、荒れ果てた農家の空き地に駐車した。

「ぼくだけここで降りる。ヘリコプターが来ることになってるんだ」マークはわたしにキスし、ドアを開けて雨の中へ降り立った。「ポールが家まで送るよ。電話する」

わたしはすっかりぼうっとなり、ポールが車をUターンさせて出ていく間、後ろの窓から、マークがぬかるみを横切り廃屋の向こうへ消えていくのをただ見守っていた。


マークは、ウィドクーム・マナーに住むのは考え直そうと言い始めていた。わたしのほうは乗り気だったのに。その前にバースへ移ろうかという話が出たときは、街中に住んで息が詰まるんじゃないかと気乗りがしなかった。でもウィドクーム・マナーなら田舎のマナーハウスだし、しかも、バースの駅も都会生活の魅力を満喫できる場所も、みんな徒歩圏内にあるから、田舎に住むのは嫌だというマークとも、完璧に折り合いがつく。いずれにしろ、マークは国外移住者なので、わたしがそこで彼と過ごす時間はたいして長くないだろう。マークには、税金対策で国外に移住するつもりはないとはっきり言ってある。そんなことをする人の気が知れない。それはともかく、わたしたちはイギリスで一緒にいられる間だけ暮らす家を探しているのであって、スイスやスペインやイタリア、それにほかのどこであれマークに同行するつもりはなく、いずれコッツウォルズのどこかに自分だけの家を買うのだ。きっと素晴らしい場所が見つかるに違いない。

ところがマークは今になって、ウィドクーム・マナーは安全面で問題があると言いだしたのだ。第一級の歴史指定建造物だから、窓には防弾ガラスがはめられないし、もともとの玄関の裏に鋼鉄製のセキュリティドアをつけることもできず、門を変えることもできない。あそこは無防備すぎる、と彼は言った。それに、何年か前にそこのプールで女の子が溺れたのも縁起が悪い、災いの前触れみたいじゃないか、と。

そんな安全対策が本当に必要かしらと思ったが、ぼくにはきみの知らない――知らないほうがいい——秘密がいろいろあるんだよと言われては、肯くしかない。きみの生活を危険にさらすことはないと再三請け合ってから、ちょっと語気を強めて、でもぼくのほうはいつも危険にさらされてるけどねと言った。だから車も携帯番号もしょっちゅう変えてるじゃないか。身元がばれる危険は冒せないんだ。

そんな暮らしができるだろうかと危ぶむこともよくあった。わたしは自由な日々が気に入っていたから。それに、マークからは人生の楽しみを逃してると言われていたが、まともな人生を歩んでいないのは彼のほうだと思う。金で買えるものはすべて持っていたが、全然自由じゃない。カントリーサイドを一緒に散歩したり、劇場や映画館へ行ったりするのもできないなんて。

「劇場とか映画館っていうのは、いちばん危険な場所なんだ」彼は教えてくれた。「考えてもごらん。そんな場所で誰かに狙われたら、逃げようにも、罪もないたくさんの人を犠牲にしなきゃならない。ぼくはそんな身勝手な人間じゃないんだ。いつだってほかの人を優先している。ときにはきみにもそうしてもらわなければならない。ぼくが死ぬのを見たいという人間は多いんだよ。それが避けられない現実なんだ。いいかい、ぼくはＩＲＡに潜入し、そこで拷問にあった。この傷跡が見える？ぼくが逃げおおせたのが、やつらには許せないんだ。もう終わったことだと思うだろうが、決してそうじゃない。ほんとだよ。生き抜くすべなら知ってるから心配はいらない。ただ、用心はしないと。何気ないおしゃべりほど危険なものはない。ほんとはきみにだって喋っちゃいけないんだけど、きみだけは信頼できるから」

マークは実際に、拷問の傷跡だというのを見せてくれた。足首とすねをちらっと見たが、彼は運転中だったので、よく見えなかった。拷問で使われたという電極の跡らしきものが見えたとは思ったが、今思い返してみると、あれはわたしの想像にすぎず、彼の言葉を聞いて錯覚してしまっただけかもしれない。それから、チャールズ皇太子の設立した慈善団体〝プリンス・トラスト〟に関わった際、その長官を務めていたリック・リビーを守って負った〝傷跡〟と、記者のマーティン・ブラントを護衛したときの傷跡も見せてくれたが、どちらも真実かどうかはわからない。こうしてみると、わたしはずいぶんだまされやすかったようだ。

その間も結婚の準備は進められ、マークはできるだけ早く結婚しようと言い続けていた。イースターの休暇の頃に結婚したいと思っているらしいが、とてもじゃないが不可能だ。

「それじゃ急すぎて、出席してほしい人にも来てもらえないわ」わたしは反対した。「イースターにはみんな予定がある。賭けてもいいけど、知り合いはほとんど来られないわよ。それに、まずはもっと打ち解けた雰囲気で、あなたを家族に紹介してからにしたいわ」

「いや、みんなきみを祝ってくれるよ。それに、本当に来たければ何があっても来てくれるだろう。そうじゃないとすれば、本心は来たくないんだよ。誰が真の友だちかわかろうってもんだ」

「それは違う。あなたのように、しじゅう人の期待を裏切る人間ばかりじゃないのよ。ちゃんと約束を守る人も世の中にはいるの。わたしみたいにね。ともかく、何もかもきちんとしたいって言ってたじゃない。それには時間がかかるのよ」

「大丈夫、ぼくに任せて」彼はわたしにキスした。「愛してるよ」

「わたしも」

ウェディングドレスの最終衣装合わせの日、マークが悪い知らせを持ってきた。ウィドクームの配管が壊れたのだ。そこらじゅう水浸しで、天井から床から、すべての部屋がだめになったらしく、全部元の状態に戻すのにどれくらいかかるのか予測もつかない。

「ごめん。ぼくが急がせすぎたんだ。リスクを承知で、配管工には何かあったらぼくが責任を取るからと言ってあった。想像以上にひどい。これからどうなることやら。ぼくの言ったとおりだ。あの家は不幸を呼ぶんだ」

ウェディングドレスに袖を通しながら、心は重く沈み、絶望に打ちのめされそうだった。鏡の向こうからこちらを見つめ返す美しいドレス姿に目をやる。もはやそれが自分だとは思えなかった。わたしはどうしてしまったんだろう？　上品で快活で、堂々としたあの女はどこへ消えたの？　ほんの数週間前にはこの同じ場所で、鏡に向かって輝く微笑みを浮かべていたのに。自分が自分でないような気がする。表情の失せた顔で見つめ返してくるこの亡霊は誰？　悲しみに打ちひしがれたわたしの脳裏に、この先何年経ってもまだ結婚できず、美しいけれどボロボロになったドレスをまとった、うらぶれた自分の姿がよぎる。腕に鳥肌が立ち、ぞっと身震いした。

その晩、ドレスを持ち帰るわたしを迎えにポールが来たとき、彼に訊いてみた。

「この結婚は本当に実現すると思う？」

「マークは自分なりのやり方で、いろんなことを実現するからね」謎めいた答えだった。

それから間もないある朝のこと、マークから電話があった。「羊を手に入れたよ！」

またもや煙に巻かれているわたしに、彼はちょっと寄って教えてあげるよと言い、わたしを乗せてバースへ車を走らせた。街が近くなると、カントリーサイドを一望できる丘の上で車を停め、降りるよう促した。

「これはすべてきみのものだ」目の前に広がる景色を見渡し、敷地全部を買ったんだと言う。「完璧。ウィドクームよりずっといい。あの屋敷をきみが気に入ってるのは知ってるけど、セキュリティがお粗末すぎる。きみのために何とかしようと頑張ったが、ぼくたちとは相性が悪いしね。ここなら最高だ。二度とほかへ移ろうなんて気にはならないよ。立地を見せたいだけで、中は準備ができるまで入らないでほしいんだ。ほんとはまだ何も見せちゃいけないんだけど、嬉しすぎて我慢できなかった。場所だけでも見てもらって、この喜びを分かち合おうと思って」

わたしたちは車に戻り、狭い小径を通って〝ビーチ〟という名の小さな集落へ向かった。マークは右手にある農家を指さして、敷地に付属の建物だと言い、少し先の手入れが行き届いた道路の突き当たりで車を停めた。家は見えなかったが、区画はきれいに刈りこまれた生垣で仕切られ、その向こうに有刺鉄線のフェンスがひっそり張られているのが見えた。

「見える？　ハイテクなセキュリティフェンスとカメラだ。ここなら完璧に安全だよ」

「でも、なぜ前もって話してくれなかったの？　中に入れてよ」わたしはねだった。気分が高揚し、ウィドクームの件を聞いてから初めて喜びを感じた。こっちのほうがいいかも。この立地は理想的だわ。

「ねえ、お願い。ここまで来て中に入れてくれないなんて。工事が終わってなくても気にしないわ。今すぐ家と庭を見たい」

「いや、言っただろ。まずは全部済んでから。ここはきみへの結婚のプレゼントだから、何もかも完璧にしたいんだ」

なおも言いつのろうとするわたしの唇を、彼は指でそっと押さえ、キスした。

「もう！　じれったい人ね」わたしはため息をついた。「ウィドクームはどうなるの？」

「被害は保険でカバーできるだろう。修理が済んだら売却する。買い手はもうついてるんだ。ぼくに任せて。すべてうまくいくよ。ああ、最高の気分だなあ。ウィドクームを売れば、かなりの利益になるしね」

数日後、マークが浮き浮きと興奮した様子で電話してきた。

「すぐ着替えて」と言う。「ビーチの家の工事が終わるまで住む場所を見に、バースへ連れていってあげる。気に入ってくれるといいな。ぼくの好きなあのワンピースを着て。最高のきみを見せてくれ。1時間後に迎えに行く」

よく晴れた春の日だった。どうにか気分を明るく保とうと、入念に髪を整えてメイクをし、シャネルのワンピースとディオールの靴を身につけた。マークのためにちゃんとした格好をしないと。明らかに、今度の家を見にいくのに、それにふさわしい服装でいてほしいと思っているようだから。

「みんなが見ているからね。どんなに目立たないようにと思っても、必ず見ている人はいる」

その響きは気に入らなかった。もっと言えば、バースに住むという考えそのものが気に入らない。

「ウィドクーム・マナーが安全じゃないというのに、なぜ街の真ん中に住むのが安全なのか、わからない。セキュリティの問題だって規制だって全く同じだし、バースには観光客があふれてるじゃない。悪意を持った誰かが近づこうとすれば、簡単にできると思わない？」

「全く逆だよ。誰だって、観光客の真ん中で騒ぎを起こす危険は冒したくないし、いつだって警官が眼を光らせてるから。大勢の中のほうが安全なのさ。どっちにしたって、あそこにいるときは特にセキュリティを厳重にしてもらえるし、ぼくだって十分気をつける。人の注意を引かずに人前に出る方法は知ってるんだ。その気になれば注目を集めることも、同じくらい簡単にできるけど。さあ行こう。あの家を見せたいんだ。気に入ってくれると思うよ」

ポールの運転でバースに到着し、円形の住宅地〝サーカス〟をちょっとはずれた通りに駐車した。マークはわたしの手を取って車から降ろすと、ブロック・ストリート一番地の玄関前へ連れていった。ブロック・ストリートは〝サーカス〟とロイヤル・クレセントという、イギリスを代表するジョージ王朝様式の建築物二つを結ぶ通りだ。バース特産のはちみつ色の石を積み上げた円柱と、凝った装飾のファサードを配した品のあるスタイルで、息をのむほど美しい。

〝サーカス〟はラテン語で〝環〟や〝円〟を表す言葉で、緩やかにカーブした同じ大きさの三軒のタウンハウスが弧を描き、それぞれの建物の間からブロック・ストリート、ベネット・ストリート、ゲイ・ストリートという三本の通りが放射状に延びている。タウンハウスは芝生を取り囲み、その中心には巨大なプラタナスの木々が植えられている。ロイヤル・クレセントのほうはブロック・ストリートの端に位置する壮大な建物だ。一五〇メートルの長さを誇り、ロイヤル・ヴィクトリア・パークまでの広大な芝地を見下ろしている。ロイヤル・クレセントとサーカスはバースでも最高級の場所で、ブロック・ストリート一番地は玄関がブロック・ストリートに面していて、サーカスを形づくる三つの湾曲したタウンハウスの角にあり、正面からはサーカスを、裏からはロイヤル・クレセントとロイヤル・ヴィクトリア・パークまでを見渡せる。

マークが玄関を開け、中を見せた。

「持ち主と交渉して、いっさいがっさい込みで手に入れたんだ。壮観だよ」

わたしたちが立っているのは広い廊下で、ここだけで床面積の四分の一ほどを占めているに違いない。大きな階段は三方の壁に沿ってぐるりと二階の踊り場へ続き、さらに三階へ、そしてもっと上へと続いている。マークは廊下のそばにある部屋へわたしを連れていった。

「書斎だよ。いいだろう?　こんな書斎、見たことないと思うよ」

そのとおり。だが何だか落ち着かない。書斎には窓が二面あり、一面からはデスクの向こうにブロック・ストリートが、もう一面からはサーカスが見える。サーカスのまわりは観光客の大群がうろうろし、書斎の窓の真ん前にまで団体客がいて、こちらをのぞきこんでいた。動物園の動物になった気分。観音開きの扉を二つ抜けて、ダイニングルームへと移った。部屋は美しく、しゃれた光沢のある壁紙が張られ、厚手でドレープのついた、天井まで届く豪華なカーテンが下がり、内装も素晴らしい。だがここでも、外の喧騒が気になった。プライバシーがないのは嫌いだ。でもわたしは黙っていた。

「見てごらんよ」マークは食器棚の引き出しや扉を開けている。「必要なものはすべてそろってる。気に入ったものは全部買いあげたし、気に入らないのは取り換えさせた。何も持ってこなくていいんだよ。どう?」

「きれいだわ」わたしはつぶやき、無理やり微笑もうとした。「もう少し見せて」

ダイニングルームから内玄関を抜け、キッチンへ入った。ここは気に入った。壁は青く塗られ、キッチンユニットは淡いピンクとブルー。台所全体が女性らしい雰囲気だ。広々としていて、右手にある料理用の暖炉の上には鏡が掛けられ、両側に上品な肘掛け椅子が置かれている。中心には大きなみかげ石の作業台が、最新式のＩＨコンロと小さい流しを囲み、下の部分は引き出しや食器入れ、それから昨今のキッチンには欠かせない設備、ワインクーラーになっている。左手の壁には備え付けのオーブン二台、スチームオーブン一台、引き出し型の保温庫、二槽のホーロー製の流し、冷蔵庫などを収納した戸棚。反対側は大きな張り出し窓になっていて、白く塗られたテーブルと、ピンクとブルーの布を張った椅子が六脚置かれている。ほんとうにすてきだったが、それでもわたしは黙っていた。マークはわたしの手を取って玄関ホールへ戻り、地階へ向かった。階段を下りるとき、殺菌剤の不快な臭いが鼻をついた。マークはまた喋りだした。

「ここがほんとにいいんだ。ラーラとエマが泊まりに来てもばっちりさ。独立した部屋は二部屋、ここと最上階にある。いつでも好きなだけ来られるし、好きなように過ごせるよ。友だちもだ」

一階には女性が一人いて、シーツにアイロンをかけていた。

「使用人もそのままにしてもらったんだ」マークが説明する。「使ってみて、よくなかったら別の人を雇えばいい」

次に入った寝室は、美しいながらごく狭い中庭に続いていて、そこは近所のたくさんの窓から丸見えであることに、わたしは気づいた。閉所恐怖症になりそう。ここには全くプライバシーがない。庭を気ままにぶらぶらする気にもなれないし、カントリーサイドに出かけることはおろか、誰にも見られず外に座ってお酒を飲むことさえできない。わたしに都会暮らしができるかしら。たとえどれほど美しい街であっても。マークに連れられて中へ戻り、一階にある残りの部屋を見せてもらった。すべてが美しくすっきりとしつらえられてるよね、と言うが、たぶん彼はわたしとは別世界に住んでいるんだ。この家はまるでブティックホテルか、富裕層向けの週末用の賃貸マンションみたいで、家という気がしない。裏口には、法令で定められた非常用出口のサインまである。

「どう？　気に入った？」彼は返事を迫った。

「ええ、いい家ね。でも、庭へ出るのに寝室を通らなきゃならないのは、ちょっと妙じゃない？まあいいわ、ほかを見せて」

再び玄関ホールへ戻ると、そのまま大階段を上り、二階へ行った。階段の突き当たりは寝室で、やや狭かったが内装は美しく（この手の装飾が好みなら、の話だが）、ベッドの頭の上の壁にはショーン・コネリー扮するジェームズ・ボンドの写真。その階の反対側には美しい彫刻を施した精巧な刳り型のドアがあり、客間へと続いている。この部屋は素晴らしい。天井までの張り出し窓から、中庭と、近所の庭の向こうに続くロイヤル・クレセントとヴィクトリア・パークが見えた。塗装は淡いグレーで、囲いのない大型暖炉が備え付けられ、しわ加工を施した深紅色のベルベットのソファが二つ、アールデコ調の鏡付きテーブルと戸棚。ここでもハリウッドがテーマらしく、壁に掛かったグレース・ケリーとケーリー・グラントが白黒写真の中からこちらを見下ろしている。

　みごとな両開きの扉を抜けると、その奥は、サーカスを見下ろす書庫付きの音楽室になっていて、ここにも囲いのない暖炉が置かれている。ここは、ピンクを基調としたとても女性らしい部屋で、サーカスを望む掃き出し窓はたっぷりした花柄のカーテンで覆われ、暖炉の両脇にはピンクの肘掛け椅子があった。大きな両開き扉を開け放せば客間とひと続きになり、家の幅いっぱいの広々した空間ができる。圧倒されるほどみごとな眺めで、グレース・ケリーの写真を見つめながら、わたしは両親、特に若い頃グレース・ケリーに似ていると言われた母を思い出していた。二人がここにいてくれたら。両親はジョージ王朝様式の建築が大好きで、バースに精通し、気に入ってもいた。この家を見たら喜ぶだろうし、とりわけこの部屋を気に入るだろう。二人のことを思い出すと、急に寂しさに胸が痛んだ。

　音楽室に置かれた小型のグランドピアノを見たときは、一瞬だけ希望が湧き、元気が出た。

「このピアノも買ったの？」また弾けると思うと嬉しくなって、熱心にマークに尋ねた。

「交渉中なんだ」とマークは答える。「がらくたは全部、運び出してるはずだったんだけど、もう一度確認しなきゃ。これはそのまま置いときたいって言ってたよ。困るよな！」

「いいえ、そのまま置いてもらって。ぜひまた弾きたいわ。小さな頃から集めた楽譜があるし、これからは弾く時間もたっぷりできるでしょうから」

「いいかい、ピアノが欲しいんなら、これを持っていかれても、別のを買えばいいんだ。そんなにこだわらなくたって、欲しいものは何でも買えるんだから。さあ、おいで」

　わたしたちは階上へ行った。最初に入ったのは浴室だ。贅沢な造りで、真ん中の暖炉の前には独立式の浴槽、奥にはシャワーが二台。二方向に開いた窓の一方はブロック・ストリートに、もう一方はサーカスに面している。その奥は化粧室で、ブロンズとピンクの花模様の壁紙と、薄いピンクの作り付けのワードローブが、やはりとても女性らしい。二つの窓の間には鏡台、暖炉の両脇にはそれぞれ肘掛け椅子と小ぶりなサイドテーブルが置かれている。

マークはこの階の反対側にある部屋へわたしを連れていった。

「で、ここがぼくたちの寝室。二人だけの寝室だ。やっと着いた！」そう言って中へと促す。「気に入った？」

部屋は広々して、ピンクの花模様がついた銀色の壁紙が張られていた。巨大なベッドがでんと構え、磨き上げられたやや男性的なヘッドボードとベッドサイドテーブルが目につく。それと調和した男性用の衣装ダンスが反対側の壁に置かれていた。大きなベージュのモダンなソファが、張り出し窓に合わせて弧を描いている。家具はちょっと趣味が悪いと思った。ベッドの上の壁からは、マリリン・モンローがじっとのぞきこんでいる。いや、正確にはのぞきこんでいるんじゃなくて、裸のまま目を閉じ、豊満な体に巧みにシーツをまとわせて横たわっているのだ。部屋に対して小さすぎる絵だった。

「そうね。みごとだけど、わたしの趣味じゃない」そう言って、ほかの家具と釣り合いが取れない、鏡が外された鏡台を見つめた。なんだか場違いだ。

「でも、ぼくたちの寝室なんだよ。考えてもごらん。ぼくたち二人のだ！　あと、これも見て」

そう言ってさらにもう数段上がって、屋根裏の小さな部屋に案内しながら、熱に浮かされたように喋り続けている。

「ここがすごくいいんだよ。どう思う？　いいだろ？」

「たしかにきれいな家だわ。それは否定しない。でも間取りが少々変ね。家族用の造りじゃないみたい」

「でも気に入っただろ？　いいかい、ぼくたち、サーカスに住むんだよ。サーカスに家を持てるなら右腕を差し出したっていいという人間は大勢いる。しかも、一歩出ればバースの中心だ。気に入っただろ？」

「きれいな家ね」わたしは繰り返した。感情をこめずに。

「気に入ってもらえて嬉しいよ」「ここに住みたくないって言われたらどうしようかと思った」

わたしの言葉は全く耳に入らず、どんな気分でいるかもまるで気に留めていないようだ。わたしの手を取り、興奮した様子で喋り続けながら階段を下りてゆく。

「おいで、ちょっと歩こう」

外に出て、あたりをぶらぶらした。石造りの建物が春の日射しに輝き、街の眺めは申し分ないというのに、心は重い。街中に住みたいと思ったことなど一度もなかった。どんなに美しい街の大邸宅であっても。どうにか気分を明るくしようとしたがだめだ。この家は、今借りているコテージの一〇倍は広いけれど、ここに住むと考えただけで、もう息が詰まりそう。くつろげる気が全くしない。家どうしがぴったりくっついていて、そこらじゅうに人がいて、家の外にはほとんどスペースがないから、駐車することを考えただけでぞっとする。でも、もう引き返せないんだ。店にも、リトル・コーチ・ハウスにも、出ていくと伝えてしまっている。

押し寄せてくる不安の波を振り払おうとした。きっと、結婚前で神経質になってるだけ。都会暮らしにも慣れるわ。だがすぐ思った。慣れる必要なんてないんじゃないかしら。ここはしょせん仮住まいだもの。どちらにしろ、すぐに自分の場所、自分の家庭と呼べる場所が手に入る。小さくてもきれいな郊外の家。ああ待ち遠しい。

「何も持ってくる必要はないよ」マークは言った。「ここにはすべてそろってる。新しい服だけ持っておいで。それだけでいい」

「でも、本や写真なんかを少し持ってきたいわ。ほかの持ち物は倉庫に預けようと思うの」

「ばかな。倉庫になんか物を預けておいたら、すごく高くつくに決まってる。結局はいらないってことになるから」

「だけど、自分の家を買ったらまた必要になるでしょ」

「ねえ、ばかを言うなよ。まっさらのスタートを切るんだ。新しい家を買ったらがらくたは全部始末して新規巻き直しだ。考えてごらん。新しい暮らしに合う家具を一からそろえるんだよ。きみにはそういうセンスがあるから、楽しいに決まってる。金なら十分あるんだ。好きなものは何でも買えばいい」

「あなたの言うとおりかも。考えてみるわ。ラーラとエマに何も残しておけないのは残念だから。そうだ、ラーラとエマといえば、あの子たちの学生ローンを完済してやらなきゃ。しばらく前にそう約束したのに、ほかのことに気を取られちゃって」

「そのことは前に話したよね。全部きちんとしたいと思ってるって。ロンドンにある二軒の家を、あの子たちにあげたいんだ。そうすればぼくも助かる。もて余してるんだから。だけどそれには、信託財産にしなきゃならないんだ。できるだけ早く、弁護士に取りかからせるよ。きちんとした手続きを踏まなきゃね。あの子たちに莫大な納税通知書が行くようなことにはしたくないだろう?」

「わたしが望むのは、学生ローンの完済だけ。ごく簡単なことよ」

「ねえ、こういうことはみんな弁護士と話させてくれないか」

「わかった。でもすぐ済ませたいの」

「すぐ済むよ。心配いらない。それはそうと、本当に持ってきたいものがあったら整理して持ってきたらいい。まあぼくなら、ほとんど捨てるけど」

わたしはしばらく考え、結局彼の言うとおりだと思った。過去は捨てて、一から新しく始めるほうがすがすがしい。写真と手紙、思い出としての価値があるものをいくつか、それに本を数冊、それ以外は全部捨てよう。

リトル・コーチ・ハウスを出る数日前、自分の持ち物を置いてある裏庭へ向かった。すでにユーマには、不用品が大量に出ると告げてあったので、もうそこで待っていた。ポールもだ。コンテナを開け、中身を取り出す。てんやわんやの騒ぎに、少し気分が悪くなった。ほとんどの品物はユーマが持ち帰ることになり、あとはポールが処分することに決まった。自分の持ち物がユーマとアントニーのところに引き取られることになって嬉しかったが、一日が終わる頃にはすっかりくたびれ果てていた。こんなふうに一挙にすべて片づけてしまうべきではなかったかもしれないが、これがわたしなのだ。やるときは徹底的に。さあ、あとは楽しみにしなければ――バースでの生活を。


愛の爆弾というのは、サイコパスがよく使う手として有名だ。息をつく暇もないくらい速いペースで相手との関係を深め警戒心を解かせる。事の展開があまりに急で複雑なので、相手はついていくことも理解することもできなくなる。すっかり圧倒され、戸惑い、冷静さを失うので、人生をコントロールされていることにも気づかない。

二人の関係をラーラとエマがどう思っていたのか、疑惑を口にしたことはないのかと、何度も尋ねられた。記憶にはなかったが、エマは、わたしがあの最初のデートに出かけると聞かされたとき、ひどく不安を感じたからよく覚えていると言った。わたしに直接、心配だと伝えたが、わたしの反応をみて、これ以上何を言っても無駄で、却って事を悪化させるだけだと悟ったそうだ。3月17日、エマはラーラに、スパイのふりで気の毒な女性から金を巻き上げた男の記事のリンクを送っている。そうしたことがわたしの身にも起きていると意識してのことではないだろうが、無意識のうちに勘が働いたのかもしれない。ラーラも早い段階で、自分の友人にこんなふうに懸念を打ち明けている。

ちょっと気になることがあるの。ママが2か月前に知り合ったばかりの男の人と、もう一緒に住もうとしてて(相手が家を買ったらしい)、いかにも百万長者の恋人っぽい、タガのはずれた暮らしを始めたんだよね。百万長者と書いたけど億万長者と言うべきかも。その人、ヨットや自家用機も持ってて、いたるところに家があるの。彼自身はジュネーブに住んでて、スイスの銀行UBSで働いてるんだって。ちょっと、いえ、ずいぶんおかしな話だよね。軽率なことをしなければいいんだけど。

そして数週間後、マークに会ったラーラは、心配していたその友人にこう答えている。

ママは元気そうだったけど、どんな羽目に陥ってるか、ちゃんとわかってないと思う。すぐに厄介なことになりそう。ママの友だちは誰も彼とは会わないだろうし、もし会っても、好意は持たないんじゃないかな。困ったことに、ママは彼が来るのをじっと待ってもいられないの。一日じゅうつなぎ止められてるみたいで。しかも感じの悪い人なんだよね。どんなことになっても不思議じゃない。心配よ。

繰り返すが、わたしは二人が直接疑惑を口にしたのを覚えていない。だが、最近になって二人にも言ったが、きっと口にしていたんだと思う。あの子たちの不安に全く注意を払わなかったことを考えると本当に胸が痛むし、それはとりもなおさず、すでにマーク・アクロムにどれほど支配されていたかという証拠だ。二人はそもそもの初めから、ろくな結末にならないと言い続けていた。全くそのとおりだ。

マークがボトックスや整形手術を受けさせようとしたことだが、今思うとぞっとする。ボトックスについてのあの言葉は間違いなく、わたしの自信をそれとなく打ち砕こうとしてのこと。最初のデートで漏らした、年下の男性とつきあうと年老いた気になってしまうという言葉から、彼はわたしの密かな不安を察して利用しようとしたのだ。彼に受けた仕打ちを知ったとき、自分が何者かもわからなくなり、それから何年もの間、鏡に映った姿さえ認識できないほどだったが、もしあのとき押し切られて整形手術を受け、外見まで変わってしまっていたら、どうなっていただろう。

わたしにはロマンティックな関係を結んだ経験があまりなく、結婚前に真剣につきあった恋人は一人だけだった。元夫とはめくるめくようなロマンスの末、たった一〇回ほどのデートで結婚を申しこまれた。その限られた経験から、またたく間にマークと深い関係になったのは、わたしには特別なことではなかった。違いは、夫とはつきあう1年前から知り合いで、人となりをわかっていたということだ。家も仕事も知っていた。友だちも知っていたし、家族にもすぐに会った。マークはといえば、二歳のビアンカに会ったきりで、それも、わたしを惹きつけるために周到に計画された出会いだったのだ。サイコパスは、私生活を明かしたがらない。マークは、嘘も真実も取り混ぜて家族のことを話してくれたが、誰とも会わせてくれなかった。友だちにもだ。それに、彼のほうもわたしの家族や友だちに会いたがらなかった。そこで危険を察知すべきだったのだ。だが、自由に酔いしれていたわたしは、しばらくは二人きりでもかまわなかった。二人だけでいたことで、彼が完全にわたしを支配していることに気づかず、気づいたときは遅かった。

マークは仕事でもロマンスでも、じつに巧みなやり方で人をだました。財産についてだけでなく、交友関係についても〝証拠〟を出してみせ、引っかかった人は、彼が実在の人の名を持ち出して互いに張り合わせるという、じつに賢いゲームをしていることに全く気づかない。彼の人生は実際に〝映画みたい〟で、登場人物を人形のように自在に操る。わたしには、ＭＩ６という芝居がかった話を信じさせ、人間どうしのつきあいにはつきものの慣習を避ける絶好の隠れ蓑に利用した。仕事関係では、〝仕事爆弾〟のテクニックを使って、仕事仲間を夜も昼も呼びつけ、あれをやれ、これをやれ、ここへ来い、あそこへ行け、と要求して、あらゆることが同時にものすごいスピードで起こるように画策したのではないか。電話での会話は、10秒にも満たない簡潔なものが多かった。

どんな形であれマークと関わるのは、筏での急流下りのようなものだった。信じられないほどエキサイティングで、危険な香りがし、すべてがすごいスピードであっという間だ。そして流れが激しければ激しいほど、人は筏にしがみつこうとする。行く手の断崖の向こうに待ち受けるのが滝だとも知らずに。

第五章　わたしを愛したスパイ

輝かしい未来の最初の夜が、それまでで最も寂しい夜になったこと、それがとても悲しく不思議に思えた。

チャールズ・ディケンズ『大いなる遺産』

２０１２年4月3日、わたしはバースへ引っ越した。手にしているのは衣類のスーツケースだけなのに、不安のあまり絶え間なく襲ってくる頭痛のせいで、その重さにへたりこみそうだ。所持品の残りはすでに、通りを何本か隔てたキャベンディッシュ・プレイスにあるポールのマンションに運びこまれている。わたしの安全を確かめられるよう、ポールに近くにいてほしいとマークが望んだのだ。マークは先に着いていて、勢いよくドアを開け、わたしを迎え入れた。

「ほんとにこの家はいいな。こんな場所に住めるなんて、嬉しいだろ?」書斎へ入り、机の上の物件売買に関する書類を指した。

「それ、しまっておいてくれる?」

わたしは物事の明るい面を見ようとする人間だから、何とか微笑んでみせた。ほんの短期間のことよ、と自分に言い聞かせながら。だって、もうすぐビーチの改修工事は終わるだろうし、マークとの結婚生活が落ち着いたら、今度は自分にどんな家を買おうか考えればいい。気の持ちようで、ここでの生活も楽しめるはず。何といっても玄関を一歩出ればバースの中心だし、快適な予備の寝室が四つもあるんだから、友だちにも泊まってもらえる。

さっそく次の土曜には最初の泊まり客が来る。二人の娘とそれぞれのボーイフレンド、アンと息子（うちの娘たちとは兄妹みたいなもの）とそのガールフレンド。わたしの弟と義妹と姪たちは、夕食時に合流することになっている。そもそも、この日を空けておいてとみんなに伝えたときは、ウィドクーム・マナーに住んでいる予定だったし、マークは出張シェフを頼んでご馳走を作らせると約束していたのだが、直前で場所が変わったので計画も変更だ。シェフはキャンセルしたものの、ふだんは料理好きなわたしもへとへとで、とても自分で料理する気にはなれない。車を停めて荷物を降ろすこともできない場所にある家では、スーパーへ行くのもひと苦労だし。

やってきたポールも加わって、わたしたち三人はキッチンで相談した。

「きみはどうしたい？」マークが訊く。

「みんなで外食はどうかしら？」

「きみがそうしたいならね。でも、みんなに家を見せたいんじゃなかった？」

「もちろんそうよ。だけど、あなたが予定を変えたから。場所を変更してコックを断ったでしょ。わたしは気が進まなかったのに」

「わかった。じゃあどうしようか」

「もう言ったじゃない。みんなで外食するの」

「ちゃんとした店は無理じゃないかな、そんな大勢だと。何人だっけ？」

「十三人」

「だろ。こんな間際に十三人の席を取るなんてできない」

困り果てて、何かいい方法はないかと脳みそをしぼってみる。

「じゃあ、インド料理のテイクアウトを頼むのはどうかしら？　ほら、いつもあなたが話してるレストラン……〝ミント・ルーム〟だっけ？」

「インド料理のテイクアウト？　大丈夫だと思うよ。ポール、手配してくれないか？　何時に届けてもらう？」

本当はテイクアウトなんて嫌だったが、焦っていたし、この状況でできるだけのもてなしをするにはこれしかない。

「8時は？」

「8時だ、ポール」マークは繰り返した。「それからポール、今すぐ飲み物を買ってきてくれないか？　ワインセラーを補充しとこう」

ポールが戻ってくると、マークはワインをセラーに納めるのを手伝ったが、その後、もう行かなきゃ、と言った。

「土曜日にね」彼はそう言って私にキスした。「その前に寄れたら寄るけど、約束はできない」

信じられない。ここへ引っ越したのは一緒に過ごす時間を増やすためだったというのに、もう一人にされてしまうなんて。家の中を歩き回りながら、はたしてここを家庭だと感じられるかしらと思った。音楽室に入ると心が沈んだ。ピアノが消えている。

土曜日はあっという間にやってきた。家族や友人と会えるのは楽しみだったが、不安もつきまとう。マークは夜の7時頃来ることになっていた。早く来てほしい反面、ちょっぴり気がかりでもあった。家族や友人は彼をどう思うだろう。全くタイプが違う人たちだし、彼の傲慢な態度をよく思わないかも。マークのほうも、あまり緊張しないといいんだけど。こんな形で、わたしの人生でいちばん大切な人たち十一人と一度に会うなんて、さぞ気重なことだろう。

まず着いたのはラーラとエマだ。娘たちに会えたわたしは有頂天になって、家の中を案内して二人の寝室を見せた。ラーラは学生の頃、夏休みのアルバイトでバースにいたことがあり、この街をよく知っていた。

「サーカスに住めるなんて信じられない。バイトの行き帰りに毎日ここを通りながら、こんなところに住めたらなあと思ってたんだ。実際にママが住むなんて、ほんとびっくり！」

ラーラの興奮ぶりがうつったのか、わたしの気分も上向いた。到着する友人たちにも家を見せて回るうち、だんだん緊張がほぐれてくる。すっかり元気になったところで、弟家族がやってきたが、アナリーサはわたしのほうをほとんど見もしなかった。

「トイレが流れないわよ」飲み物を取りに来た彼女が言う。

「コツがあるの」わたしは答えた。「少し待たないといけないのよ」

弟たちにも家を見せて回る。姪たちはすごい家ねと言い、ニックも丁寧で好意的だったが、アナリーサからはついぞ褒め言葉も聞けなかった。

「シャンデリアのほこりを払わなきゃね」三階で彼女は言った。

マークはまだ現れず、早く来てくれないかとわたしは気が気でなかった。電話をかけたが応答はない。

ポールが食べ物を運んできたので、キッチンで準備をしていると、じれったげな着信音が聞こえた。マークからだ。

「どこにいるの？」わたしは訊いた。「みんなそろってるのよ。あなたがいないんじゃ格好がつかないでしょう。みんなあなたに会おうと待ってるんだから。今ちょうど、食事にしようとしていたところ」

「ごめん。ロンダで足止めなんだ。離陸の場所がなくて、いつここを出られるかわからない」

このとき、よりによってロンダで足止めなんておかしいと思ったのを覚えている。わたしはこのスペインの町を訪れたことがあり、飛行機でイギリスへ渡るには向かない場所だと思ったからだ。だがそのときは、別のことで頭がいっぱいだったので、マークに問いただすことはなかった。どうすれば彼の不在をうまく説明できるか考えながら、焦りのあまり首筋が熱くなるのを感じた。

「何ですって？　よくもそんなこと！　家族に会ってもらうのが、わたしにとってどれほど大切か知ってるでしょう？　もともと今日は、あなたが結婚しようと言ってた日なのよ。信じられない。がっかりだわ」

「ねえ、最初に言ったよね。きちんと一緒になれるまで、きみを何度もがっかりさせることになるって。ほんとにごめん。明日には着けるようにする。ご家族やお友だちと楽しんで。愛してるよ。早く会いたい」

「愛してる」感情のこもらない小声でそう言って電話を切り、笑顔を作って、マークが来られない言い訳をしながら食卓に着いた。

「そう、とんだサプライズね」というのがアナリーサの言い草だった。

その晩は思いどおりには運ばず、わたしはひどく疲れて気分が悪かった。姪たちに泊まってもいいかと尋ねられて断ったのも、いつものわたしらしくない。明日、マークが姿を見せてくれますようにと思ったが、急に、本当は家族と会ってほしくなんかないという気になった。ニックを送り出すとき、アナリーサが振り向いた。

「彼、来ないと思ってたわ」と彼女は言う。「でも、ともかくあなたの今の状態はわかった」。その言い方があまりに冷たかったので、わたしはすごく腹が立った。もし家族の絆なんてものがあるのなら、すぐさまハサミを取ってきて、断ち切ってしまいたい。

翌朝は、豪勢な朝食を作った。みんなが食べ終わろうとする頃、玄関のドアが開く音がした。

マークが立っていた。

デザイナージーンズ、しわひとつないシャツ、わたしが買ってあげたグッチの靴に、クロンビーのコートといういでたちだ。全員の目がそちらに向く。彼はひと呼吸おいて場の状況を読み取ると、わたしにキスしてすぐにコーヒーをくれと言い、みんなに紹介されながらタバコに火をつけた。キッチンテーブルに座り、挨拶が交わされている間も、わたしはいつになく落ち着かない気分だった。ラーラは家を褒め、学生の頃サーカスに住むのが夢だったんですと言った。

「そう、幸い、ぼくは望むものを何でも手に入れられるからね」彼は答えた。「この家もいいけど、何しろ家なら世界中にあるから」

マークがほかの人と一緒にいるのを見るのはこれが初めてだ。彼はたちまち会話を独り占めした。得意げに富を自慢し、ほかのみんなを見下した偉そうな態度を取っている。

「飛行機のコレクションも持ってるし、おそらくピカソのコレクションにかけては世界一だね」得意そうに言いながら、深々とタバコを吸い、椅子にふんぞり返る。「ぼくはいいものが好きでね。昔、金の延べ棒を山ほど持っていたんだが、もて余したからガラスの板を載せてコーヒーテーブルにしたんだ。なかなか粋だろ」

尊大というだけでは足りない。もはや無礼で不愉快だ。座ったままエスプレッソを何杯も飲み、立て続けにタバコをふかす。わたしも吸うが、家族の前では控えていたし、ほかのみんなが嫌がるのはわかっている。むっとする煙の中で、マークが調子づいていくのを眺めながら、いたたまれない思いで、彼を止めたり会話の方向を変えたりしようという気力もないまま、ただ凍りついたようにじっとマークが黙ってくれないかと願うばかり。それなのに、彼は黙る気配を見せない。とうとうアンの息子ニックが割って入った。首筋や頬が赤らんでいるのを見ると、かなり気分を害しているようだが、礼儀をわきまえた子なので何とか怒りを抑え、丁重な態度を保っている。

「そんなにお金があって何でも手に入るなら、何を目標にしてるんですか?」

「まあ、昔は金だった。でも今は支配力だね。ボタンを一つ押すだけでイギリス経済を機能不全にすることだってできる。それだけの力を持った人間は、全世界にたった五〇〇人程度しかいないんだよ」マークは答え、またタバコに火をつけた。「この世の中でうまくやるには、すべてを犠牲にするつもりでいなくちゃだめだ。カジノで負けないコツは、カジノより金を持ってることだよ。持ってるものをすべてなくしたら服を脱ぎ、潔くケツに突っこませることだ。そういう覚悟ができてる人間は多くない」

わたしは身じろぎひとつできなかった——ショックのあまり。どうして彼はこんなに不愉快で口汚い言葉を吐くの? そして、どうしてわたしは話題を変えようとしないの? すっかり力が抜けて呆然としていた。自分の意志などまるでないみたいに。そのとき、マークがまた口を開いた。

「きみはケンティッシュ・タウンに住んでるんだって?」彼はニックのほうを向いて笑みを浮かべたが、感じのいい笑い方じゃない。「ケンティッシュ・タウンはいい所だ。でも黒人が多すぎるね。ほかの人種はみんな何かしら仕事をしてる。ユダヤ人も中国人も、ポーランド人も。だけど黒人って、遺伝的に怠惰なんじゃないかな。やつらは出ていくべきだよ。教育を受けて50年後に戻ってこい、ってんだ。最近ロンドンに車で出かけたけど、二度とごめんだね。ああいう黒人連中は運転もできやしない。ぼくたちみたいな人間のための車線を作るべきだ。政治家や外交官や教育を受けた人間のための。ほかは一般市民用ね。だからぼくはヘリコプターを使うんだ」ほとばしるような言葉の流れが一瞬止まったが、それは彼がコーラの缶を開けてぐっとあおったほんの少しの間だけ。再びタバコに火をつけてから、また喋り始める。

「移民はどこかの島に追いやって、海に突き落とすか銃殺すべきだ。スイスでは、働こうとしない奴に出ていけと言う。そうするとそいつはすぐ、トイレ掃除の仕事を見つけてくるよ。ふん、ぼくはこの国が嫌いだね。スイスのすごいところは、何もかもが機能的だってことだ。貧乏人にはつゆほども同情しない。ぼくは最長でも一日3時間の睡眠しかとらないし、昼食も食べない。食べると能率がぐっと落ちるからね。コーヒーとコーラ、それにタバコで乗り切ってる。何年か前に心臓発作を起こしたんだが、なかなか面白い体験だったよ！　目覚めたら病院で、管につながれたままですぐ仕事に戻ったが。止まったら死んじゃうだろうな。この国が息を吹き返すには、また戦争が起こらないと。サッチャーみたいな人物が必要なんだ」

いったい何がどうなってるの？　こんなマークは見たことがない。たしかに時々乱暴な言葉を使うこともあるが、最初に会ったときは、その品のよさに驚いたのに。なぜ今になってこんな態度を？　いつも、目標は人助けだと言っていたのに。でも「支配力」とは？　彼が金持ちで、お金が好きなのは事実だ。それに、ピカソを持ってるとも言っていた。頭のどこか奥のほうで、かすかな警報が鳴ったが、その音は、なおも続く支離滅裂なマークの言葉にかき消されてしまった。

「ぼくはいろんなことを知ってる。ダイアナ元妃が死んだ日、そこにいたんだ。あれは全部仕組まれたものだ。9・11の全貌も知ってる。重要人物はみんな、あの日あの場にいないよう警告を受けていた。アメリカ政府の陰謀だったんだよ。死んだのは能力の低い人間ばっかりだった」

なおもまくしたてる彼を見ながら、わたしは別の世界に迷いこんだのかと思っていた。まるで、叫ぼうとしても声が出ない、走ろうとしても足が重くて前に出せない、そんな悪い夢を見ているようだ。マークはまだ大声で喋っている。

「昔はよく、コヴェント・ガーデンでオペラを観たもんだけど、あんなことはもうできない。最後に行ったとき、ボックス席から下にいる間抜けどもがシャンパンを飲んでるのが見えた。あそこにいる権利さえない連中がさ。昔は選ばれた人しか行けなかったのに、今はめちゃくちゃ。おまけにみんなジーンズ姿でうろつき回ってる。いやはや、この国にはもう我慢ならないね。気候もひどいし食事だって食べられたもんじゃない。レストランだってクズだし。ぼくはね、牛肉は全部ガリツィアから輸入してるんだ。まあ幸い、近所のレストランが気に入らなければ買収しちゃうという手があるけどね」

みんな礼儀を知っているので、心の内を口に出したりしなかったが、不快な気持ちはひしひしと伝わってくる。しまいに誰かが、ヴィクトリア・パークでミニゴルフでもしないかと提案してくれた。ああよかった。わたしはすっかり恥じ入っていた。家族や友だちが愚弄されているというのに、割って入ることも止めることもできなかったのだ。マークはどうしちゃったの？　仕事のストレスだ。それしか考えられない。けれど、犯してしまった過ちの大きさをきちんと理解してもらわなければ。ここにいる人は誰も、二度と彼に会いたいとは思わないだろう。そう思うとひどく悲しかった。混乱のあまり、生来の楽観主義もどこかへ吹き飛んだ。みんなを楽しませなければという責任感——みごとに失敗したわけだが——と、自分の不安を隠そうとする重圧に押しつぶされそうになり、ただただ惨めだった。

「キャロリン、あなたも行く？」アンが励ますような笑みを見せる。

「少ししたらね」わたしは弱々しく笑みを返した。「マークが出かける前にちょっと二人で過ごしたいから」ほかの人たちは出かけ、マークとわたしは二人きりで残された。

「ぼくも行かなきゃ」マークは一点の曇りもない笑顔で言った。「そもそも来るはずじゃなかったんだ。ここに来るためにどんなに苦労したか、きみには想像もつかないだろうな」

まだ立ち直れていなかったわたしは、期待を裏切られてどれほどがっかりしたかも口にできず、微笑むことさえできない。そんなわたしに、彼はさよならのキスをして出ていった。

ぼんやりと窓の外を眺める。気分は最悪で泣きたいくらいだ。でも、何とか気持ちを奮い立たせ、みんなを追って公園へ向かわなきゃ。コーヒーカップや半分空になったコーラの缶、あふれそうな灰皿——マークの痕跡——を片づけ、鍵を手にした。家を出るとき、頭上でヘリコプターの音がして、彼かしらと思った。みんなとはすぐ合流できた。

「ヘリコプターが通ったわよ」アンが言った。「彼かな?」

「だと思う」わたしは答えた。「電話があったら訊いてみる」そう言っている最中に電話が鳴った。彼だ。

「みんな、ぼくのこと何て言ってる?」熱心な口調で訊く。喉元に大きなかたまりがつかえているような気がした。

「あなたのことは話題にのぼってないわ。その話は後で。ヘリコプターが見えたけど、あなた?」

「そうだよ。見えた?」

「みんなに見えたわ」返事をするのもやっとだ。

「じゃあ、明日会えるようにするから。愛してるよ」

「わたしもよ」小声で言い、涙をこらえる。

誰もマークの名を口にしなかったが、この集まりは完全に失敗だ。わたしと家族や友だちとの間に冷たく鋭いくさびが打たれた気がして、やるせなくなった。

翌週、年老いた飼い猫が餌を食べなくなった。獣医に連れていくと、口の中に腫瘍ができているという。打つ手はなく、苦痛から解放するために安楽死させてやるしかなかった。夜遅くなってブロック・ストリートに戻り、後ろ手にドアを閉めるやいなや、どっと涙があふれた。こんなにも孤独を感じたことはいまだかつてなかった。

ブロック・ストリートでの初めの数週間、マークはほぼ毎日顔を見せたが、いつもお昼近くなって現れ、ほんの1時間くらいしかいられなかった。

ビジネス王国を拡張するのに忙しくてねと言って、彼は〝インオルグ〟という、新しく立ち上げようとしている会社のウェブサイトを見せてくれた。パッと人目を引くつくりになっている。インオルグは、新進気鋭の多角的企業の傘下にあるんだ、とマークは言った。インレジデンス、インモータースポーツ、インアビエーション、インマリタイム、インコンサート、インザメディア……ほかにもいっぱいある。すべてがわかった今、わたしは確信している。彼の挙げた子会社はすべて、疑うことを知らない実在の人物に、投資をしてくれたらインオルグ王国に席を用意すると約束し、この会社の運営に一部でも関わるのは名誉だと思いこませるための罠だったのだと。さらにマークは、〝プリンス・トラスト〟の仕事はまだ続けているし、ブリストルにある名門クリフトン・カレッジの資金調達も担当しているんだと言った。クリフトン・カレッジの資金集めの一環としてコッツウォルズ空港で撮影されたプロモーションビデオを見せてくれたが、そこには〝プリンス・トラスト〟、航空救急隊、クリフトン・カレッジなど、さまざまな協賛団体が名を連ねている。マークも写っていて、解説を務めていることもあった。この資金調達イベントの目玉として、スピットファイアの展示飛行も考えているのだという。

「ね、言っただろう。すべてうまくいくって」キッチンに座り、最近の面白いできごとを話しながら彼は言った。

「ここへ引っ越してから、ほぼ毎日会えてるじゃないか」

「でもまだ泊まっていってくれたことはないわ。それに、いつだってポールがくっついてくる。年度が改まったら、ゆっくり何泊かしてくれると思ってたのに」

それは事実だった。マークとわたしが二人きりになれる時間はほとんどなく、一緒にいるときでさえ、しじゅう何かしら邪魔が入る。

ある午後、マークはわたしを上の寝室へ連れていき、キスをした。

「ねえ、一度だけでいい。しばらく電話の電源を切ってもらえない?」わたしは彼の髪をもてあそびながらそう言った。

「いや、きみの気持ちはわかるけど、言ったじゃないか。電源は切れないし、応答もしなきゃならない。怒りたくもなるだろうけど、今は我慢して」

わたしはため息をついたが、すぐにマークに気を逸らされた。愛を交わしている最中は、わたしの頭も心も、バースから何百万キロも離れたところに飛んでいた。だが、すぐにマークの携帯が執拗に鳴りだし、現実に引き戻された。

「放っておいて」わたしはささやいた。もうすぐ達しそうだった彼が萎えるのを感じる。「出ないで。今やめるなんて無理よ!」だが無理じゃなかった。彼はわたしから離れ、携帯を手に取った。

「ちくしょう!」と毒づく。「大事な電話だ。出なきゃ」

そう言って誰かとスペイン語で話し始めたが、わたしは彼にじゃれついた。今していることから注意を逸らされるなんてまっぴら。

「やめろ!」彼は声を出さずに口だけ動かし、誰だか知らないが電話の向こう側の人の話を聞いている。わたしから離れようとするが、そうはさせない。わたしは彼と一緒の時間を楽しんでいるんだから。二人で過ごせる貴重な時間。今この瞬間も、清掃人が掃除機をかける低いブーンという音が家のどこかでしている。

マークは会話を続けながら身をかわそうとしたが、二人とも笑いをこらえるのに必死だ。とうとうマークは、ヘッドボードの裏に携帯を押しやって通話を終わらせた。

「おいおい、何するんだよ？　相手はスペイン国王なんだぞ。もう、きみったら。スペイン国王と電話しながらイクなんてとんでもない！　息子が問題を起こしてぼくのアドバイスを求めてきたから、手を貸しますと答えてるところだったんだ。ねえ、ぼくをイカせるんじゃなく、電話に集中させてくれよ。まったく、何も聞こえてなけりゃいいけど。携帯をヘッドボードの裏に押しこめなきゃならなかったじゃないか！」

わたしは笑いながら言った。

「ふふ、誰かの脇役に甘んじるつもりはないの。相手がスペイン国王だろうとね。でもまじめな話、片時も電源を切らないのは、ほんとに癇にさわるんだけど」

「文句言うなよ。できるだけのことをしてるんだから。思い出して——未来予想図のこと。言っただろ。人生で最良のものは待つ価値があるって」


バースに引っ越してからのわたしは、毎朝ひとりで目を覚まし、起き上がってカーテンを引いては鉛色の空を見上げていた。また雨だ。こんな雨続きは初めてで、仕事に出ることもなくなった今、何もやる気が起きない。だいたい、気分が上々のときでも雨は大嫌いなのだから。でも少なくとも田舎なら雨降りも風景の一部だから、わざわざその中を出かけようとは思わないが、気が滅入ったりもしない。ふだんの眺めの一部になっていたし、季節ごとに違う色合いの空の下で田舎の風景を眺めるのは、いつだって楽しいものだ。この街ではそうはいかない。

　窓の外の雨が、バース特有のはちみつ色の壁をくすんだ灰色に変えていくのを見ながら、気持ちは落ちこむばかり。毎日バースの街を散歩しているが、以前は訪れるのが楽しみだったこの街にも、やっとのことで耐えているというありさまだ。旅行者の大群にはうんざりしていた。サーカスに大挙してやってきては、庭の前で写真を撮ったり、ひどいときには書斎やダイニングルームをのぞきこんだりしていくのだ。だから、書斎にいるときには鎧戸を下ろし、薄暗い中で暮らすようになった。サーカスをぐるっと回り、ブロック・ストリートを通ってロイヤル・クレセントに向かう観光バスが、行きかう車の流れが途切れるのを待って、玄関のすぐ外に停車しているのはしょっちゅうだし、二階の踊り場で、バスのオープンデッキに座っている見知らぬ人たちと目が合ったことも一度ならずある。プライバシーを守るために、踊り場の窓のブラインドは下ろしたままだ。同じように、浴室にいるときも北側のブラインドは下ろすようにしている。そうでないと、通りの向かい側の家の窓から見えてしまうからだ。

　ある雨もよいの午後、玄関の呼び鈴が鳴った。来客予定がなければドアを開けないようにとマークから言われていたが、わたしは応対に出た。ドアを開けると、四人の知らない人たちがバランスを崩して後ろ向きによろめきながら、玄関ホールになだれこんできた。玄関先で雨宿りをしていて、そのうちの一人が呼び鈴に寄りかかって鳴らしてしまったのだろう。わたしはかっとなった。

「いったい何をしてるんです？　ここはわたしの家よ。出てって！」そう言って、彼らの背後でドアをぴしゃりと閉めた。だがその音で、自分の家にいるのに囚われの身になったような気持ちがますます強まった。

　呼び鈴が不意に鳴ったのは、あと一度きり。マークがわたしの娘たちや友人たちと顔を合わせた、あの運命の日だ。あのときはマークが出た。戻ってきた彼は、隣の住人が、ゆうべ騒音がひどかったと苦情を言いに来たんだと言った。

「いったいみんなで何をしてたんだ？」彼は尋ねた。「椅子が床にこすれる音がしたと言ってた。こんなものをくれたよ。引っ越しのお祝いにしては、少々変わったプレゼントだね」マークは椅子の脚の底につけるフェルトパッドを見せた。信じられない。ゆうべは土曜日、わたしたちはおしゃべりをして、夕食をとった。でもそれだけだ。うるさい音楽だってかけなかったし、真夜中にはお開きだったのに。幸先がいいとは言えない。

バースに知り合いはなく、テットベリーに引っ越したときとは違って、知り合いを作ろうという気にもなれなかった。本来もっと大勢の人が集うように建てられた家に住んでいるのに、じつを言えば、旧友たちに泊まっていってほしいとは思えないのだ。こんなことじゃいけないと、最初のうちはごく親しい友だちを何人か呼ぼうとしてみたが、結局ブロック・ストリート一番地に住み始めてわずか数週間で、わたしはほとんどの時間を一人で過ごすことになった。閉ざされたドアと、閉ざされた鎧戸と、下ろされたブラインドの内側で。いつもの快活さはどこへやら、わたしの時間を埋めるのは読書とラジオだけだった。

4月20日、わたしの誕生日だ。うちは家族で誕生日を楽しむ習慣があり、記憶にある限り毎年、自分の誕生日は娘たちと祝ってきたのに、今年はひとりぼっちで、誰とも会う予定はない。マークがいてくれたらという願いもむなしかった。一日じゅう待っていたのに、彼が現れたのはやっと夕方になってからで、しかもポールがくっついてきている。ああ、がっかりだわ。

「誕生日おめでとう」

マークは楽しげにわたしにキスし、さっそうと家に入った。ジーンズと前立てにフリルのついたピンクのシャツに、いつものクロンビーのコートを羽織った彼は、手にしていたクリスタルのシャンパンの瓶をキッチンテーブルに置いた。ポールがケーキを運んでくる。マークはわたしにプレゼントとカードを渡すと、キッチンのゴミ箱のほうへ向かった。

「来る途中で、郵便物を取りにきみのコテージに寄ったんだ。カードが来てたよ。開けてみた。〝脳たりん〟からだったよ」。〝脳たりん〟とは、マークがわたしの元彼につけたあだ名だ。

「認めるのは癪だけど」彼は続けた。「彼のカードのほうが、ぼくがきみに用意したカードよりいい。捨ててかまわない?」

「そうして」

望んでいたわけでもないのに、こんなふうに元彼から関心を示されるのにはうんざりだったが、コテージの話が出て切なくなった。あのコテージで、あんなに幸せに暮らしてたのに。マークはカードを二つに裂いてゴミ箱に捨てた。

「じゃあ、ぼくからのカードとプレゼントを開けてくれる? ポール、ケーキを出してもらえないかな? ほんの形ばかりでごめん。買いに行く時間がなくて、ポールに行ってもらわなきゃならなかった」

がっかりしたが、何とか微笑んでカードを開く。マークス&スペンサーの、ごくありきたりのカード。ピカソのコレクションを所有している人からもらうようなものじゃない。中はマーク独特の、クモの糸のような走り書きだ。「愛しいぼくの妻へ。最高の誕生日でありますように。愛してる。マークより。キスキスキスキスキス」。プレゼントの中身はiPodだ。たしかに、iPodが欲しいと漏らしたことはあるけど、マークと過ごす初めての誕生日に期待してたような、わたしのためだけに選ばれたロマンティックなプレゼントじゃない。その辺の人に適当に選ばせられる(そして事実、選ばせた)プレゼントに過ぎない。にっこりしてお礼を言い、三人でシャンパンとマークス&スペンサーのバースデーケーキを囲んだ。

「シャンパンはどう? ぼくは〝クリスタル〟のしか飲まないんだ。プライアリー・ホテルにも何本か置いてある。そこへ行ったときにいつでも飲めるようにね」

「すてきだわ、ありがとう。でも一人でボトル一本空けるのは無理よ」

「きみは飲むと陽気になるから、もっと飲んでほしいな。タバコもどうだい?」

シャンパンはおいしかった。わたしはシャンパン好きで、飲むといつもふわふわした気持ちになるのだが、このときは別で、全く酔えない。間もなくポールに時間だと促され、二人は出ていった。一人残されるのは寂しかった。シャンパンをもう一杯、タバコをもう一本。これまでで最悪の誕生日だ。さらにもう一杯のシャンパンと、もう一本のタバコで自分を慰める。そしてもう一杯、もう一本。だが、最悪だと思ったこの誕生日は、まだ序の口だった。事態はますます悪化してゆく。


数日後、電話に妙な音声メッセージが入っていた。サイレンセスター警察署のハーディング巡査と名乗る婦人警官からで、コテージにわたしを訪ねて行ったらしい。大家さんに会って、あなたがバースへ引っ越したことを聞いたんです、お会いしたいのですが。わたしはすぐに折り返したが、ハーディング巡査は席を外しているとのことだったので、電話をくださいとメッセージを残した。いったい何の用だろう。きっと、この前バークレイズ銀行に言った苦情のことだわ。口座に不明な出金があったので、抗議したのだ。マークは、そういえばポールも同じ目に遭い、苦情の手紙を書いていたなと言っていた。それにしても、警察が介入してくるなんて。まあいい、いずれわかるだろう。その日の晩にマークがやってきたとき、わたしは彼に電話のことを話した。

「でもね、コテージを訪ねたっていうのがわからないの。ちょっと迷惑じゃない？　大家さんに悪く思われちゃう。家に警官が来て、嬉しく思う人なんていないもの」

マークは眉をひそめた。

「気に入らないな。誰かがきみをターゲットにしてぼくらを引き裂こうとしてるのかも。また電話があったら知らせてくれ。こういうことは早めに片づけないと。そうだ、すぐに結婚しよう。結婚してしまえば、誰もぼくらの仲を引き裂けない。ロンドンでいつも行く教会へ行こう。結婚許可証は持ってるし、あそこの司祭なら結婚させてくれる。キューバ製の葉巻をいくらかやればすむ話だ。きみの離婚証明書の写しは、言ったとおりに取ってきてある？　それを持っていかなきゃ」

「持ってるわ。でもそんなふうに、ロミオとジュリエットみたいに結婚するのは嫌。計画が台なしじゃない」

「ぼくを愛してるんだろう？」

わたしはうなずいた。「それはわかってるでしょ」

「じゃあ信じてほしい。やつらはぼくらを引き裂くためなら何だってする。なるべく早く結婚しなきゃ。すぐに司祭のところへ行こう」

数日後、わたしはアルマーニの紺のシフトドレスと、銀糸が織りこまれているツイードのボタンなしジャケットを身につけた。マークがポールとともに迎えに来て、わたしたちは車でロンドンを目指した。マークは、クロンビーのコートの下にデザイナーシャツという服装だ。相変わらず一分の隙もない着こなしで、爪もきれいに磨かれている。ロンドンに着くと、ポールはわたしたちを、メイフェアのファーム・ストリートにある〝無原罪の御宿り教会《イマキュレート・コンセプション・チャーチ》〟というカトリック教会で降ろした。雨が激しく、車から教会の扉までの歩道を渡る間にずぶぬれになった。中に入るとミサの最中で、わたしたちは後ろのほうの席に座った。マークが十字を切ってひざまずき、祈る。わたしは前を向いたまま座っていた。壮麗な装飾が施された内部の様子には圧倒されたが、心が揺さぶられることもなく、マークを含む会衆が聖体拝領を行なっているのを、ただ眺めていた。礼拝が終わると、マークがこちらを向いた。

「この教会、いいだろう？　お気に入りなんだ。ロンドンにいるときは、いつもここへ来る。信仰はぼくにとってとても大切だから」

「知ってると思うけど、わたしは無神論者なの」

「おいおい、ぼくたち、結婚するんだぞ。ここで——今日」

「まあ、司祭様のお話を聞いてからにしましょう。トイレに行きたいわ」

マークが場所を教えてくれた。そして司祭に話をしに行き、わたしが戻ってくるのを待っていた。

「手はずは整ったよ。夕方あらためて来よう。そうしたら結婚だ」

あまりにも急展開すぎる。いったいどうすればいいの。こんなふうに結婚したくはない。でも今は黙っていよう。夕方戻ってきたときに考えればいい。マークは続けた。

「どこかで昼食をとろう。腹がペコペコだ」

マークに付き添われて外へ出ると、ポールが車で待っていた。

「ピムリコまで行ってくれ。午後はちょっと上司に会ってこないと。トラブルが生じた」

雨は小やみになっていて、わたしたちは小さなカフェで軽い昼食をとった。マークがタバコを吸えるよう、外の席についたので寒かった。わたしもタバコを吸った。これが今では二人一緒にできる唯一のことかもしれない。マークのはまだマルボロの赤だが、わたしには強すぎるので、キャメルの青をもらって吸っていた。

「そろそろ行かないと。ポールに送ってもらおう」後部座席に乗りこみ、車が出ようとしたちょうどそのとき、わたしの携帯が鳴った。画面を見つめる。

「知らない番号だわ。警察じゃないかしら」

「よし、ここが肝心だ。今ぼくはいろんな面倒に巻きこまれてるから。電話に出て。スピーカーホンにしてくれ。何が起きているか知っておく必要がある。ぼくが言うとおり答えるんだ。ポール、ちょっと待ってて。この通話が終わるまで停めておいてくれ」

ポールがエンジンを切り、わたしは言われたとおりにした。携帯をスピーカーホンにして出る。

「もしもし」

「もしもし。キャロリン・ウッズさんですか?」

「はい」

「ハーディング巡査です。留守電にメッセージを残しました。ちょっとお話ししたいことがあるんですが」

「はい、知ってます。折り返しお電話したんですが、お留守だったので。どういうお話でしょう?」

「恐縮ですが電話ではちょっと。直接お会いしたいんですが。大家さんとお話ししましたら、バースにいらっしゃるとか」

マークが激しく首を振って、紙切れにメッセージを走り書きする。

だめ! 会うのはだめだ!

「今は、二軒の家を行き来してるんです。テットベリーのコテージはそのままですが、たいていはバースにいます。だけど、何のお話か、今教えてくれませんか? いずれにしろ、何のことか見当はついてますけど」

「申し訳ありませんが、直接お目にかからないと。バースでもいいし、テットベリーのコテージにお伺いしてもかまいません。どちらでもご都合のいいように」

マークがまた書きなぐった。

バースはだめだ。テットベリー。すぐじゃない。家を空けてると言え

「わかりました。じゃあコテージに来てくださる？　でも1週間くらい都合がつかないの」

「それでは1週間後の金曜日は？　それでいいですか？　11時はどうでしょう？」

マークはうなずいている。

「ええ、それで結構です」

「ありがとうございます。では来週の金曜日に」

「さようなら」

電話を切った。ポールもマークもわたしを見つめている。

「ありがとう、よくやってくれた。上出来だよ」マークはわたしの手を取った。「この手のことは厄介だからな」彼の声には明らかにほっとした響きがある。

「じゃ、何のことかわかってるの？」

「いや、知らないよ。だけど何であれ、目的はきみの注意を引き、それからぼくの注意を引くことだ。あ、電話が入ってたんだった。行かなきゃ」

わたしの携帯が再び鳴った。

「また警察よ」

マークを見る。

「出て」

わたしは出た。

「ウッズさん？　たびたびすみません。ハーディング巡査です。上司と話して、電話でお話ししてもいいことになったので」

「かけ直してくれてよかったわ。さっきも言ったけど、だいたい見当はついてるので」

「サイレンセスターのバークレイズ銀行から連絡が来たんです。あなたの口座に不審な動きがあることを気にしてね。ご存じですか？」

「ええ、もちろん。やっぱり思ったとおり。バークレイズの本社に苦情の手紙を書いたところです。口座からお金がなくなってるの」

「銀行が心配しているのは、かなりの額があなたの口座からポール・デオールに送金されていることなんです。この送金に心当たりは？」

「もちろんあります。わたしが送金したんですから。言っときますけど、何でこのことで銀行から警察に連絡がいくのか、全くわからないわ。気になることがあれば、まずわたしに連絡するのが筋でしょ」

「銀行が特に気になると思えば、警察に連絡するのはよくあることです。では、ポール・デオール宛てのこの送金についてはすべて承知だと？　ずいぶん大きな金額が送金されているので」

「はい、承知してます。さっきも言ったように、お電話くださったのは銀行の不手際か何かのことと思ってました。ポール・デオールもやはり、口座からお金がなくなったと言ってたので、銀行で何か不正があったんじゃないかと心配になって」

「そういったことはわかりませんが、デオールさんとのお金のやりとりは承知の上のことだとおっしゃるなら、この件に関してはもう結構です」

「じゃあ来週の金曜日にお会いする必要もない？」

「はい、ありません。ご説明いただいて感謝しています」

「よかった。それでは」

「失礼します」

わたしは電話を切った。マークはわたしをじっと見ていたが、再び安堵の波に襲われたようだ。

「ありがとう。きみのおかげで助かった。素晴らしかったよ」

わたしは考えこんでいた。これはどういうことなんだろう？　同時に怒りも感じる。警察に連絡するなんて、銀行は何を考えてるの？　わたしに連絡すべきなのに。バークレイズに変えなければよかった。マークからお金を返してもらったら、ナショナル・ウエストミンスター銀行に戻そう。30年のつきあいなんだから。

「もう出たほうがいい。教会を待たせるわけにいかない」ポールが言い、ヴォクスホール・ブリッジに向かって車を走らせた。MI6のビルがぼんやり見えてくる。川から離れてビルの南側を通り過ぎ、ぐるっと回りこんでから、地面がむき出しの空き地を抜けて脇道へと入っていった。ずいぶんさびれた眺めだ。角をもう一つ曲がると、ポールは車を停めた。目の前は、地下駐車場の入口らしき場所で、武装した守衛が二人。黒のジャケットを着て、手にしているのはマシンガンのようだ。

「ここで待っててくれ」マークは命じ、車のドアを開けた。「ぼくが来ることは承知だから、見張ってるだろうな。できるだけ手短に終わらせるよ。長くはかからない」

そう言って車を降り、守衛のほうへ向かったが、咎められることなくその横をすり抜けてビルへと入っていく。わたしはポールと二人で残された。待っていると、30分ほど経ってからマークが現れた。緊張が解けたらしく微笑んでいる。車に乗りこむとタバコに火をつけた。

「やれやれ！　やっと片がついた。きみはほんとによくやってくれたよ」

彼が見るからにほっとしている様子だったので、その気分が伝染し、わたしも明るい気持ちになった。マークは言葉を継いだ。

「さっきの電話の録音を聞いた。盗聴されてたんだよ。で、彼はきみのことを、何て言ってたっけな？　ええと、『しっかりしてる』って。そう、『しっかりしてる』だ。いつか会わせてあげるよ、ぼくの上司に。きっと好きになると思う。ありがたいことに、ぼくは彼のお気に入りなんだ。彼自身も、奥さんがイラン人だっていう問題を抱えてる。信じられる？　どんな厄介事に巻きこまれるかわからないのにさ。ともかくありがとう。きみはよくやった。さあ、どこかでコーヒーでも飲んで、それからファーム・ストリートへ戻ろう」

夕方遅くなってからファーム・ストリートの教会へ向かおうとしたが、渋滞がひどく、永遠にたどり着けないと思うほどの混雑ぶりだ。ようやく教会に到着したときには、次の礼拝の最中だった。

マークはかっとなって叫んだ。

「クソッ、遅かったか。もう司祭は捕まらないな。渋滞のせいだ！　おいで、ここを出よう。悪かった」

よかった！　わたしは思った。一連の流れに頭が追いつかず、混乱していたから。警察からの電話、銀行、ＭＩ６、内密の結婚とその中止、わたしにとっては十分すぎる。教会に着いたのが遅すぎて助かった。カトリック式の結婚式は嫌だもの。本音を言えば、教会での結婚式も嫌。結婚そのものをしたいのかどうかもわからない。マークに言わなきゃ――でも今じゃない。今はただ、家に帰りたかった。〝家〟と呼べる場所が本当にあるとしたらだが。

コテージに警察が来たことは、長いこと謎のままだった。大家はたしかに二人の警官がコテージを訪れ、自分と話したと言った。すべてを明らかにしようと調べていた数年間、〝警官〟の訪問とその後の電話は、わたしの忠誠心を試し、怯えさせるためのマークの小細工だったのだと信じていたのだが、のちに真実が明らかになった。

ＭＩ６を訪ねたことは、間違いなく自分がそこの諜報部員だということをわたしに信じさせるための小細工だ。あの武装した男たちが誰だったのかは知る由もないし、正規の守衛でもない男たちがなぜ武装してＭＩ６のビルの近くにいることができたのかも謎だ。それに、もし彼らが本当の守衛だったのなら、あらかじめ許可されていたのでない限り、マークはなぜそのそばをすり抜けることができたのか？　わたしはあれですっかりマークがスパイだと信じこみ、その後も、あんまり常識とかけ離れたことばかり起こるので、彼の言葉をすべて鵜呑みにしてしまった。あのときは、何もかもが仕組まれたことだなんて、一瞬も頭をよぎらなかったが、今ならわかる。あの芝居は、わたしを試すため、あるいはもっと途方もない作り話を本当らしくみせるために、マークが何度となくやってみせたゲームだったのだと。

２月に、マークとの結婚話が初めて出たときのことを振り返ってみよう。マークは結婚するときに必要になるだろうから、離婚証明書を用意しておくようにと言っていた。あの日、彼が司祭と話をしたかはわからない。わたしが席を外している間に話したかもしれないから。だが不首尾に終わったあの〝ロミオとジュリエット〟的な結婚式のもくろみは間違いなく、わたしと結婚したいという強い意志を見せつけるために計画されたのだ。ほかのできごとはみんな、ＭＩ６で働いているという嘘を信じさせるため。

翌朝、マークからそっちへ向かってる途中だという電話があった。

「どこかへ出かけよう」彼は言う。

到着した彼は、例によってポールを従えていた。なぜいつもポールがついて来なきゃならないの？　少しでいいからマークと二人だけの時間が欲しい。

「さあ、行こう」

バースを出てM４に向かう途中、マークは突然ポールに言って、道のわきにある小さなカフェに車を停めさせた。

「ここでコーヒーを飲んでいこう」マークは言う。「ここがどうなっているんだろうって、ずっと知りたかったんだ。子どもの頃、祖母と出かけたときのことを思い出す。いつもこういう場所でお茶を飲むんだよ。日曜日のおでかけが好きな人だった」

わたしたちはコーヒーとサンドイッチを頼んだ。マークは気に入ったようだったが、わたしはこんな場所を選ぶなんて変だと思った。マークは時々、ずいぶん変わったことをする。店を出るとき、彼はあまり気分が良くないと言った。

「トイレでもどしてきたんだ。サンドイッチに何か入っていたのかな。きみは大丈夫？」

「何ともないわ」

「うう、ひどい気分だ。失敗だったな。どこへ行こうか？」

「でも、帰ったほうがいいわ」

「いや、何か気の紛れることをしたい。ほかの場所へ行こう。どこがいい？」

「バビントン・ハウスはどう？」わたしは提案した。「あなた、あそこが好きだし、バースからも離れているし」

「完璧だ！　ポール、バビントン・ハウスへやってくれ。わかるだろ、あの人里離れた場所だ」

途中、マークは後部座席で横になり、うめいた。

「うう、気持ちが悪い。何がいけなかったんだろう」

バビントンに着き、コーラとグラスワインを頼んで小さなラウンジに腰をおろした。マークは目を閉じて眠りこんでいるようだ。わたしは傍らで静かに彼の手を握り、ぼんやり一点を見つめていた。目を覚ましたとき、マークは、死にそうな気分だが、もう行かなければと言った。

「あなた、明日になっても良くならなかったら、お医者さんに診てもらったほうがいいわ」心配でたまらなかった。マークがちょっとでも気分が悪そうな様子を見せたのは初めてだったから。

「大丈夫だよ。ぼくの体力は雄牛並みなんだ。明日には良くなる。さあ行こう」

いつもどおり、わたしはブロック・ストリートで降ろされた。バースに戻るとポールはいつも、サーカスの周辺をぐるりと一周し、不審な車がないかを確かめてから玄関前に停める。

「でも、どうなの」わたしは不安だった。「わたしは出かけても安全なの？　危険はない？　見張られたりつけられたりしたって、わたしにはわからないのよ」

「きみには全く危険はない。気をつけなければならないのはぼくと一緒にいるときだけだ。万全の策を取らないと。油断しちゃいけない」。いつものことながら、彼は泊まっていけない。だからお休みのキスをした。

「すぐ良くなるよう祈ってる。明日電話で様子を知らせてちょうだい」

彼の容体が気がかりで落ち着かない夜を過ごしているうちに、心配はお金のことにも及んだ。彼にもしものことがあったらどうしよう？　わたしは一文無しのまま残される。彼と話し合っとかなきゃ、と思った。どうしてもっと前に思いつかなかったんだろう。

マークが電話してきたのは翌日の午後だった。

「マーク、気分はどう？」わたしは昨日のひどい様子を思い返しながら尋ねた。電話越しに返事をする声はかすれ、聞き分けるのがやっとだ。

「良くない。苦しくてまともに喋れないんだ」

「どうしたの？　ひどい声よ」

「あん畜生、ぼくに恨みを抱いてるんだ。今、マルタの病院にいる。あいつらに毒を盛られたんだ」

「何ですって？　毒を盛られたって、誰に？　何の話？」

「ＭＩ６のやつらだ。注意を引いてしまったことと、それからきみとつきあってることへの制裁さ。やつらは別れさせたがってるが、ぼくから離れないでくれ。きみをあきらめたくない。だが、あいつらはぼくらを引き裂くためなら何だってやるだろう。圧力をかければきみが参るだろうと踏んでるんだ。きみが強い人だってことは知ってるけど、ぼくを見捨てないって約束が欲しい。いつも言ってるとおり、長く険しい道のりだから」

「毒を盛られたなんて、信じられない。あなたはいちばん優秀な工作員なのに」

「そのとおり。だからぼくを手放したくないんだ。これはきみとつきあってる罰だ。ぼくがこの仕事に嫌気がさしてるって、勘づいてるんだよ」

　頭がくらくらする。これが現実だなんて！

「きみは何にもわかってない」マークは懸命に話し続けようとしている。「あいつらは、この世でいちばんの悪党だ。拷問でもなんでも、本に出てくるようなあらゆる手段を使って、欲しいものを手に入れるんだ。これ以上話してられない。苦しくて」

「待って、ねえ、あなた大丈夫？　ちゃんと手当てしてもらってるの？」

　わたしは怯えていた。

「ああ、心配しないで。ちょっとぼくを脅かそうとしただけだ。数日で良くなる。早く会いたいよ」

「なんて恐ろしい」

「大丈夫、良くなるよ。全部うまくいく。ぼくを信じて。気を確かに持って、未来予想図を思い出してくれ。ほんとに、苦しくてこれ以上は話せない。明日また電話するよ。愛してる。じゃあね」

「じゃあまた。わたしも愛してる」

電話を切った後、長いことそこに座ったままでいた。わたしに何ができるだろう？　何もできない。それが問題なのだ。この状況では、わたしは全く無力だった。だって、ＭＩ６やスパイ活動のことなんて、何もわからないのだ。このことを話せる人はマーク以外にいない。誰にも喋っちゃいけないと言われているから。わたしのせいで彼はいっそう危険な立場になるだろうし、それに、きみには危険は及ばないと言っていた彼の言葉を、はたして信じていいのだろうか。だって、目的のためならどんなことでもする連中なら、わたしを排除することをためらうはずがないでしょう？　またしても腕にぞっと鳥肌が立つ。恐怖というより、孤独を覚えた。底知れぬ孤独を。


一緒にいて気が楽だと思える友だちはユーマとアントニーだけだったので、テッドベリーを頻繁に訪れて二人と過ごしていた。ある日、ユーマから電話があった。不安そうな動転した声だ。

「キャロリン、話さなきゃならないことがあるの。もう何日も悩んでるんだ」

「えっ、どうしたの？」

「ずっと気になってたの。ほら、あなたがマークとつきあい始めた頃、わたし心配だったんだよね。覚えてる？　万一のために弟さんの電話番号を教えて、って言ったこと？」

「ええ、覚えてる」

「だから、あなたの義妹《いもうと》さんに電話したんだ。ごめんなさい」

「何ですって？　どうして電話なんて？」

「あなたが心配だったから、一度状況を話し合っておきたくて。弟さん夫婦も心配してるって、あなた言ってたでしょ？　義妹さん、何度かかけ直してきた。そのときは幸いアントニーが電話に出たから、わたしは話してないし、二度と話すつもりはないよ。ただ、あなたに言っておきたくて。義妹さんからあなたと家族のことを聞いて、自分が裏切者みたいな気がしてたんだよね。悪かったと思ってる」

わたしはかっとなった。なんでこの人たちはわたしの問題に首を突っこんでくるの？　なんでユーマがしゃしゃり出てきて、アナリーサと話したりするの？　それに、アナリーサだって、わたしや家族のことを赤の他人に電話でペラペラ喋るなんて、どういうこと？　二人で何を喋ったっていうの！　わたしは裏切られたような気分だった。陰に隠れてこそこそと。だけど少なくともユーマは打ち明けてくれた。

「もうユーマったら。何考えてたのよ？」

「ごめん、キャロリン。何だか話がうますぎる気がして、心配だったから」

「そう。本音を言えば、怒ってるわよ。でもともかく、話してくれてありがとう。少なくともあなたには勇気があるわ」

「よかった。じゃあまたすぐに会おうね、いい？」

「もちろんよ。またおしゃべりしたいわ」

電話を切ったわたしは、頭から湯気が出そうだった。鉄は熱いうちに打てと、すぐさままた携帯を手に取って、仕事中の弟にかけた。手が震え、興奮のあまり声が割れている。

「ニック、今、友だちのユーマから電話があったの。アナリーサに電話したんですって。理由なんか知らないわよ！　で、アナリーサは、よりによって家族のことを喋ったんですって。そういうことを赤の他人に電話で話すのは当たり前と思ってるようね。どうかしてるわよ。ニック、言っときますけど、わたしたちの間はもう十分ぎくしゃくしてる。アナリーサはいつだって、みんなにとって何がいちばんかわかってるような顔をしてるけど、ほんとうっとうしいわ。どのみち、もうこれ以上我慢するつもりはないから。あなたにも関係があると思うから言っとく」

電話の向こうのニックは穏やかだ。

「キャロリン、ぼくたちとても心配なんだよ」

「大きなお世話よ。アナリーサが親切で有能なのは認めるけど、こんなふうに首を突っこんでくるのはやめてもらわないと。仕事中にこんな電話をしてごめん。でも、ひとこと言っておきたくって」

わたしはぐったりして電話を終えた。アナリーサに対する怒りは収まらないが、弟夫婦との関係が壊れてしまったと思うと、悲しくてたまらなかった。私の人生を支えていたものが、どんどんバラバラになっていく。いつになったら終わるのだろう。

続く数日間、わたしは毎日マークと電話で話した。彼はまだマルタの陸軍病院に入院していて、ざらついた細い声は、電話の向こうで弱々しくかすれている。わたしは気が気でなかった。一日一日を何とかやり過ごして生きていたが、こんなふうに灰色で湿った日々が果てしなく続く感覚に陥るのは、寄宿学校にいた頃以来だ。こうして深い孤独を感じながらも幸いだと思ったのは、あのつまらない寄宿学校時代に、寂しさとの向き合い方を学んでおいたことだ。よく、人は寄宿学校で自立を覚えるという。それは正しいけれど、時々わたしは、自立しすぎてしまったのかもしれないと思うことがある。自分の人生に責任を持ち、問題を自分で解決しなければと考えるよう育てられてきたせいで、人が手を差し伸べてくれてもなかなか受け入れられず、ましてや自分から助けを求めるなんてできない。そして今こそ、自分の強い性格をこれまで以上に頼みにすべきときだ。

マークに会ったことのない人にわかってもらうのはとても難しいのだが、彼の話はどんなに突飛でも、こちらになるほどと思わせる説得力がある。これもまた、サイコパスの特徴だ。愛と崇拝を相手に惜しみなく捧げ、二人が出会えた幸運を常に口にし、自分への依存を強めさせる。その魅力と口のうまさ、感情を操るあらゆるテクニックを駆使して、自分が相手にぴったりだと思わせるのだ。著書『良心の欠如』の中で、ロバート・ヘアはサイコパスについて「専門家でさえだまされて正気を失ってしまう」と書いている。専門家もだまされるくらいなんだから、愛の爆弾の標的になったが最後、こちらに望みはない。

いったんサイコパスに捕まってしまうと、催眠術にかかったように、そこから逃れようとも思わない。サイコパスは、愛の爆弾というテクニックでこちらの力を奪い、支配できるようになると、絶えず注いでいた愛の代わりに、冷たい顔と優しい顔を交互に見せ、感情のジェットコースターに乗せる。計算ずくで相手を愚弄し、責め、貶め、その後でまた愛情を注いで自分に従わせる。この繰り返しだ。

マークはこの段階に入っていた。きみとの関係でぼくは窮地に陥っていると、ことあるごとに言い続け、制裁で毒を盛られたという演出で、わたしに罪の意識を覚えさせた。これは数えきれない芝居のほんの一つにすぎない。すべてはわたしに罪悪感と恐怖を植えつけ、同時に彼の味方につかなければと思わせるよう、巧妙に仕組まれていたのだ。事実、わたしは思った。わたしとつきあったせいでそんな苦しみを味わっているなら、せめて彼の味方でいてあげなきゃ、と。

第六章　鏡の間

「教えてあげるわ」彼女は、変わらぬ情熱的な早口でささやいた。「本当の愛というものを。それは盲目的な献身、疑いを容れぬ慎み深さ、完全な服従、おのれの意に反しようと、世界中を敵に回そうと、心を奪われた相手に全身全霊を捧げ、信じること——私がそうしたようにね！」

チャールズ・ディケンズ『大いなる遺産』

再びマークに会えるまでの時間は永遠にも思えたが、実際にはほんの1週間ほどだったと思う。ある朝、彼がキッチンに現れた。見たところ健康そのものだ。

「言ったじゃないか。ぼくは頑健なんだ。肉体的にも精神的にもね。いずれにしろ、ちょっとお灸を据えられた程度だし」

「いいえ、恐ろしいことよ」わたしは反駁した。「イギリス政府ともあろう機関がこんな真似をするなんて。映画の中だけのできごとだと思ってた」

「現実にあるんだよ。だからきみはわかってないっていうんだ。でも思いついたことがある。ああいう人間に一人で立ち向かうのは無理だけど、この計画なら、やつらとの契約を予定より早く切れるかも。やつらは、ぼくをシリアに行かせたがってる。すごく危険な任務だけど、望みどおりの結果は出してやれるはずだ。それで取引できるかどうかやってみるよ。うまくいけば早めに自由にしてくれると思うんだ」

「まあ、でもすごく危険なんでしょう。シリアになんて行ってほしくない。今だって心配なことだらけなのに。あなたがイランへ発った日は、人生最悪の日だったのよ。自分は無敵だと思ってるようだけど、もし殺されたり重傷を負ったりしたらどうするの？　それにわたしは？　お金は全部あなたが持ってるのよ。わたしは一文無しで残されることになる」

このときはもう、お金の要求は止んでいたが、わたしの口座には1万5000ポンドしか残っていなかった。まだマークに返済の意思がないなんて思いもよらず、それどころか、銀行に大金を置いておかなくてよかったとすら思っていたのだ。家を売った2010年当時、数年前のノーザン・ロック銀行の経営難と崩壊を目にしていたこともあって、金融業界に大きな不信を抱いていたからだ。けれど今、マークにもしものことがあればお金を返してもらえないと思うと、心の底から不安だった。

「いや、それは大丈夫。きみをそんな目に遭わせるはずがないだろう。遺言書は毎月あらためてる。もしぼくが死んだら、きみは大富豪だ。そりゃ、大半はビアンカが受け取るさ。悪いけどしかたない。でも、きみだって何ひとつ心配はいらないよ」

「返してもらえる保証がなければ、そりゃ不安にもなるわよ。自分じゃ何ひとつ手が出せないんだから。それが嫌なの。とっくに返してもらえてるはずだったでしょ」

「ぼくを信用してないのか？」彼の声が尖る。「もしそうなら、ここですべておしまいにして、お互い元の生活に戻ろう。ぼくたちの間には固い信頼関係があると思ってたのに。だからこそ特別な関係なんだろう？」

「もちろん信頼してるわ。ただ、すると決めたことはすぐにしたいの。あなたはふたこと目には〝いずれ〟何とかするって言うけど、こういうことに〝いずれ〟なんてない。自分の利益が守られてるのか、わたしは知る必要があるの」

「ねえ、頼むから気を鎮めて落ち着いてくれ。すぐにちゃんとするから。ぼくは仕事にかけては凄腕だ。ピカ一といってもいい。うまくいけば――もちろんうまくいくに決まってるけど――、ほんの数か月でぼくたち一緒になれるんだ」

わたしが何を言っても、何をしても、事態は変わらない。彼はもう決めてしまってるんだから。2日後、彼は24時間後にはシリアに向けて発つと言った。できるかぎり無事を知らせる、それから、もっと安全な携帯を新しくポールに持っていかせるよ。

それからの日々は地獄だった。全く眠れず、昼も夜もハラハラしながらメッセージ音を待ちわびる日々。真夜中にメールが来ることもたびたびだが、文章は簡潔で短い。

2時14分　着陸。すべて順調。

だからわたしも同じように短く返した。

気をつけて。愛してる。

メールが来ないと、こちらから連絡したいという衝動に負けてしまうこともしばしばだった。精神的に不安定になる真夜中は特にそうだ。

お願い。無事だと言って。

運がよければ、望んでいたただ一つの答えがもらえる。

生きてる。

この頃、わたしにとって毎日は、昼も夜も境目なく無限につながっていた。朝目覚めたときから疲れている。一日の始まりに向き合うのが日に日に億劫になり、毎日バースの街中へ出ることさえ、大変な重労働だった。一度など、家に戻る途中で24時間以上もマークから何の連絡もないことに気づき、我を忘れて路上で泣き出してしまった。こんな恐怖と不安にはもう耐えられない。

そんなある朝、何の前触れもなくマークがキッチンに姿を見せた。腕にはきっちり包帯が巻かれ、三角巾で吊られている。わたしは駆け寄ってキスした。

「何があったの？　怪我してるじゃない！」姿を見て心からほっとしたが、同時に恐怖にも駆られた。涙が浮かぶ。

「ああ、撃たれたんだ。ほんとにぞっとする場所だった。よしよし、泣かないで」そう言ってわたしにキスする。「さあ、コーヒーを淹れてくれないか」

「お願い、もうあっちに戻らないで。終わりにすると言ってちょうだい」

マークは腰をおろそうとしたが、すぐまた立ち上がった。

「いてて！　腰と尻を怪我してるんだ。座ろうとすると痛む」

「頼むから、戻らないと言って。もう耐えられないわ」

「与えられた任務を無事終わらせる必要がある。そうしたらこんなことにはおさらばして、一緒になろう。ああ、あんなに大好きな仕事だったのに」

「でも、すぐには戻れないでしょう。怪我してるのよ。座ることもできないくらい」

「心配いらない。良くなるから見ててごらん。今日は長居できないんだ。ポールが外で待ってて、ロンドンまで送ってくれることになってる。きみにひと目でも会いたかったんだ。今はいちいち言わないけど、いつか、きみのために何をしたか教えてあげるよ。そうすればわかってくれるだろう。でも今はただ一緒に耐えてくれ。そうしてよかったと最後には思えるから」

たった今来たと思ったのに、もう彼は行かなければならない。わたしの心は沈んだ。何だか自分が自分でないような、妙な感じもする。ウェディングドレスの最終試着のあの日、鏡をのぞきこんだときから、わたしは自分を見失っていくような感覚に襲われていた。その異邦人のような感覚はますます強まるばかり——今のわたしはまるで、昔のわたし自身の影か亡霊みたいな、ひどく惨めな姿だ。念入りな化粧でも、目の下の黒いクマは隠せない。鏡の中の女は生気を失い、虚ろな表情でこちらを見つめ返してくる。

グラスにワインを注いだ。昼間から飲む習慣はなかったが、飲まずにいられない。夜は毎晩飲むようになっていた。感覚をいいぐあいに鈍らせてくれるから。キッチンの椅子に座り、ダイニングルームの向こうの玄関ホールを、そしてサーカスに面した窓の向こうを眺めた。相変わらず観光客が群れをなしてそぞろ歩いている。話し声や笑い声が聞こえた。あの人たちは人生を楽しんでる、そう思うと、自分も人生を取り戻したくてたまらなくなった——昔の仕事、住んでいたコテージ、持っていたもの、そして何よりも、わたしの家族と友人たち。

ひどく心細い。ただ元の生活に戻れれば、ほかに何もいらない。そう願いながらキッチンに座って、機械的にワインのボトルを傾けてはグラスを唇に近づけているうちに2時間近くが過ぎ、ついにグラスもボトルも空になってしまった。

マークはそれから三度シリアに赴き、そのたびに、今度こそ彼は戻ってこないのではないかと気が気でなかった。でも三回とも彼は無事キッチンに姿を現し、わたしは彼に駆け寄ってキスして抱きしめるのだった。

「生きててくれてよかった！　二度と会えない気がしてた。怖かったわ」

「わかるよ、ぼくも同じ気持ちだ。今回は特にひどかった。また撃たれたんだ。今度は脚を。運も尽きかけてるのかもしれない。ぼくにはわかるんだ。この任務は遂行できない。別の手を考えなきゃ」

「もちろんできないわ。もう二度も撃たれてるのよ。また行かせようなんて思うわけない」表向きは平静を保ったが、胸の中で荒れ狂うこの感情を抑えておけるか心もとない。

「心配するな。こんな危険な任務はもうごめんだと言ったら、国防省《MOD》でのデスクワークに就くことになった。ろくでもない仕事に決まってるけど、それしか道はない。それに、きみに会う機会ももっと減ってしまうだろう。ビーチに引っ越せたらいいんだが。きみがここを好きじゃないのは知ってる。なぜだか全くわからないけど。ありがたくもサーカスに住んでるのに、昔のコテージのほうがいいなんてどうかしてるよ」

シリアに戻るつもりはないと言ってくれたことにほっとするあまり、一瞬、幸せさえ感じたほどだ。

「あなたの言うとおりよ。でもね、それはここで一緒に暮らすと思ってたから。少なくとも週に一晩か二晩はね。こんな暮らしは予想もしてなかった。いまだに一晩も一緒に過ごせてないなんて。それに、ひとりで出かける気にもなれないの。あなたといろいろ楽しむつもりだったから」

「楽しめるさ、いずれはね。ぼくは身勝手な人間じゃない。これまでも、これからもだ。人生をもっと大きな目的のために捧げようとしてるんだ。自分の身を顧みず。きみには我慢してもらわなきゃならないけど、そうしてくれるよね。だって、そういうぼくを愛してくれたんだから。最後にはすべてうまくいくんだから、こうしてつらい思いをするだけの価値はある。約束するよ」

マークは相変わらず、インオルグのビジネスを立ち上げている最中で、今度は将来有望な若いレーシングドライバー、ディノ・ザンパレッツリのスポンサーについた。そのために注文した二六台のレーシングカーの最初の一台を見せてあげる、と言って、コッツウォルズ空港に連れていってくれた。車にはインオルグのロゴが書かれ、デビッド・クルサードがデモンストレーションで運転するそうだ。

それから、作曲家エンニオ・モリコーネの代理人も務めていると言った。すっかりフェイスブックの〝いいね〟に取りつかれ、昼夜を問わずメールでその数を知らせてきては、巨額の広告費が入るぞ、と言うのだ。躁状態になってるのかしらと心配になるくらい。会う機会はますます減り、たまに会えても例によって絶えず邪魔が入る。

また、話すべきでないことまでわたしに打ち明けることもあった。国家保安局の連中にひどい扱いを受けている、とか。

「きみにしか話せないんだよ。信じられるのはきみだけだ。ぼくのことは全部知ってほしいけどそうもいかない。情報は力になるけど、危険にもなりうる。じつは、ずっと伝えたいと思ってることがあるんだ。決して誰にも漏らさないでほしい」

「大丈夫よ、信じて。何なの？」

「ぼくの生い立ち、ぼくの両親のことだ。じつは、ぼくはジョージ・ソロスの隠し子なんだ。知ってるだろ？『イングランド銀行を潰した男』さ。金融の知識はすべて、彼から学んだ。素晴らしい教育環境だった」

「じゃ、彼に会ってるってこと？　関係は良好？」

「うーん、そうとは言えない。ぼくたちの間には強い対抗意識があるんだ。いつか彼を超えるだろうってわかってるから、ぼくが気に入らないんだろうな」

マークが出ていった後、グーグルで〝ジョージ・ソロス〟を検索してみた。名前は知っていたし、〝暗黒の水曜日〟のことも覚えている。でもそれだけだ。マークが本当に彼の息子だなんて、あり得るだろうか？　パソコンでソロスの写真を見ると、たしかに似たところはある。自信たっぷりで、一歩間違えば傲慢にもなりそうな雰囲気も、鼻のラインや口元も。しかも、ソロスは慈善家だ。マークはいつも、恵まれない人を救うためにどれだけ尽力しているか語っている。そうした性質は、父親から受け継いだのだろう。驚いたわ、とわたしは思った。ほんとに驚いた。

わたしはマークを愛していた。どんなに不安で怯えていても、彼はたちどころにそんな不安や恐れを鎮めてくれる。たとえ電話であっても、彼と話せばいつもわたしは安心できた。ただ、もっとそばにいてくれさえしたら。わたしは孤独で、寂しさは日を追うごとに深まっていく。でもとにかく、ありがたいことに彼は生きていて、二度と遠くへ行かないことになった。わたしに会いにくくなるようなことを言ってたけど、蓋を開けてみたらそれは杞憂にすぎず、一緒に過ごす時間が増えるかも。でも、明らかにデスクワークを嫌がっているので、そのことでわたしを恨まないでいてくれるといいんだけど。

ところが5月の終わり頃にかけて、まるまる1週間マークに会えないことがあった。電話は毎日あり、悪いが当面はバースに行けないんだと言われた。代わりに来週、何日か休みを取って出かけられたらいいな——どこか暖かくて太陽が輝く場所へ。

「スーツケースに荷物を詰めておいて」彼は言った。「いつでもぼくと出かけられる準備をしといてくれ。そろそろ休んでも罰《ばち》は当たらないだろう」

この休暇が実現したらどんなに嬉しいことか。マークと出会った頃、急に決まってもすぐ旅行に出られるよう、いつでもパスポートを携帯しておくよう言われていたのに、一緒に行けたのはロンドンがせいぜいだったわ。そう思うと心が重くなる。彼とまともな会話をしようとしたが、どうやら無理そうだ。近頃は声に元気がなく、話しかけても上の空でいることが多い。そんなある日、電話が途絶えた。わたしは気が気でなかった。睡眠不足もあって最悪の気分だ。人生にぽっかり穴が開いたようで、まともにものが考えられない。誰かに会って悩みを打ち明けることすらできないのだ。マークを守らなければならないが、友だちに会えば何か変だと勘づかれて質問攻めに遭うだろうし、それに耐えきれるとは思えない。

でもなぜ電話をくれないの？　わたしからかけてみたが、ボイスメールにつながるだけだ。その晩は一睡もできず、朝の5時になってついにあきらめてベッドを出た。一晩じゅう、さまざまな思いが頭をぐるぐると駆け巡っていた。わたしがどんな気持ちでいるか、マークに知らせなくちゃ。書斎へ行き、モンブランのペンを取って手紙を書き始めた。

2012年5月26日　午前5時
ブロック・ストリートにて

愛するあなた
ゆうべもまた、不安で乱れた心を抱え、眠れぬ夜を過ごしました。だからあなたに手紙を書いて、この気持ちを伝えようと思います。もちろん、一日二日のうちに面と向かって話せるなら、そのときまで待ちたい。でも、会える機会はますます減って、しかもほんの短時間でしょう。そんな機会が訪れるとは思えないの。この24時間、あなたは電話一本くれる暇もなかったんだから。
何よりもまず言っておきたいのは、繰り返しになるけど、全身全霊であなたを愛しているということ。すべてがわたしたちにとって良い方向へ進むよう祈っています。でも、今こうして手紙を書きながら、そうはならない気がしきりにするわ。
いろいろな偶然も重なって、予想もしなかった状況に陥ってるのはわかる。きっとあなたも予想していなかったでしょうし。仕事関係であなたが受けてるプレッシャーのことよ。この何週間かは

人生最悪の日々だったわ。あなたと二度と会えないんじゃないか不安でいっぱいになりながら毎晩ベッドに入るなんて、まさに生き地獄よ。あなたが危険な任務に赴き、どんな仕事をしているかを初めて知ったときのことを思い出したわ。あのときが人生最悪の夜だと思ったのに。そのうち慣れて何でもなくなると思うかもしれないけど、むしろ逆よ。あなたが戻るたびに、次に出ていったら二度と戻らないかもという気持ちが強まるの。

あのね、わたし、この何か月間かで、すっかり自分を見失ってしまった。たっぷり一〇歳は老けたし、自信のかけらもなくなってしまったの。こんな自分は大嫌い。こんなのわたしじゃないもの！

明るくて活発な人間だったわたしが、今では引きこもりの惨めな中年女よ。お酒を飲み、タバコを吸っては、泣きながら過ごしている。こうしてじわじわ死んでいくのかと思うと、正直言って怖くてたまらない。何とか〝未来予想図〟に目を向けようとしても、見えるのはがらんとした壁だけ。

一緒に暮らせるようになれば、もっとうまくいくようになるって、あなた言ったわよね。その言葉を信じてバースまで飛んできたのよ。鼻で笑われるかもしれないけど、週に一晩か二晩は一緒に過ごせると思ってたの。この国であなたが90日過ごせるとしたら、そうなる計算よね。今はもう、ありっこない話だとわかってるけど。

この数か月、約束しては裏切られてばかりで、ジェットコースターに乗った気分だった。広々とした庭ときれいな家、花火や光のショーや音楽のついた結婚式。休暇の約束は何度も何度も流れたわ。ほんとに月曜日に出かけられる？　そうは思えないし、どうでもいい気もする。ほんとにすべきなのは、自分を立て直して、次のステップに進むことよ。

言ったわよね。わたし、すっかりだめな人間になった気がするって。仕事がなくて、自立していないからでしょうけど、携帯に縛りつけられているからというのもあるわ。それに、あなたが当然のような顔でわたしのメールやチャットを読んだり、わたし宛ての手紙を開けたりするのも嫌なの。あなたに隠すようなことは何もないけど、どんな人だってプライバシーを守る権利はあるはず。それは否定できないでしょ。

それに、貸したお金は、ほんの数週間くらいで口座に返してもらえるつもりでいたのよ。もしかしたらわたしの勘違いかもしれないけど、あなたは何度もそう言ってたわよね。あなたの力になれたのは嬉しかったし、今も嬉しい。ただね、何度説明してもわかってもらえないようだけど、罠につかまって身動きもできない気がするのよ。自分をだめな人間だと思ったりするのは、お金が自由にならないのも原因ね。

わたしが娘たちの学生ローンを完済したいのは知ってるわよね。あなたは、年末までには完済の手続きを取ると約束してくれたけど、そういうことじゃない。娘たちにはそれぞれ、まとまった額をあげると言ってあるの。わたしはあの子たちの母親だし、その気になれば好きな方法でできるはずよ。あなたは〝いずれは〟やってくれるんでしょうけど、わたしは違う。わたしが「こうするつもり」と言うときは、すぐに取りかかるっていう意味なの。ラーラとエマには今すぐ自分のお金をあげたい。あなたの言う手続きとやらのことは、話し合ってもいないじゃない。

でも、もしかしたらわたしの銀行口座が空っぽなのは、むしろ幸運なのかもね。80万ポンドの預金があれば、田舎のコテージを買いたい誘惑を抑えきれないと思うから。本気でそれがいいと思ってるわけじゃない。でも、わかってちょうだい。そんなふうに想像をめぐらす余地があれば、身動きできないなんて気持ちも、少しは解消できるのよ。

去年のクリスマスには、6月までに住む家が見つかっていなければ、テットベリーを出てフランスで働きながら夏を過ごそうって決めてたの。それで先日、前の雇い主に連絡しようかと思ってた。

もう我慢の限界だから。

じつは、ここへ持ってきたウェディングドレス、一度も見ることができないの。最終衣装合わせの日、ウィドクーム(それともビーチだったかしら。どっちでもいいけど)が水浸しになったでしょう？　あのとき、ポールに言った言葉が忘れられない。「この結婚は本当に実現すると思う？」って。まるで『大いなる遺産』のミス・ハヴィシャムみたいに、不安でたまらなかった。だから今はあのドレスのこと、考えたくもないし、もう本当に結婚していいのかもわからなくなってる。ただもうつらくて。

ごめんなさい。あなたのために強くなろう、勇気を見せなきゃと頑張ってきたけど、とても無理。あなたが意に染まない仕事に就いてまで、二人の未来を変えようとしてくれているのに。

前に言ってたわよね。きみは本当の人生を生きてないって。わたしからすれば、人生の楽しみを逃してるのはあなたのほうよ。映画館にも行けず、公園を散歩することさえできない。書きたいことはもっとあるけど、危険だからやめておくわ。

万事うまくいくよう祈るしかないわね。恋がこんなに苦しいものだなんて、思ってもみなかった。最近読んだ本に、琴線に触れる一節があったの。

「でも彼女はこうして僕のものであり、そして僕に彼女が与えることのできる何かを与えてくれようとしている。僕が彼女を傷つけなくてはならないような理由がどこにあるだろう。でもそのときの僕にはわかっていなかったのだ。自分がいつか誰かを、とりかえしがつかないくらい深く傷つけるかもしれないということが。人間というのはある場合には、その人間が存在しているというだけで誰かを傷つけてしまうことになるのだ」

(村上春樹『国境の南、太陽の西』１９９５年　講談社文庫三九～四〇ページより引用)

あなたを愛してる。ただ一緒に過ごす時間が欲しいの。あなたはそれを与えてくれるのかしら。最初に〝一緒に暮らす〟と決めたときは、うまくいくから大丈夫って思ってた。それまで10年近く、ひとりで楽しくやってきたんだから、頻繁にあなたに会えなくても、会えたら思いがけないボーナスだと思えばいい、って。なんて馬鹿だったのかしら。それまで、一緒にいたい人、絆を深めたい人がいなかったから、ひとりで十分だったのね。今はただ寂しいだけ――たぶん、人生で初めての経験よ。

愛をこめて

大好きなあなたへ

手紙を折って封筒に入れた。次にマークに会ったときに渡そう。朝5時から起きているせいで、その日の歩みはのろのろと遅く感じた。午後になって、呼び出し音が執拗に鳴るのが聞こえた。マークからだ。わたしは電話を取った。すごく明るい声が聞こえる。

「やあ、元気？　昨日は電話できなくてごめん。もうめちゃくちゃだったんだ」

「正直言って、あまり調子が良くない。ゆうべは最悪だったわ。早く目が覚めたから、あなたに手紙を書いたの」わたしは言った。「話したいことがたくさんあるのに、機会が全然ないから」

「今話して。手紙の内容を」

「会えたら渡すってことにして。ちゃんと考えてもらいたいから」

「だめだ。今話してくれ。読み上げればいい。知りたいんだ」

わたしは封筒から手紙を取り出し、電話越しに読み上げた。ようやく聞こえてきたマークの声は、鋼のように冷たく鋭かった。

「捨てろ」と命じる。
翌日はマークに会えると思っていたのに、夕方になっても彼は姿を見せず、電話もない。電話したがつながらなかったので、メールして、いつ来るのか尋ねた。やっと返信が来た。

2012年5月27日

19時39分

会議中でメールできない
手が空き次第、電話する
いつそっちに行けるかは、いつ終わるかによる
1時間先のことだって予測がつかないんだ。ましてや5時間後なんて
死んだほうがましだ、こんなふうに……イギリスで暮らすなら

20時0分

ぼくの受けてるストレスの1パーセントでもわかってくれたら
まるで生き地獄なんだぞ
ストレスを感じてるのはあなただけじゃないわ
メールでけんかはごめんだ
意味がない
そうね
もちろんきみにも言い分があるんだろうけど、ぼくにもある
続けて彼はこともあろうに、きみと一緒になるために三歳の子の人生を台なしにし、大好きだっ

た仕事も大切に守っていた生活も捨てたんだと言う。大嫌いな国へ戻り、死ぬまで抜け出せない仕事に鎖でつながれてるんだぞ、と。

ぼくは責任感からそれに甘んじてる

きみを愛してはいるが、この苦労は並大抵じゃないんだ

どういう料簡で、ビアンカの人生を台なしにしたって、わたしを責めるわけ？　怒りに燃えて返信した。

本当に頭にくるわ

携帯が鳴った。マークだ。でもあまり怒っていたので無視する。

呼び出し音がやみ、立て続けにメールが入った。集中砲火のように。

頭にくるって、なんで?

わざわざ会議を抜け出して電話してるのに出ないなんて……バカなことするなよ

鎮痛剤を山ほど打たれてるから、こんなに機嫌が悪いんだ……謝るよ

ビアンカについての言葉が頭を離れないので、返信した。

一人の子どもの人生を台なしにしたなんて、わたしを責めるのはやめて。あの子の世話なら喜んで引き受けるつもりだったのに

マークは、きみがあの子の世話をしてくれる気になってたのは知ってる、と返してきた。

そのことはずっとありがたく思ってる

そして結びにはこうあった。きみと同じくらい、ぼくだって人生に嫌気がさしてる、でも、比較するもんじゃないよね、と。

20時20分

携帯を二台とも、窓から投げ捨てようと思ってるわ

今やわたしはマーク同様、携帯を二台持っている。こういうのは嫌だった。人生のすべてが嫌だった。マークがまた電話してきたが、出るつもりはない。

20時59分

頼む、電話に出て

21時41分

愛してる

それでもわたしは返信しなかった。彼を愛していたからつらかったが、彼の言葉もつらかった。彼のためにどれだけの犠牲を払ってきたのか、全くわかっていない。ふと気づいたが、これはわたしたちの初めてのけんかだ。それを携帯メールでしてるなんて。ずっと嫌だと思っていたことなのに。でも今は、降参するつもりもなければ、メールや電話を返すつもりもない。その晩は悲しく寂しい気持ちを抱えたまま眠りについた。何度も寝返りを打ち、ときどき断続的にまどろむ。まだ朝早い時間に、またメッセージ音がした。

2021年5月28日

4時2分

生きてる。イタリアに着いた。
愛してる
すぐ電話する

すっかり目が覚めてしまった。イタリア？　イタリアで何してるんだろう？　たしか、シリアにはもう行かないんじゃなかった？　時々、自分がおかしくなったのかと思い、若い頃にテレビで見た『ガス灯』のシーンが浮かんでくる。細かいところは覚えていないが、たしか、気が狂いかけていると妻に信じこませる夫を描いた古い白黒映画だ。夫は妻に心理ゲームを仕掛け、ガス灯を消して不安に陥れては、彼女の思い違いだと言って、しだいに彼女を操るようになっていく。大昔の映画だが、ぞっとするほど恐ろしかった記憶がある。最近になって、マークがああやってわたしを操ろうとしているんじゃないかという思いが、時おり頭をよぎっていた。でもそのたびに慌てて打ち消すのだ。あんな夫と比べるなんてひどい。ただマークが強い人で、同じ強さをわたしにも求めているというだけなのに。だけど彼は、肉体的にも精神的にも、どんな緊迫した状況でも、どんなたぐいの暴力にも耐えられるだけの訓練を積んでいるが、わたしは違う。わたしが住む安全な世界は、優しく善意に満ちた人ばかりだし、正直であれ、誠実であれと育てられたわたしは、ほかの人もそうだと思ってしまう。これまで、わたしの人生はごくまともだった。なのにマークと一緒だと、予測のつかないことばかり。ＭＩ６で働いているんだから、まともじゃないのは当然だ。それに、きみだけは信頼できるとは言っても、彼がいつも本当のことを話しているとは限らない。そうよ、そんなはずはない。それともある？　わたしの生きている世界では、もう日常のどんな約束事も当てにならない。

6月1日、マークの誕生日だ。ちゃんとお祝いしたいと思っていたのに、当日は会うことすらできない。だからカードを書き、ケーキを焼いた。食べてもらえないのはわかってるのに。一緒に食事をとることはめったになく、そもそも彼は全然ものを食べないようだったが、さすがにカフェインとニコチンだけで生き延びているとは信じがたい。

彼は、翌日は会えると約束してくれた。「ほんとうにごめん。ここの人でなしどもに解放してもらえなくて。明日はそっちへ行くよ。わかってもらえないのは承知の上だ。ぼくはたいていのことはうまくやれるが、どうしてもうまくやれないことが一つある。自分の状況を洗いざらい話すことだ。話しちゃいけない場合も多いし。すまない」

カードにはわたしが撮った写真を一枚添えた。カメラはわたしの精神状態を表すバロメーターだ。バースに来てからほぼ一枚も撮っていないのが、多くを物語っている。彼へのカードに選んだのは、隣家のアーチ型の窓とバルコニーが裏庭に面している写真だ。ピンクの薔薇がバルコニーまで這っている景色はとてもロマンティックで、『ロミオとジュリエット』のバルコニーのシーンみたい。未遂に終わったわたしたちの〝ロミオとジュリエット〟式の結婚は、過ぎてみればむしろ望ましい形だったのかも。写真の下につけた添え書きは「なぜあなたはマークなの？」。中のカードには「お誕生日おめでとう、ロミオさん！」と書いたが、深く落ちこんだ今の気分で読み返すと、その軽薄さが却って惨めだ。

誕生日の翌日、夕方遅くに現れたマークに、カードとプレゼントとケーキを渡した。

「できれば昨日会いたかったわ。こういうのは、もういい加減うんざり。わたしの誕生日にも会えたのは一瞬だけで、あなたのときはゼロよ。お祝いもできないし、食事にも出られないし、一晩泊まっていくこともできない。わたしたち、知り合って4か月半になるのに、ただの一晩も一緒に過ごしたことがないのよ」

「わかってる。でも、こうなることは最初に言っておいたはずだ。ぼくが手を尽くしてるのは知ってるだろう？　きみのためにどれほど努力してるか、きみはわかってない」

わたしは申し訳なくなった。わたしったらなんて身勝手なんだろう。彼の言うことは全部そのとおりで、わたしは待つと約束したんだ。守り通すしかない。

「ねえ、これを見て。見せるつもりはなかったんだが。でも来てごらん」彼は携帯で何かを見ている。

「何なの？」映っているのは広い部屋の写真だ。向こう端はキッチンで、壁にはカンディンスキーらしき絵が掛けられている。手前には、ざっと一〇人は座れそうな大きなテーブルと椅子。

「ビーチのぼくたちのキッチンだよ。すごいだろ？　舞踏室をキッチンに変えたんだ。建築士から天才だって言われたよ。見て、ほらここ」そう言って、部屋の向こう端の壁に掛かった小さな絵を指す。

「これ何？」

「きみの絵だよ。アンディ・ウォーホル風のさ。しゃれてるだろ？」

「うーん、あんまりよく見えない。わたしの写真はどこで？」

「きみのコンピューターから。言っただろ、あのコンピューターからは、何でも取り出せるって」

「で、こっちの大きい絵は？」

「カンディンスキー」

「だと思った。ねえ、いつここへ引っ越せるの？　この家はもう嫌。今すぐにでも引っ越せないかしら。見たところすっかり完成してるようだし」

「まだだよ。完璧にしてからきみを連れていきたい。前にも言ったけど、全部きちんとするのがぼくにはとても重要なんだ。でももうほぼ完了だ。きっと気に入ってもらえると思う。きみへのプレゼントにしよう」

6月いっぱい、マークはせっせと事業拡大に励み、わたしをチュー・マグナ・マナーハウスへ連れていった。この魅力的な屋敷の再開発も、彼が手がけているのだ。改装した家を二軒案内してもらい、貸し出してビジネスにすることもできると言うが、ビジネスに興味はない。わたしはただ自分の家を選びたいだけ――彼からお金を返してもらったら。アスコット競馬とウィンブルドン・テニスには出かけようと約束したが彼は姿も見せず、わたしはどっちつかずの状態で一日家に残された。それから、スペインのマルベーリャ・ビーチ・クラブと一緒に〝ラ・ヴィラ・エルミータ〟という豪華な別荘を買ったから一緒に行こう、スーツケースを準備しておいて、と言われたときも、結局出かけることはなかった。

わたしの孤立はますます深まり、眠れず鬱々とする日々が続いた。ある晩、電話でどんなにひどい気分か訴えようとしたら、ぶっきらぼうにこう言われた。「ぼくの父がたった今死んだ」。このとき、何かおかしいと本気で疑ったのを覚えている。でももちろんそんな疑いは飲みこんで、自分の身勝手さとわがままを後ろめたく思いながら、どっちのお父さまかと尋ねた。ジョージ・ソロスのこと？　答えは「ぼくを育ててくれた人」。謎めいた答えだ。それにしても、こんなに不運続きなんて信じられない。

とうとう、6月末くらいのある日、マークから電話があってビーチに引っ越すから荷造りを始めるようにと言われた。新たなスタートを切れる、もっと静かな場所へ引っ越せる、と思い、わたしは浮き浮きしながら荷造りをした。ところが、荷物はそのまま6週間も放っておかれた。ポールが運ぶことになっていたのだが、息子ががんにかかって行けなくなったというのだ。マークには、引っ越し業者を頼むか、わたしが自分で運ぶと言ったのだが、それは危険だからできないと言う。書斎に積み重なったままの段ボール箱を誰かに見られて、引っ越すことを知られてはまずいから、常に鎧戸を閉めておけと命じられた。

この時期、わたしはスパイのドラマにはまり、『ホームランド』の二四巻セットを、中毒のように何時間もかけて観た。それから、『ナチが愛した二重スパイ』も読んだ。第二次大戦中に活躍した、すごく魅力的な一匹狼の二重スパイを描いたノンフィクションだ。頭の中でわたしはマークを、『24』のジャック・バウアー、『ホームランド』のブロディ、実在の二重スパイ、エディ・チャップマンになぞらえていた。

ある晩、わたしは最上階でテレビを観ていた。外はまだ明るく、大きな張り出し窓からは、ロイヤル・クレセントから色とりどりの熱気球が飛んでいくのが見える。以前なら、めったにないこんな気持ちのいい夏の宵には、そぞろ歩きでも楽しんでいたところだが、今は家にこもり、テレビの前で『ホームランド』の次のエピソードを観ている。長椅子に寝そべってアクションシーンに没頭していたが、頭のどこかが聞き慣れない物音をとらえた。ボリュームをしぼり、耳を澄ませたが、あたりはしんとしている。空耳だったのだろうか。だがすぐ、ドアがカーペットにこすれる間違いようのない音がした。顔を上げて息をのむ。砂漠用の戦闘服でフル装備したマークが入ってくるところだった。彼が横に座り、腕に抱いてくれたとき、わたしの目には涙があふれた。彼のほうも泣き出しそうだ。

「本当はここにいるべきじゃない。でも来ずにはいられなかったんだ。きみが参ってると思うと。シリアでの訓練をしてやる連中を待たせてるから、長くはいられないんだ。二人のために最善を尽くすから、信じて待っててくれ。いつかわかる。ぼくがきみのためにどんな犠牲を払ってるか」

マークの滞在は10分にも満たなかったが、いつものように、そばにいて、話しかけてもらえるだけで安心した。彼が出ていくと、わたしは踊り場の窓のわきに立って、サーカスを曲がり、ベネット・ストリートのほうへ小走りに去っていくその姿を見送った。あの先で彼を待っているのは誰だろう。

陰鬱な夏が終わりを告げようとしていた。ある日、マークが電話で、私の車に点検が必要だと言ってきた。翌朝ポールが車を持っていき、その午後にマークからまた電話があった。

「あの車に何をしてくれたんだ？　めちゃくちゃだよ」

「めちゃくちゃ、ってどういうこと？　何もしてないわよ。ほとんど出かけもしないんだから」

「いや、めちゃくちゃなんだよ。ブレーキが全く効かない。待てよ。細工されたんだな」

「細工？　わたしが事故を起こすように、誰かが仕向けたってこと？　いったい誰が？　わたしに危険はないって、あなた言ったじゃない」

「ああ、そう思ってたんだが、でもこうなっては……わからない。あいつらならやりかねない」

今度は自分の身を心配しなければ。

この時期、二人の間でマークは典型的なサイコパスのふるまいを見せていた。すべてはきみのためにやっていることだと言って、罪悪感を抱かせる。この頃にはまだ、わたしだって犠牲を払っていると、自分の立場を主張しようとしたのを覚えている。だが矢継ぎ早に届くメッセージが示すように、彼はわたしの犠牲を自分のと同等に考えるなんておかしいと叱り、ビアンカの生活が台なしになった責任を転嫁し、さらには、もっと追い詰めるために治療中だと言って健康の心配までさせた。

ダメ押しとして、わたしが返信しないでいるとお得意の二つの言葉「生きてる」と「到着」を使って、自分が次の任務に就いてる最中だという印象を植え付ける。「あなたがよりよい目的のために命を賭しているときに、駄々っ子のようにふるまうなんて、わたしはなんて身勝手なんだろう」と思わせるためだ。

またこの時期、彼は巧妙に、わたしが身の危険を感じるよう仕向けた。あの手この手で監視カメラに気づかせ、常に見張られていると思わせたり、鎧戸を閉めておくようにと命じたりした。おかげでわたしは、家のどこにいても誰かに見張られているように感じ、日記をつけることさえ怖くなった。フィクションでも実話でもスパイ小説にのめりこんだのは、あの頃の精神状態を表している。子どもの頃に観て怖かった古い映画『ガス灯』のことを考えては、わたしもおかしくなりかけているのかしらと思った。この時期、わたしは〝嫌がらせ《ガスライティング》〟や〝突き放し《ゴースティング》〟という現象を意識してはいなかったが、マークはその手法を二つとも使ってわたしの自信を蝕み、脅かし、孤立を深めさせた。〝ガスライティング〟というのは、心理的に相手を操り、記憶や自分の能力に疑いを持たせ、ついには正気さえ疑わせるように仕向けること、〝ゴースティング〟とは、相手の人生から消え（会わなくなったり連絡を絶ったりして）、相手を戸惑わせて心配させ、見捨てられたという気にさせる手だ。今思うと、マークがわたしに使っていたのはまさにこの二つの手口だった。

マークが深夜に現れたとき、わたしが『ホームランド』に没頭していたのは、彼にとってはもっけの幸いだっただろう。そのおかげで、恐怖と彼への依存心がいっそう強まったのだから。戦闘用の装備は軍の余剰物資だろうし、後で思い返してみると、黒いブーツを履いていたのは、砂漠の戦闘装備としてはおかしい。車のブレーキに細工がしてあったというのも嘘で、わたしをもっと怯えさせようとしてのこと。あれっきりあの車は見ないままだ。その後三回も車を変え、特別な安全装置が施されていると聞かされた。ウォーホル風のわたしの写真（確認はできなかった）も、コンピューターから写真を取り出したという話も、わたしの言葉や行動にプライバシーなどいっさいなく、マークにすべて把握されていると思わせるためだ。こうしてみるとマークはじつに巧みに恐怖と罪悪感を利用し、突飛な作り話を重ねてわたしを翻弄し、支配を強めていった。わたしが手紙で、どんなに孤独で悲しく、無力感に陥っているかを読み上げるのを聞いて、マークはさぞ痛快だっただろう。サイコパスの大好物は、相手に屈辱を与えることだ。だから、わたしが途方に暮れ、惨めになればなるほど、彼のほうはますます優れた偉大な人間のつもりになって楽しんだはず。今ならわかる。何度も何度もわたしをなだめては従わせ、わたしの目をまっすぐとらえて、何もかもすべて最後にはうまくいくと信じこませた彼の手口が。

第七章　灯りをつけたまま眠る

特に眠りにつこうとするとき、しなやかでひんやりした触手を持つ蛸が、まっすぐ私の心臓めがけてその触手を伸ばしてくるように感じられたので、私は灯りをつけたままでなければ眠れなくなったのです。

ミハイル・ブルガーコフ『巨匠とマルガリータ』

8月の終わり、携帯が鳴った。急き立てるような呼び出し音に、わたしはハッとなった。

「どこにいるんだ？　午後じゅうずっと電話してたのに」

でも、不在着信は入っていなかったけど。

「家よ。あなたは？」

「そっちへ向かってる途中。きみにごほうびをあげようと思って。空を飛びにいこうよ」

「空を？　もちろん行きたい。今どこ？」

「ケンブルだ。30分で着く」

「嬉しい。待ってるわ」

マークに拾ってもらい、ラッシュアワーの中、ゆっくりとバースを抜けてテットベリーの方角へ向かい、夕方になる頃コッツウォルズ空港に着いた。

１９３６年式シルバーのライアンＳＴＡに乗りこんだときは胸が躍った。初めて格納庫を訪れたときに目をつけた、心に訴えかけるロマンたっぷりの機体だ。文字どおり雲に乗ったみたいに頭がふわふわする。てっきりマークに乗せてもらうのかと思っていたが、操縦士はビジネスパートナーのジェームズ・ミラーだとわかった。とても礼儀正しい人で、わたしにジャンプスーツをつけさせて前のコックピットに乗るのに手を貸し、パラシュートのひもと座席のベルトも締めてくれた。それから操縦室の後部席に座り、エンジンをかけて、ひととおり非常時の避難指示をした。マークは格納庫の外で歩き回りながら、電話で誰かと話していた。時々立ち止まってはわたしの写真を撮っている。

ジェームズが話しかけてきた。「エンジンが温まるまで、2、3分かかります。その後出発です。いいですか?」

「ええ、お願いします」

10分後、飛行機は滑走路を走っていた。徐々にスピードが上がり、空中に浮いたときは、悩み事も気がかりもすべて地上に置き去りにして、このまま飛んでいけたらと思った。とてつもない解放感と爽快な気分。心配事なんて吹き飛んだ。

「うわあ、すごい!」わたしは無線でジェームズに向かって叫んだ。

「気に入ってもらえてよかった」

「ほんとにきれい。今、どのへんかしら。前にテットベリーに住んでたんです。でもここから見ると全く景色が違うわね」

わたしは落ち着きを取り戻し、グロスターシャーの風景の上を、心地よい沈黙に包まれながら飛んでいた。見下ろすと、ぽつぽつとなじみのある建物が見え始め、わたしはテットベリーでの最初の年に思いを馳せた。とても幸せで、素晴らしい人生を歩み始めた喜びに満ちあふれていた。マークに出会ったとき、これで夢はすべて実現したと思ったのに。その夢は今や悪夢に変わっている。

そのとき、テットベリーを少しはずれたところで、初めて借りた素朴で美しいステーブル・コテージが目に飛びこんできて、激しい後悔と悲しみに胸を突かれた。今すぐあそこへ戻れたら、どんなにいいだろう。自分の居場所、自分の仕事、自分自身を取り戻せたら。

わたしのそんな思いは、無線から聞こえてくるジェームズの声に破られた。

「旋回してみたいですか？」と訊いてくる。

「それ、何ですか？」

「航空隊の曲芸飛行を思い描いて。らせん状にくるくる回るやつ。あれのおとなしい版です」

「ええ」と答えた。ここ数か月というもの味わったことのない解放感と興奮を感じていたし、わたしはもともと新しいことに挑戦してみたいたちなのだ。

「いいですか。行きますよ」

機体の鼻先が急に高度を上げたと思ったら、自分がどこにいるのかわからなくなった。世界がぐるぐると旋回し、わたしは金切り声を上げていた。目も開けていられない。と、始まったときと同じように突然、旋回は終わった。

「大丈夫ですか？」ジェームズが尋ねた。

「ええ、平気。ごめんなさい。叫ばずにいられなくて」

「ええ、聞こえましたよ。無線のボリュームを下げたくらいだ！」

「でも、すごく気持ちよかった！」

「もう一度やってみますか？」

「ええ、ぜひ！」

「わかった。まずは高度をもっと上げてから。行きますよ！」

機体が上昇したと思うと、再び機首が上がり、再び旋回が始まる。やっぱり金切り声を抑えられず、目も開けられない。世界が回るぞくぞくする感覚がたまらなくて、三回目もお願いした。すごく刺激的。それに、大声で叫べば叫ぶほど、何か月も鬱積していた感情や不安が発散できた。でも楽しい時間はあっという間に終わり、飛行機は着陸して格納庫へと戻っていった。シートベルトを外し、操縦席から降りた。ジェームズはすでに地上にいる。わたしは翼から飛び降りると、思わず彼の両頬に熱意をこめてキスしていた。この数か月で初めて自由を感じたのだから。でもすぐに後悔が忍びこみ、失ったものへの恋しさに胸が痛んだ。マークと暮らすために喜んで捨てた暮らし。

「ほんとうにありがとう。とっても素晴らしかった。どんなに楽しかったか、言葉では表せないわ」

「またいつでもどうぞ」

次はマークの番だ。飛行時間はわたしより短く、曲芸もなし。自分で操縦桿を握らないのに驚いたが、車に戻ってからそのわけを説明された。

「ああいうヴィンテージの飛行機は、操縦が厄介なんだ。ぼくはふだん、超高速のジェット機に慣れてるから。どっちみち、ジェームズの操縦法を見てみたかったしね。きみのときにやったあの曲芸飛行はあんまり気に入らないな。危険すぎる。ぼくならああいうことはしないね。高度が低すぎた。ぎりぎりを好む人間もいるけど、危険を冒す価値なんてないし、あれはまずいよ。ぼくが乗ったときは、やめるよう言ったんだ。彼も少し言うことを聞いてくれないとね。これからもぼくの飛行機を操縦したいと思うなら」

数日後、わたしは1週間の予定でラーラとエマ、アン、ニック、クレアとともにコーンウォールにいた。出かけてきて心からほっとしていた。ずっと、ごく当たり前の日常を感じたかったから。

太陽が輝くコーンウォールに着くと、早くビーチで潮の香りを吸いこみ、美しい風景に囲まれたくてたまらなくなった。解放感で胸がいっぱいに膨らむ。娘たちと過ごせるのも嬉しいし、アンとも近況を語り合いたい。この半年間、わたしには珍しく何度となく誘いを断り続けていたから、彼女には悪いと思っていた。

天気に恵まれたので、到着の翌日は、キャメル・トレイルをサイクリングしようということになった。毎年恒例の行事だ。デイマー湾に沿ってロックまで歩き、そこで河口を渡るフェリーでパドストゥまで行ったら、あとは自転車を借りて一日楽しむ。のんびりと自転車をこぎ、道沿いのパブかワイン製造所かティールームに寄る。今日は、ピクニック用のランチを持参し、後でワイン製造所に寄ろうと話していた。

ランチをとっていると、ポケットから、聞き慣れた携帯の急き立てるような呼び出し音がした。わたしは立ち上がってピクニックテーブルを離れ、電話に出た。

「話があるんだ」マークが言った。「今、車でマルベーリャに向かう途中なんだけど、じつは事故があって」

「事故？」緊張が走る。「どんな？　無事なの？」

「ああ、無事だ。ただ、知らせておかなきゃと思っただけ。頭に大怪我を負った。これまでもあれこれあったから、信じてくれないと思って写真を送っといたよ。ゆうべバルセロナで意識を失って、階段から真っ逆さまに落ちたんだ。下にあったテーブルに頭をぶつけて、かなり深く切った。まあいずれ治るけど、縫ってもらった跡を見たらぞっとしたよ」

「無事でほんとによかった！　こんなこと、いつまで続くのかしら？　頭がおかしくなりそう。何ひとつ思いどおりにいかないんだもの。何ひとつ！」

「最後はきっとうまくいくさ。心配しないで。ぼくは元気だから。ところで、きみのほうはどう？」

「お陰さまで、みんな元気よ。サイクリングに出てるの。お気に召さないでしょうけど」

「あ、後でかけ直すよ。行かなきゃ。愛してる」

「わたしもよ」

電話を切ってメールを開いた。マークの言ったとおり写真が添付されている。右眉を縦に切り裂くように、数センチくらい大きくぱっくり割れている。ぞっとする眺めだった。彼に会いたい。ますます心配が募る。本当に階段から落ちたの？　それとも誰かに押されたの？　ありとあらゆる恐ろしいストーリーが頭の中で広がっていく。

娘たちや友だちと自然の中で過ごし、心から癒されてリラックスできたのはありがたかった。アンとは二十代に、職場で一緒だった頃からのつきあいで、子どもたちも一緒に育った。幼い頃によく遊んだ子どもたちは、嬉しいことに、今もこうして一緒に出かけたがる。時にはそれぞれの恋人も連れて。強風の吹きすさぶ崖の上の散歩、指の間に砂を感じながら歩く浜辺、泳いだりサーフィンをしたり、自転車に乗ったり。食べることも楽しみの一つだ。外出の合間にピクニックやバーベキューをし、パイやアイスクリームを食べ、交代でおいしい夕食を作った。こうした日々の何がいいといって、子どもたちが小さかった日々、くだらない馬鹿げた遊びを大いに楽しんだ日々に戻れることだ。人目を気にせず自分を解き放って夢中になれた日々に。

コーンウォールでの1週間は嵐の前の静けさだった。バースへ戻ったわたしはマークに会いたかった。彼は事故の後もマルベーリャへのドライブを続け、わたしたちの新しい別荘から電話してきて、天気は素晴らしいよ、二人でここにいられたらどんなによかったか、と言った。

「きみとこっちで落ち合おうかとも思ったんだが、イギリスへ戻って頭の怪我を診てもらわないと。

バルセロナの病院へは行ったんだけど、例の上司がイギリスでしっかり治療してほしいと言うんでね。頭痛がひどいから。それはともかく、ここはきっと気に入るよ。きみの持ち物は、服も、送ってくれた荷物もみんなここにあるからね。服はこっちに来たらすぐ必要だから。ぼくの企画してるコンサートに一緒に行くためにもね。インターネットの音楽チャンネル用に録画するから、きみにはとびっきり魅力的でいてもらいたい」

9月、やっとマークがイギリスへ戻ってきたとき、わたしはこの目で右眉の上のひどい傷を見た。彼は相変わらず、たいしたことないというようにふるまっていたが、わたしは心配だった。自分は強いと口癖のように言うが、意識を失って階段から落ちたじゃないの。何だか嫌な予感がする。はたして、ブロック・ストリートのキッチンでコーヒーを前に腰をおろすかおろさないかのうちに、マークからまたしても衝撃的な事実を告げられた。

「じつはね、腫瘍が見つかったんだ。脳に。手術が必要で、それもできるだけ早くと言われている。これがスキャンの結果」そう言って携帯を取り出し、画面を見せた。

何ですって。わたしは呆然と、携帯に映る脳の画像を見つめた。

「わかる？　これが腫瘍だ。気絶して階段から落ちたのも、これが原因だったんだ。むしろ幸運だったよ。もっとひどいことになってたかも――死んでたかもしれないんだから。ただ、治療は必要だ」

信じられない。「どうして次々にこんなことが？　ふだんは迷信なんて信じないけど、何かの呪いじゃないかしら。わたしたちが関わると、何でも悪いほうへ向かうんだもの。今回のは命にかかわるのよ。手術はどこで？　わたしも付き添えたらいいのに。こんなふうに離ればなれにされるなんて、つらいわ」

「大丈夫だよ。心配いらない。知ってのとおり、ぼくは頑健なんだから。手術はこっちでする予定だ。

ブリストルでね」

彼はわたしの手をぎゅっと握った。

翌週、わたしはユーマとアントニーの家のランチに行った。ユーマは料理がうまく、その日は何人か友だちを招いていた。不思議なことに、お客は誰も、パートナーを連れてきていない。いまどきはみんなずいぶん自立しているのね。もしかしたら、わたしが因習に縛られないと思っている関係は、じつは当たり前になりつつあるのかも。

人と一緒にいるのはいい。ずいぶん気分がよくなり、バースを離れてよかったと思った。テーブルには男性が二人と女性が四人。気のおけない会話が弾み、みんなリラックスして食事をしたり、タバコを吸ったりお酒を飲んだりしている。客の中で唯一の男性は、わたしに好意を抱いたようで、軽く誘うようなそぶりを見せ、気分を変えたかったらいつでも僕を訪ねてきて、と言った。

「ちなみに、今晩は何か予定があるの?」と陽気に訊いてくる。

ありがたいことに、気の利いた答えを探さずにすんだ。携帯のしつこい呼び出し音に救われたのだ。

「ちょっと失礼。この電話、出てもいいかしら?」そう断ってから、ユーマのほうを見た。

「マークからよ」

わたしはテーブルを離れ、部屋を出てから電話に出た。

「どこにいるの?」マークが話しかけてくる。

「テットベリー。ユーマとアントニーの仲間たちとのランチよ。とっても楽しいわ。じつはね、ある人から出かけないかって誘いを受けて、舞い上がっちゃったところなの」

返ってきたマークの声は、冷たく剃刀のように鋭い。

「で、ぼくが脳外科手術のために手術室に入ろうっていうのに、それがふさわしい態度だと思ったわけだ」

　とたんにわたしは凍りついた。

「だって、知らなかったのよ。今日が手術だなんて。教えてくれなかったじゃない。知ってたらもちろん、あなたのところへ行ったわ。今どこなの？　今すぐ来てほしい？　そっちへ行くわ」

「ブリストルの病院だ。さしあたり会うことはできないけど、何とか手を考える。とにかくもう行かなきゃ。手術の前に知らせておきたかっただけだ」

「マーク、ごめんなさい。誘われたなんて言ったけど、たいした意味はないのよ。ちょっと好意を示されて浮かれただけ。最近ほとんどあなたと会ってないでしょ。時々心配になるの。先々あなたと一緒になっても、うまくやっていけるかしらって」

「いや、その点は全く心配してない。けど、今はもっと差し迫ったことで頭がいっぱいなんだ。もう行く。後でどうなったか知らせるよ」

「お医者さんと話せる？　顧問医師の名前は？」

「言えないんだよ。まわりはＳＰだらけだから、慎重にしないと。あいつら、ぼくが頭をほじくり返されたが最後、国家機密を漏らすんじゃないか心配してる。バルセロナで転落した後もそりゃ大変だったんだ。うっとうしいったらない！」

　気づくと電話は切れていた。ランチの席はさっきまであんなに楽しかったのに、マークとの会話を終えてからは、しぼんだ風船みたいな気分。テーブルへ戻ったが、つかの間の生きる喜び《ジョワ・ド・ヴィーヴル》は消え去っていた。わたしのひどい態度をマークがなじるのを聞いて、早朝の霧みたいに跡形もなくなっている。不当だわ、わたしは思った。何もかも、すごく不当だ。浮かんできた涙をこらえ、ワインボトルを取り上げて、グラスの縁までなみなみと注いで一気にあおった。

「あなた、どうかしたの？」ユーマに肩を抱かれ、わたしはびくっとした。深く考えに沈んでいたのだ。「マークの電話があってから、ずいぶんおとなしいから。大丈夫？」

「ええ、平気。これから手術を受けるっていう電話だったの。腫瘍摘出の」マークの具合が良くないことは、ユーマに話してあった。「電話が来るまで知らなかったんだけど、そばにいられないのが申し訳なくて。いられるわけじゃないんだけど」

「ううん、あなたはここにいるほうがずっといいと思う。マークとの生活はあなたには無理。バースで暮らすのも嫌がってるし、彼ともほとんど会えないんでしょ。友だちに会わなきゃ、世捨て人も同然じゃない。そんなのあなたらしくないよ」

「今日は楽しかったわ、ユーマ。ありがとう。あなたたちには、ほんとうによくしてもらって」

それは事実だった。二人とは、日曜の午後を幾度となく共に過ごし、食事やワインもごちそうになった。わたしの命綱だ。最近は、どんどん崖っぷちに追い詰められている気がする。でも、崖っぷちって何の？　人生？　それとも死？　違う。わたしは、理性の崖っぷちでふらふらしているのだ。これまで、何があっても、何をなくしても、正気を失うことだけはないと思っていた。でも今は自信がない。頼れるものをすべて失いかけている――それがほんとうに怖かった。


マークの手術は成功だった。幸運の星に感謝したい。神を信じてはいなかったが、今では毎日小声で祈りを捧げている。誰かに、何かに聞き届けられることを願いながら。

「どうか、すべてがうまくいきますように」

手術の2日後にマークと話したときは、心配のあまり気もそぞろだった。

「すぐにでも会いたい」と彼に訴えた。「どうしても会いに行かなきゃ」

「許可が下りないだろう。きみは公職秘密法にサインしてないから。それに、やつらはぼくが今にも国家機密をペラペラ喋りだすんじゃないかと、気が気じゃないんだ。今回のことでぼくらが別れると思ってるらしいしね。でも心配いらないよ。ぼくが何とか解決する。ぼくだって会いたいよ。段取りがついたら、また電話する」

2日後、電話越しのマークの声は興奮していた。

「うまくいった。外出できそうだよ。今晩6時半に病院へ来て。脳神経科病棟の近くの駐車場に車を停めて、メールしてくれ」

6時半に、わたしはフレンチへイ病院の近くで、どこに停めようかぐるぐる回っていた。気が滅入っていた。病院はうらぶれて、わたし同様やつれて見える。駐車場に車を停め、マークにメールして、そのまま所在なく座っていた。数分が過ぎた。あれは彼かしら。二人の男がこっちへ歩いてくる。マークとジェームズ・ミラーだ。

二人は車まで来て、マークが助手席のドアを開けて乗りこむと、ジェームズは病棟のほうへ戻っていった。やっとマークに会えて、心からほっとした。頭には厚く、でも器用に包帯が巻かれ、何かの管が頭の横から突き出しているのが見える。逆巻く感情があふれ出た。

「ああ、会えてほんとうに嬉しいわ。どれほど心配したか。でも、こんなふうに寒い中を歩き回っちゃだめよ。それに、これは何なの?」そう言って管を指さした。

「頭痛がする。きみの言うとおり、寒い中を出歩いちゃだめだな。これはドレーン。脳から体液を流し出すんだ」

「で、ここにはどれくらいいるの?」

「見当もつかない。やつらにはこのほうが都合がいいんだ。鍵をかけてぼくを閉じこめておけるから。

今はほんの数分だけ、隙をみて抜け出してきたんだけど、ばれたら大騒動だろうな。ジェームズを呼んで手を貸してもらわなきゃならなかった」

「ねえ、わたしはただ平穏無事ならそれでいいの。こんなこと、いつまで耐えられるか」

「きみのいちばんの美点は、何があってもくじけないところじゃないか。昔気質なところも愛してるよ。頼む、すべてうまくいくから、もうしばらくだけ持ちこたえてくれ」

「これでも精いっぱいやってるのよ。でもひとりぼっちで何の生きがいもないの。もともとわたしは陽気な人間なのに、最近は暗いことばっかり考えてる。いつになったら終わるの？」

再びマークに会えたのは2週間後だった。今回も病院の駐車場で彼を待ち、今回も彼は不意に現れた。脳神経科病棟からこちらへやってきて、助手席に乗りこむ。頭にはまだ厚く包帯が巻かれているが、回復の兆しは見えた。

「お願いだ、キスしてくれない？」そう言いながらズボンのファスナーをおろそうとしている。

「口でしてくれ、ってこと？　病院の駐車場で？　そこらじゅうに防犯カメラがあるのよ。気でも狂ったの？」

「頼むよ、どうしてもしてほしい」

「さっさとしまって」

「クソッ、久しぶりに会えたっていうのに、拒否されるとはね！」

「だって病院の駐車場なのよ。でも、そういう気になるほど回復したってことね。そろそろ家に戻って、初めての夜を過ごす時期かも」

「だね。クリスマス頃にはたぶん。一緒にクリスマスを過ごせたらいいな」

「わたしもそうしたいわ」

彼はわたしにキスすると、ドアを開けて去っていった。

誰かにそばにいてほしくてたまらなかったが、マークの身に起きたことにも、自分の不安定な感情にも怯えていたので、誰とも会う勇気がない。いずれにせよ、会いたいと思う友だちはアンだけだ。コーンウォールから戻って以来、何度も会う約束をしたのだが、そのたびにキャンセルする羽目になった。マークが、いつでもわたしに会えるようにと望んだからだ。

だが、10月に一人訪問客があった。クリスマスの足音が聞こえ始めていたので、義妹に和解を申し出ようと決めたのだ。義妹とは、ブロック・ストリートに越してきたばかりの4月のあの晩以来、連絡を絶っていた。

アナリーサの職場はこの近くなので、帰りにちょっと寄って一杯飲んでいかないかとメールを打つことにした。プライドはを捨てることになるが、クリスマスに家族が集まれるようにするために今わたしが行動を起こさなければ、ほかの誰も起こさないだろうし、時間が経てば経つほどこじれるだけだ。弟とは夏の間に一度だけ、土曜の午後のヴィクトリア・パークでほんのちょっと会っていたが、わたしたちの間にあった絆がまた少し緩んでしまったのを感じた。

アナリーサはわたしの誘いを受け入れた。その晩ドアのチャイムが鳴ったとき、わたしはとびきりの笑みを顔にはりつけて彼女を迎え入れた。アナリーサはわたしをきっと見つめ、挨拶もしないうちに、来客用の駐車許可証をちょうだいと言った。そんなものは持っていない。機械でチケットを買ってと言うと、小銭がないのよと返され、早くも怒りがふつふつと湧いてきたが、冷静に、と自分に言い聞かせた。

「小銭ならあるわ。ちょっと待ってて」

そう言って財布をつかみ、パーキングメーターまで行ってチケットを買った。

家に入り、飲み物を勧めた。

「プロセッコはいかが？　ボトルを開けましょうか？」

「ありがとう。それで結構よ」

「シャンボールリキュールも入れる？」

彼女は断ったが、わたしは自分のにいくらか混ぜ、二人分の飲み物を作って、二階の客間へ彼女を通した。緊張感が漂う。

「さてと、元気にしてた？」尋ねながらベルベットのソファに腰をおろした。その色調は、わたしの手にあるグラスのラズベリー色とぴったり合っている。アナリーサは、家族全員、とっても元気よと言った。下の娘がこの夏卒業したのも、上の娘が博士論文でトップの成績を収めたのもめでたいことだ。

「ニックが新しい仕事を始めたの、知ってるでしょ？　そっちも順調なの。ほんと、すべてうまくいってるわ。あなたも一緒じゃないのが残念！」

「アナリーサ、わたしたちの間を修復したいの」わたしは返した。「少なくともクリスマスには家族で集まりたいと思ってる。でも、この前会ったときのあなたの態度に腹が立ったことは言っておきたいの」

「結局誰も現れなかった晩のこと？」

怒りがこみあげてくる。

「わたしの記憶では、わたしたち十二人もいたんじゃなかったっけ」

「〝あの人〟は来なかったじゃない？　来ないのはわかってたけど」

黙っていようと自分を抑えていたのに、その言葉を聞いた瞬間、わたしの中で怒りが爆発し、その炎はもはや消せなかった。

「よくもそんなこと！」わたしは叫んだ。心臓が跳ね上がり、怒りに目がらんらんとするのがわかる。

アナリーサは冷ややかにこちらを見つめたが、声を荒らげることはなかった。

「ねえキャロリン、わたしはあなたが好きだったわ。とっても。さ、わたしは忙しい身なの。いつまでもここに座ってるわけにはいかない」

怒りのあまり、アドレナリンが体じゅうを駆け巡っていたが、ここは抑えなくちゃ。ふつうの声が出せますように。

「あら、そういうことなら、出ていってくださって結構よ」

アナリーサはグラスを置くと立ち上がって部屋を出ていった。わたしは身じろぎもせず怒りに震えながらも、弟や義妹との間に残されたわずかな絆を納めた棺に、また一つ杭が打ちこまれるのを感じていた。


まだ11月の半ばだが、クリスマスの準備があちこちで進んでいるようだ。サーカスでももうクリスマスツリーを飾っている住人がちらほらいる。何もかもが早め早めに進んでいく昨今の風潮はどうも好きになれない。まったく、クリスマスが来る頃には誰もが飽き飽きしちゃうんじゃないかしら。

土曜の午後、電話が鳴った。

「やあ、前にきみと行ったブリストルのホテルに車でおいでよ。2、3時間ならいいと、病院から外出許可が出たんだ。ジェームズに送ってもらうよ。1時間後に会おう」

マークには会いたかったが、この時期の運転は気が乗らない。バースもブリストルも、クリスマスの買い物客であふれている。1時間半後にやっとブリストルに着き、ホテル・デュ・ヴァンに腰をおろした。マークの姿はない。辛抱強く待ちながら、落ち着きなくあたりを見回し、彼を探した。やっと現れた彼の顔には血の気がなかった。頭の包帯はもう取れていたが、片耳の上まで髪が剃り上げられ、傷口には大きなガーゼが貼ってある。傍らにはまたもやジェームズ・ミラー。マークがジェームズに、コーラと辛口の白ワインを買ってきてくれと頼んだので、ようやく二人きりになれた。

こんなふうに仲良く腰をおろしていられるのは、彼が脳腫瘍のことを打ち明けたとき以来だ。抱き寄せられて涙があふれる。こらえようとしたのに、泣き出してしまった。

「キャロリン、泣かないで。ほらごらん、ぼくは元気だろ」

「そうは見えない。主治医と話したいわ。それに、ほら。わたしだって元気じゃないのよ」

胸の中で荒れ狂うさまざまな思いを抑えようとしたが、自分の声が少しずつ甲高くなり、早口になっていくのを感じた。何とか落ち着かなくちゃ。

「あなたのためと思って頑張ってきたけど、あんまりつらくて」わたしはすすり泣いた。「どうすればいいの。誰にも話せないし誰とも会えない。だって、いつものわたしじゃないのがわかってしまうし、あれこれ訊かれたらよけい困るもの。いつまでもつかわからない。それにね、お金がないの。ずいぶんつましくしてたんだけど、もうギリギリだし、クリスマスも来るし。請求書が次々届いておかしくなりそう。このぶんだと、じきに食べるものも買えなくなるわ」

「いいから落ち着いて。ぼくがどんな目に遭ったか知ってるだろう。今いちばんしてほしくないのは、よけいなストレスをかけられることだよ。命取りになりかねない。きみのために必死にやってるのはわかってるくせに、いつだって十分ってことがないんだな。ぼくだって、万事うまくいくよう常に気を配ってるわけにはいかないんだ。しかも、やつらにいつでも見張られてる状況で」

「わかってるわ。不平を言ってるんじゃないの。ただ、どうすればいいのかわからないだけ。クリスマスにはラーラとエマが来ることになってるし、あの子たちに心配をかけたくないの。姪たちも来るわ。プレゼントを買わなきゃならないし、みんなに食べ物や飲み物を出さなきゃならない。いつもと様子が違っていたら、絶対おかしいと思うでしょ。クリスマスの習慣は決まってるの。いつもどおりにしたいのよ」

「いつもどおりにできるよ。心配しないで」

「心配するわよ」わたしはむせび泣いていた。涙が後から後から頬を流れ落ちる。「それに、何より心配なのはあなたのことよ」

「ねえ、前にも言ったよね。心配するのは時間とエネルギーの無駄遣いだ。それに、なぜ泣くのか、ぼくにはわからないよ。そんなことをしたってぼくにもきみにもいいことはない」

「人間として当然の反応よ」

ものすごく惨めな気分だった。まわりの世界がガラガラと崩れ落ちていくようだ。マークがわたしの手を取り、目をのぞきこんだ。彼と一緒にいると慰められるのはいつものことだが、何かが変わり始めている。何なのかはっきりはつかめないが、100パーセントの安心はもはや感じない。彼に対する盲目的な信頼を失っていたのだ。いつだって、彼はとても強くて有能だと思っていたが、それもあやふやになった。脳外科手術について読んでみると、気になることがいくつもあった。とりわけ、人格に影響が出て、精神力が弱まるというところが。覚悟はしておかなければ。何に対しても、ふつうの感情的な反応を示さないのが気にかかる。手術のせい？　それとも訓練の？　それとも、そもそもふつうの人間としての感情が抜け落ちているの？　よくわからない。時々、すごく冷たく見えることもあれば、涙を流すこともあるし、出会いのときに見せたわたしへの思いは、疑う余地がない。だが、当面わたしの頭をいちばん占めているのは、お金を返してもらうこと。事態は一向に好転せず、八方ふさがりだ。

ジェームズがマークを病院へ送っていこうと戻ってきた。彼に見られてわたしはきまりが悪かった。泣いていたのに気づかれたに違いない。

「こんにちは」彼の物腰は優しい。「元気でやってますか？」

「どうにかやってます。この状況にしてはね」そう答え、どうにか微笑んでみせようとした。

マークとジェームズは出ていき、残されたわたしはバースへと車を走らせた――ひとりきりで。

11月が去って12月が訪れ、クリスマスの影が見えてくると、人生で初めて、わたしはそれを恐れていることに気づいた。預金の残高はたった200ポンド。いったいどうすればいいのか、見当もつかない。

12月も半ばのある朝、わたしはバスタブに浸かりながらもの思いに沈んでいた。シャワーは壊れて使えなくなっている。家の三か所で雨漏りもしている。自分で何とかできないのは癪だったが、お金を払って修理してもらうしかない。光熱費の請求はすでに莫大な額に膨れ上がっていて、年明けはさらに増えるだろう。わたしは機械的に体を洗って湯に浸かっていたが、すべて上の空だった。次の瞬間、わたしは動きを止め、凍りついた。これは何？　まわりのすべてが静止する。体も、心も、思考も。恐る恐る、もう一度触ってみると、さらにはっきり感じた。間違いない。胸にしこりがある。

気分が悪くなった。母は乳がんで、父は前立腺がんで命を落とした。今度はわたしの番だ。これをずっと恐れてきたのだ。ただでさえ悩み事だらけなのに、どうやって向き合えばいいんだろう？

自分の体がわずかな動きにも耐えられずにバラバラになってしまいそうな気がして、そろそろとバスタブを出たが、体は震えていた。医者に診せなければ。でもバースではかかりつけ医の登録が済んでいない。大丈夫だから、とわたしは自分に言い聞かせた。すぐ登録して急ぎの予約を入れればいい。

バスローブを羽織って書斎へ下りた。閉じた鎧戸の中でパソコンを開き、家からいちばん近い医者を探すと、角を曲がったところに一軒あった。携帯を取り上げてボタンを押す。受付の人から、至急診てもらいたいなら予約不要の診療センターへ行ってくださいと言われたのでそのとおりにした。診療センターでは2時間も待たされてから、看護師しか対応ができません、かかりつけ医に行くべきでしたね、と告げられた。このときにはもうヒステリー寸前で、看護師もそれを嗅ぎ取ったのか、お医者様を探してみますねと言った。

感情が嵐のように荒れ狂っている。今、麻痺したようだったかと思うと、次の瞬間には失神しそうだ。やっとの思いで持ちこたえたが、そうした身体的な症状だけでなく、精神的にもおかしくなりそうだった。こんなこと、現実のはずがない。きっと目覚めたらこの数か月に起きたできごとはすべて悪い夢だったとわかるのよね？　どうかわたしを目覚めさせて、とわたしは思った。そのとき、看護師がすぐ隣で何か話しているのに気づいた。

「すみません。何とおっしゃったの？」

「幸運でしたね。医師がまだ残っていて、診てくれるそうです。こちらへ」

診察室へ通されると、そこでは女医がデスクに向かっていた。親し気にわたしを迎え入れ、腰をおろすように言う。診察が終わると、状況を考えて病院で検査を受けるよう紹介状を書きますと言われた。2週間以内には診てもらえるはずですが、クリスマスと年末年始の休暇を挟むので、ちょっと遅れるかもしれません。

「ふだんの健康状態は？」と尋ねられる。

「これまではとても健康でしたけど、最近あまり調子が良くないんです。パートナーが重い病気で、なかなか会えなくて。脳腫瘍なんです。手術はもう済みましたが、その負担が大きかったんじゃないかと。いつもは打たれ強いんですけど、限界を超えたのかもしれません」

医師は、ここへ来たときにわたしが記入した問診票を眺めている。「かなりお酒を飲むし、タバコも吸うようですね」

「はい。そうなったのもここ数か月のことです。お酒を飲むと神経が休まるし、タバコはパートナーとの仲を深めるためなんです。彼はヘビースモーカーだから。よくないのはわかってます。でもそれが今の現実なの。彼に近づける気がして」

「バースにお友だちは？」

「いません」

「ご家族は？　力になってくれるご家族がそばにいますか？」

「いいえ。弟がそれほど遠くないところにいるけど、奥さんともどもあまりうまくいってないから、二人には話せません。娘たちはロンドンにいて、心配をかけたくないんです。今でも十分心配をかけてるから」

話しながら、涙が頬を伝っていた。

「お気の毒に」医師はしんから心配そうだ。「是が非でも誰かに助けてもらわないと。かかりつけ医の登録を今日して、予約を入れてください。ここへ来たことも伝えてね。胸のしこりを検査してもらうよう、その病院に紹介状は書きますが、医者には今の心情を包み隠さず話してください。助けが必要よ」

「ありがとう。誰にも話せなかったんです。少しの間でも、吐き出せてほんとうに楽になったわ」

「わかります。ご自分を大切にね。お大事に」

医師の優しさと思いやりが胸に沁みる。彼女のアドバイスに従って、ブロック・ストリートへ戻る道すがら、地元の医院で登録を済ませ、診察の予約を取った。

診断が出るまでの数週間は、きっと永遠のように長く感じるだろう。その晩マークが電話してきたので、わたしは事情を話した。

「まあ、心配することはないよ。大丈夫。きみくらいの年齢の健康な女性なら、何でもない確率のほうが高いんだから」

「心配するに決まってるじゃない。母は乳がんだったのよ。闘病の様子を見てきたわ。乳房を切除したの。母にとっては地獄だった」同情のかけらもないマークの返事が気に障った。ほんの少しでも慰めてくれればそれで満足なのに、慰めは一切見せない。関心もなさそうで、それより自分の知らせたいことのほうが大事らしい。

「もうブリストルは離れたんだ。今はロンドンのロイヤル・フリー病院にいる。脳から空気を取り除くっていう別の手術のことで、セカンドオピニオンをもらおうと思って。結局、ここの医長も同意見で、手術は今夜だ。そんなときに、きみは自分の心配事で頭がいっぱいなんだね！」

２０１２年のクリスマスは人生最悪の時だった。地下室にしまっておいた飾りは全部捨てる羽目になった。床から離れた棚の上に箱を置いておいたのに、湿気にやられてしまい、取り出したときはほとんどがカビてしまっていたのだ。クリスマスは翌週に迫っているのに、ツリーもない。いくつか見て回ったが、高すぎて手が出ない。それに、いまいましい地下室のせいで、電飾もあらかただめになっているけど、ツリーと新しい電飾の両方を買う余裕はない。娘たちには話してわかってもらうしかないが、食料はどうしよう？

そんなある日、突然ジェームズ・ミラーから電話があった。クリスマスの買い物を手伝ってくれとマークから頼まれたそうで、その晩ウェイトローズへ連れていってくれると言う。どういうことかしら。

「ええ、確かに食料と飲み物は必要だけど、支払いができないの」

「その点はご心配なく。支払いの面倒もみるようマークに言われてます。それに、ツリーも必要なんじゃないかと」

「そうなんです。ありがたいわ」

「そっちは明日買いに出かけましょうか。あなたの家の近くにいい店があるんです」

「わたしも見に行ったわ。だけど、とても高かった」

「まあ、そのことは後で。迎えに行って、ウェイトローズまでお連れしますよ。6時半頃着きます。その頃にはかなり空いてるでしょうから」

「ありがとう」

ジェームズに会えて嬉しかった。ほとんど知らない人だが、静かな話しぶりと穏やかな態度が好ましい。よく知らない人との買い物はいささか緊張したが、欲しいものはわかっていたので買い物かごはすぐにいっぱいになった。ジェームズが支払いをし、ブロック・ストリートへわたしを送り届けると、荷物を運び出すのも手伝ってくれた。そして、200ポンドを差し出し、マークからだと言った。

翌日、彼から電話で、ツリーを選びに行きますかと尋ねられたが、わたしはあまりにも厚かましいのではとためらった。クリスマスまであと数日しかないから、いずれにせよ手ごろなツリーは残っていないに違いない。そう考えるにつけ、ますます行きたい気持ちが萎えていく。こんなふうに、いつもと変わらないふりをし続けるのはもう無理かも。

「ツリーのことはどっちでもいいんです」と彼に言った。「なしで済ませるわ。正直なところ、もっと気にかけなければならないことがあるし、あなただってお忙しい身でしょう。でもありがとう」

そう言って電話を切った。

2時間後、電話が鳴った。またジェームズからだ。

「今ご在宅だといいんですが。玄関の外にいるんです。ツリーを買ってきました。立派なのを」

「そんなことなさらなくてよかったのに。さっきはちょっとそっけなくてごめんなさいね。こんなところまでいらしていただくのはご迷惑かと思ったものだから」

下へおりて玄関の扉を開けると、ジェームズがツリーを運び入れ、わたしが飾りつけられるように居間に立ててくれた。外へ出てコーヒーでもいかがと誘ったのは、誰かと一緒にいたかったのもあるが、ジェームズならマークのことを何か知っているかと思ったからだ。

シャンドス・デリでコーヒーを飲みながら、わたしは急に、これまでのこと、マークにお金を貸したいきさつをジェームズに打ち明けたくなった。そして、お金の額まで具体的に話したが、ジェームズが何も言わないので、話し終えたわたしはマークを裏切ったような気がした。あんまり悩みが深かったのでつい打ち明けてしまったが、これからはもっと気をつけなくちゃ。

翌日、ラーラとエマがクリスマスを過ごしにやってきた。娘たちに会えたのは嬉しかったが、何でもない顔をするのにひと苦労だったし、二人も異変を感じ取ったかもしれない。クリスマスイブには二人とも、しきたりどおり夕食のために着替えて居間に現れたが、わたしはまだジーンズ姿だった。

「ごめんね」わたしは言った。「悪く思わないで。今あまり元気がなくて、きちんとした格好ができないの。明日は着替えるわ」

2013年が明けた週、バースのロイヤル・ユナイテッド病院を出たわたしは有頂天になっていた。胸のしこりはがんじゃなかった。ここ数か月というもの、どんどん深い絶望の淵に沈んでいく気がしていたが、がんじゃないと告げられたことでこんな天にも昇るような気持ちを味わっているところを見ると、この数週間の思いとは裏腹に、わたしはまだ人生に未練があるらしい。

ちゃんと眠れなくなってからの9か月、不眠症はひどくなる一方だった。いつ果てるとも知れない静まり返った夜には、ただ人の声を聞きたいがためにラジオをつけては消していた。BBCの〝ラジオ4〟と〝ワールド・サービス〟だけが、かろうじてつながっているわたしの仲間。悪夢や繰り返し起こる幻覚にも苦しめられるようになっていた。気づくと海の中にいる。息をしようと思うのに、ますます深く沈んでいく。水は青く透きとおって、はるか頭上では、太陽が海面を照らす光の輪が揺らめいている。力尽き、泳ごうとするのに脚は水を蹴ることもできずに自分が沈んでいくのがわかった。そこで目が覚め、息も絶えだえに空気を求めてあえぐ。

またあるときは、はっきり意識がある状態でベッドに横になっている。心臓が早鐘を打ち、胸にずっしりとおもりがのしかかってくる。押しつぶされて息が止まりそうになる。おもりが上から迫ってくるのと同時に、同じくらい強い力で下から引っ張られ、マットレスを突き抜けて底なしの空間に吸いこまれていく。恐ろしかった。そういうときは手を伸ばして灯りをつけ、ラジオのスイッチを入れて、横になったまま鼓動がおさまり息ができるようになるのを待つ。運よく眠りに落ちたとしても、ムンクの『叫び』の絵が死神の姿に変わり、わたしを捕まえようとやってくる幻覚を見て、また飛び起きるのだ。

わたしは自殺を考えるようになり、どうやるのがいちばんか、取りつかれたように何時間もインターネットで調べて過ごした。とりわけひどい二晩を過ごした後、医者に行くのもやっとという状態ながら、かかりつけ医に予約を取って症状を話した。

「お話からすると、典型的なパニック障害の症状ですね」それが医師の答えだった。「初診は先月ですよね。そのときにはふさぎがちだとおっしゃった。カウンセリング担当から連絡が行ってませんか?」

「頂きました。でもカウンセリングは受けないことにしたんです。心臓と肺の状態を調べていただけませんか? どこか悪いに決まってるわ。わたしはつまらないことで騒ぎ立てる人間じゃありませんから」

医師は胸の音を聞いて血圧を測った。

「心臓にも肺にも全く異常はありません」彼は請け合った。「すべて正常です。カウンセリングのこと、考え直してみませんか?」

「結構です。ありがとう」

家までの短い距離を、うなだれて歩いた。誰にも見られたくない。堂々と微笑みを浮かべ、さっそうと頭を上げてテットベリーを闊歩していたあの女性とはまるで別人だ。医師の言葉が頭の中で渦巻く。「すべて正常です」? 何もわかってないわ。もうわたしの人生に、正常なものなんて何ひとつない。

胸のしこりががんでなかったことをきっかけに、少し気持ちが浮上し、行動を起こそうという気になった。バースを出よう。ブロック・ストリートでの暮らしにはもう耐えられない。これ以上ここにいたら、文字どおり死んでしまう。でもどこへ行けるかしら？　わたしは脳みそをしぼり、ついにある考えに行き着いた。わたしには、オーストラリアとイギリスを行き来して暮らす友だちがいる。イギリスでの住まいは、昔わたしが住んでいた場所にほど近いバッキンガムシャーで、たしか今は空いているはず。

そうしてマークとの出会いからちょうど1年経った日に、わたしは彼らにメールで助けを求めた。運はわたしに味方した。すぐ返信が来て、4月末まで自由にフラットを使っていいことになったのだ。ブロック・ストリートの家の売却は4月3日に完了するとマークは言っていたから、そこまで経済的に持ちこたえられれば、約束どおり貸しているお金をマークから返してもらい、万事解決だ。先のめどが立ったことにほっとして、すぐに残った荷物を運び出す手配をした。引っ越し業者が来られるのはいちばん早くて1月25日だというので、わたしはその日を、永遠にバースを去る日と定めた。

かたや、マークからの知らせは芳しくなかった。脳から空気を取り除く手術は終わっていたが、その後MI6のビルに連れていかれ、無理やりそこに押しこめられたのだと言う。任務に戻れ、飛行士に復帰しろってさ。

「やつらはぼくの頭をぶち抜きたいんだ。それか、活動中に死ねばいいと思ってる。シリアに送り返されるかも」

マークに何が起ころうと、わたしに口出しできないのはわかっている。今は全力で自分を守るのが先決だと思い、わたしはブロック・ストリートを出ていくつもりだと告げた。

「でも、それが何の足しになるんだ？　気でも狂ったのか！」声に怒りが満ちている。「突然そんなことを思いついて、勝手に決めるなんて。なぜ相談しなかった？」

「相談することなんて何もない。もう決めたの。全部手配済みよ。金曜日に出ていくわ」

引っ越し当日の2013年1月25日は、寒く曇っていた。雪までちらつき始めたが、サクサクした白い雪ではなく、地面は溶けかかった雪で茶色く汚れた。引っ越し業者が到着してコンテナに荷物を詰めこむ間も、マークからはひっきりなしに電話がかかってくる。

「もう業者は来てるのか？　どれくらいかかる？　長くかからないといいんだけど。ぼくたちの仕事を知られたら危険なんだよ。どうしてそんな態度を取るのか、ぼくにはさっぱりだ。ほんとに腹の立つ強情っぱりだな」

数時間で業者は作業を終えた。わたしは自分の車に、持っていく荷物を詰めた。出ていくのが待ちきれず、ブロック・ストリート一番地の扉を最後に閉めたときは、肩にのしかかっていた重い責任が滑り落ちていくのを感じた。とうとう、わずかながら自分の手に自由を取り戻し、サーカスでの暮らしに別れを告げたのだ。

この頃、マークは相変わらずわたしに優しくしたり冷たくしたりを繰り返していた。わたしは彼が病気で苦しんでいるときに、休暇で出かけたり友人とランチをとったりして自分勝手なふるまいをしたことで、自分を恥じ、責めるよう仕向けられた。性的な結びつきはごくわずかで、最初の一回を除けばすべて、慌ただしく通り一遍だったのを覚えている。それに、その後もずっと自慰にふけっていたことも知っている。今では彼と寝た回数が少なくて幸運だったと思う。肉体関係が少ないことに触れると、自分はいつでも戦闘態勢でいなければならないから、愛を交わしてリラックスするのは危険なんだと言った。ＭＩ６から解放されるまで待ってほしい、そうしたら全部ちゃんとしよう。〝一〇〇本のキャンドルを灯して、いつでも自由に〟。今はわかる。彼は単にわたしに飽きてしまったのだ。「一日三回はイカないと」だめだというセリフも怪しいものだが、事実だとしたら、きっと同じくらい積極的で疑うことを知らない女を別に見つけ、その欲求を満足させていたんだろう。相手かまわず交わるのもサイコパスの特徴だ。

わたしに見せた脳スキャンの画像が誰のものだったかは知らないが、彼のではないと思う。後でわかったことだが、彼はフレンチヘイ病院にかかったことはない。でも頭の傷は本物だった。長いこと包帯を巻いていたのと、病院での逢引きは完璧に仕組まれたお芝居で、わたしはまんまとだまされた。あの包帯を巻いたのは病院と何らかのつながりがある本物の医師で、金と引き換えにやったのかもしれない。わたしは彼の脳外科手術を疑いもせず、ひどく心配した。いかにも具合が悪そうだったのは、お金を返してとせがんではいけないとわたしに思わせるためだったのだろう。それに、彼が脳腫瘍で手術を受けたと信じていたからこそ、わたしは二人の関係の不自然さも、彼が見せるようになった冷たい残酷な態度もそのせいだ、と納得してしまったのだ。

第八章　転落

このところ彼女を覆うように張りつめていた自制の氷が割れ、激情の波が再び押し寄せ、彼女を飲みこんだ。目の前が真っ暗になり、そのまま倒れてしまった。

トマス・ハーディ『遥か群衆を離れて』

わたしはアマーシャムに戻って暮らし始めたが、まるで見知らぬ土地にいるようだった。冷たいよそよそしさを感じ、昔の家のそばは避けて通った。親しいひと握りの友人には、マークに全財産を貸したこと、彼が自称ＭＩ６の諜報部員であること、脳腫瘍と手術のことを打ち明けていた。おそらく自分でも、彼の誠実さに疑いを抱き始め、誰かに安心させてもらいたかったのだろう。友人たちはわたしの話に驚きはしたが、マークが毎日連絡をくれると言うと、思惑どおり「ちゃんとした人だね、大丈夫、お金は返ってくる」と請け合ってくれた。人間というのは本当に信じたいことだけを信じる生き物で、残されたのが希望だけになると必死でそれにしがみつくのだと、しみじみ思う。

ブロック・ストリートにかかった目の玉が飛び出るような光熱費の支払いをしつこく請求され、クレジットカードの未払い分と借り越しの金額が1万ポンドを超えていたため、ささやかな退職金を引き出して日々の支払いに回し、何とかやっていくしかなくなっていた。

ブロック・ストリートの売却が予定どおり4月3日に終われば、わたしの誕生日までにはマークからお金を返してもらえて、自分の住む家を探し始めることができるだろう、という希望にしがみついていたが、彼から届いた知らせに不安をかき立てられ、過度の期待はやめなければという気になった。またシリアで撃たれ、出血多量で大量の輸血を余儀なくされたのだそうだ。アテネの陸軍病院で回復しつつあるが、もうイギリス政府を信用できないと言ってよこした。それでも4月2日の夜は、ベッドに横たわりながら、明日の今頃はこんな悩みもすべて解消されていると思って少し元気が湧いた。横になっても眠れず、さまざまなことを夢想する。目を閉じ、自ら買った新しい家で、娘たちや友だちに囲まれている自分の姿を思い描いた。それさえ手に入れば、とわたしは思った。その先もう二度と、日常が当たり前だなんて思うのはやめよう。

翌日、わたしはそわそわと落ち着かず、何も手につかないまま、ひっきりなしに銀行預金をチェックしていた。だが一日も終わりに近づく頃にはくたびれ果てていた。マークは電話もよこさず、わたしからかけてもつながらず、そして口座の金額は1ペニーも増えていない。その晩遅くにベッドに向かうわたしは、心底打ちひしがれていた。いまだにマークからは何の連絡もない。耳が痛くなりそうな静寂に囲まれて横たわり、見開いた眼は何も見ていなかった。

翌朝、うるさい着信音がマークからの電話を知らせた。わたしは電話を取った。アドレナリンが体じゅうを駆け巡り、声は自分でも驚くほど不自然に高く、舌ももつれてヒステリー寸前だ。

「わたしのお金は？　昨日、口座には振り込まれてなかった。電話もくれないなんて」

「言っただろ、ちゃんとするって。ちょっとした手違いなんだ」

目の奥を涙がチクチクと刺し、声が怒りでしゃがれた。

「キャッシュフローの問題だって言ったじゃない。借りたお金はほんの数週間で返すって。もう1年以上よ。あなた、4月3日にブロック・ストリートの家が売れたら全部返せるって約束したわよね。期限は昨日だったのに、何も返ってこない。何を信じたらいいのよ。わたしの人生はこの1年でめちゃくちゃになったのに、あなたは気にもかけない」

「ねえ、落ち着いて。きみと一緒になるためにぼくがどれだけ苦労してるかわかってれば、そんなセリフは出ないはずだ。自分がひどい目に遭ったと思ってるのかい？　ぼくがくぐり抜けてきた試練に比べれば屁でもないのに。前にきっちり話し合ったじゃないか。最初に、きみを頼りにしてるって言ったよね。大変なのはわかってて約束したんだろ。今、弁護士ともめててさ。やつらから理不尽な大金を要求されてる。ああいう連中はたちの悪い盗人だな。こっちの問題が片づくまで、ブロック・ストリートの売却を差し止められてるんだよ。それが済めば、万事解決だ」

「筋が通らないわよ。そんなの違法でしょう。弁護士に何百万ポンドも借金してるんじゃなければ。あなた、返済する気なんて毛頭ないんじゃないの。わたしはただ、預金があなたと出会う前と同じ額に戻ればいいの。預金を残らず使い切って、退職金をおろして、それでも負債で首が回らないのよ。こんな目に遭わせておいて、それでよくわたしを愛してるなんて言えるわね」

「どれほど失礼な物言いをしてるか、自分でわかってるかい？　ぼくらは一心同体なのに。きみはヒステリックになってるんだよ。きみの金だけが目当てなら、ぼくはもうとっくの昔に姿を消してる。その素晴らしい脳みそを使って、考えてごらん。筋が通らないのはきみのほうだよ。ともかく、こんな言い争いは時間とエネルギーの無駄だ。今すぐやめよう。弁護士に電話して、このごたごたを収めるよ。ほんとにひどいもんだ。また電話する」

　お金は戻ってこなかった。そして2013年の4月も終わりに近づき、またもやひとりぼっちの誕生日を迎えた後で、わたしはフラットを出て友だちの間を転々とし、最後にアンジェラのところに数週間泊めてもらうことになった。それからはただ時間だけがだらだらと過ぎていき、わたしは日付の感覚を失って、体ごと真っ暗な海の中に放りこまれ、なすすべもなく漂っているような気がしていた。人生を自分でコントロールできなくなってから1年も経ち、いくら頑張っても何も変わらないという虚しい気持ちとともに、もっと恐ろしい感覚が押し寄せてくる。自分の存在がだんだん消えていくような、わたしという人間が蒸発していくような感覚だ。これからどうなるか、自分が何者かもわからない。昔の自分がどんなだったかは覚えているが、明るく自信に満ちていたあの女性は、マークとの約束を守ろうと必死になるうちに、消え去ったも同然だった。昔の自分の中で今も残っているのは、娘たちへの強い愛情だけ。今のわたしはそれだけをよすがに生きている。〝未来予想図〟などすっかりかすみ、マークとの将来ももう描けない。あの頃彼と連絡を取り続けていた唯一の理由は、貸したお金を返してもらうことだけだった。

最後に彼と会ってから4か月が過ぎ、最初に待つと約束した1年半も終わりに近づいた今、約束を守らなければという思いはあったが、自分のお金さえあれば、とっくに自分で家を買っていたのにと思わずにいられない。希望を次々に打ち砕かれながらも、わたしはまだ貸したお金が返ってくることを願っていた。そうでなければ再び人生をこの手に取り戻せないのだから、願わずにいられなかったのだ。でも、もし返ってこなかったら？ だって彼は、ほかの約束も全部破ったのよ。今度もそうならどうする？ わたしはよく、人はどういう道をたどってホームレスになるんだろうと思っていた。それがわたしの末路なの？ 宿なしキャロリン？ 想像するだけで耐えられない。

取り越し苦労はしないこと、わたしは自分に言い聞かせたが、そうした想像が頭をかすめるたび、恐ろしさに吐き気を催す。どうすればいいんだろう。

バッキンガムシャーに戻ってからずっと、昔の両親の家、わたしが幼い頃から育った家のすぐ近くに滞在していた。時おり、長く孤独な眠れぬ夜に、昔の自分に戻っていることがあった。数十年の月日が一気によみがえり、もうすぐ死ぬのかしらと思う。たとえて言うなら、すごいスピードで走る列車が、人生の節目ごとの客車を引いて、轟音を立てながら意識の中を駆け抜け、思い出というプラットホームを通過し疾走していく感じ。最後の客車が遠くへ消えていくのを見るのが怖かった。だって、それはわたしが死ぬときだから。

相変わらず夜になるとパニック障害に襲われたが、朝が来るとなぜだかちゃんとそこにいて、日の出とともに夜明けの光がゆっくりと部屋に射しこむのを見つめている。小鳥のさえずりが聞こえ始め、やがてメトロポリタン線とチルターン鉄道の列車がガタゴトという重い音を立てる。世間の人たちは皆、日常生活を始めるのだ。すべてのもの、すべての人から切り離されたような気がした。まるで世界中の七〇億の人が全員、せわしなく動き回り、陽気に喋りながら人生を生きているのに、わたしだけが一人ぽつんと取り残され、誰からも見捨てられたような。

マークからは毎日電話があった。

「病院からもイギリス政府からも逃げ出して、今はイタリアにいるんだ、イタリア政府と仕事ができればいいと思ってる、一緒になれるのも時間の問題だよ。飛行機を調べてあげるから、こっちへおいでよ、スペインで落ち合おう。バルセロナがいいかな、それともアリカンテ？　イタリアかどこかでもいいし、いっそフランスは？　ニースがいいね。どう思う？　すぐにでもチケットを取るよ」

でもいくら待ってもチケットは届かず、もうそれ以上耐えられなくなった。マークはもう、何かを計画することなんてできないんじゃないかしら。わたしはそのことに怯えもし、怒りもした。だからある日、ぴしゃっと言い返した。

「もう何日も、同じことばかり繰り返してるじゃない。ニースって言ったわよね？　ニースへは水曜の便があるし、わたしはそれで結構よ。空港までの足もある。わたしが自分で予約すればすむことじゃない？　こんなふうに引き延ばされるのはまっぴらよ」

「きみがやってくれるならありがたいが」

「じゃあ、間違いなく水曜日にニースに来られるのね？　14日、あさってよ」

「ああ、大丈夫。予約してくれ。きみに会えるのが待ち遠しいよ。会いたくてたまらない」

わたしは自分のチケットを買った。またしても、クレジットカードの上限に近づいていたが。荷物を詰めながら、マークと出会い、一緒にあちこち行こうと話していた頃のような興奮が跡形もなく消えているのに気づいた。こんなに時間が経った後で彼に会うのは緊張するが、それでも会えれば安心できるかもしれない――ちゃんと会えれば、の話だが。彼がどんな人間かは知ってる。人を何時間も待たせておいて、やっと現れたと思えば一緒にいるのは5分だけ。その間も携帯電話をいじくり、誰だかわからない相手に短い言葉でせかせかと指示を出す。互いに半年も顔を合わせていないとはいえ、わたしに同じことをしないとは言えなかった。

5月14日、アンがわたしをルートン空港へ乗せていってくれた。

「ちゃんとお金を返してもらいなさいよ」わたしを降ろしながら彼女は言った。「それがいちばん大事なこと。半分でも取り戻せれば、少なくともまた人生を始められる。幸運を祈ってるわ」

そう言って、わたしをぎゅっと抱きしめた。

「ありがとう、アン」

わたしは弱々しい笑みを浮かべて背を向けると、気持ちを立て直し、努めてしっかりした足取りでターミナルビルへと向かった。

空港は嫌いだ。わたしにとっては無人地帯も同然。誰もがどこかへ行くところかどこかから着いたところで、移動の途中の人々はどこにも属していない。もともと旅行が好きじゃないので、手続きのあれこれに気が重くなる。

イージージェットの列に並びながら、ファーストクラスでの旅やプライベートジェットの約束はどこへ行ってしまったんだろうと思っていた。今日は五、六便の乗客が一つに集められて長い列を作り、いつにも増してひどい状況だ。いったいどうしたというの？　チェックインカウンターのまわりはまるで家畜市場で、何百人もの乗客が曲がりくねった迷路のように張られたロープに仕切られ、ゾンビのように足を引きずりながらのろのろと進んでいく。

ありがたいことに、あっちに着けば何もしなくていいんだ、とわたしは思った。マークが全部面倒をみてくれるから。

彼はまだわたしを魅力的だと思ってくれるかしら。そして、わたしのほうはどうだろう。この1年でわたしの身に起きたできごとで、どれほどわたしが参っているかわかって、彼は同情してくれるだろうか？　だけどきっと、彼だって同じくらい苦しんだのよね。どんな様子なのかしら？　最後に会ったときはひどい姿だったし、それからも修羅場続きだったはず。

ニースまでのフライトは何事もなく終わり、到着ロビーに入る前に化粧室へ行って歯を磨き、化粧を直して髪を整えた。こんな状況ではあるが、マークにまた会えるんだからできるだけきれいに見せたい。ドアを抜けてロビーに向かいながら、わたしは笑みを作って顔を上げた。

まるでアリの巣に迷いこんだみたいだ。みんながあっちこっち、一見でたらめに歩いている。わたしは立ち止まり、人の波を見回した。求める顔はただ一つ。彼がわたしを見つけるほうがたやすいはずだ。このどこかにいるに違いない。いったいどこ？　時間が止まったように思える。ほんの数秒だったに違いないが、世界がスローモーションで動き、自分が永遠にそこに立ち尽くしているような気がした。もう一度、目の前を通り過ぎていく顔の群れを見つめる。それらしい人はいない。なんてこと。彼は来ていない。

突然、目もくらむようなフラッシュの光に、呆然自失だったわたしはハッと我に返った。カンヌ映画祭の期間とあって、たった今着いたばかりの有名人たちがパパラッチに追い回されているのだ。カメラのフラッシュが到着ロビーにひらめく。わたしは膝から崩れ落ちそうになった。めまいがする。席を見つけて座らなければ気を失ってしまう。

誰かが立ち上がったので、空いた席に倒れこんだ。肉屋の台に置かれた生肉の塊のように。息も絶えだえになり、この人混みから完全に切り離されたような気がして、どうすればいいかわからなかった。携帯を取り出してみると、マークからの短いメッセージが並んでいる。

14時43分　イビス・プロムナード・デザングレ

ニース　06200　プロムナード・デザングレ359

0033493833030

急いで向かってるよ！

電話をかけたがつながらない。

15時57分　どこなの？　メッセージの意味がわからない。

ホテルの支払いはできないのよ。タクシーだって。

どこにいるの？

はらわたが煮えくり返りそうよ。

突然、電話が鳴った。よかった！　マークだ。

「ああ、申し訳ない。必死にそっちに向かってるところだ。ホテルに行ってて。そこで落ち合おう」

「迎えに来てくれないなんて、どういうことよ。あんなにいろいろあった後なのに！　お金が全然ないのよ。あなたがここまで来て、いろいろやってくれると思ってたのに」

「持ち合わせはどれくらい？」

「50ユーロ」
「それで足りる。タクシーに乗って。あっちで会おう」
「ホテルの支払いはお願いね。前払いで」
「了解。気を鎮めて。着いたら電話してくれ」
わたしは気持ちが悪くなった。メリーゴーランドに乗せられてぐるぐる回っているみたい。降りたいのに馬は止まらず、ますますスピードを上げてバランスを崩す。オルガン弾きが不吉な音色で演奏している。わたしはタクシー乗り場へ向かい、運転手にホテルの住所を告げた。新たなメッセージの応酬が始まる。

16時43分　ホテルの支払いは済んだよ。

ありがたいわ。いつ着くの？　予約の名前は？

キャロライン・ウッズ

キャロラインじゃなくてキャロリンよ。わたしの名前さえ正確に綴れないの？

ホテルへ行くわ。

愛してるよ。

あまりに腹を立てていたので、そんな甘ったるい言葉には、返信する気にもなれない。

明日の朝になっても来なかったら、わたしは帰る。

了解。朝食前に着くよ。

そんな言葉、聞き飽きたわ。

タクシーは、駅近くのエスカレーターの下で停まった。エスカレーターを見上げると、イビス・

ホテルの文字が見える。エスカレーターに乗り、乾いた尿の悪臭にむかつきながら、ロビーへと上がった。〝天国への階段〟にはほど遠いわね、とわたしは思った。フロントで名前を告げ、予約して宿泊料も支払い済みだと言った。ホテルは全然気に入らなかったけれど、くたくたで気分も悪い今は、横になれればいい。ほかを探そうなんて論外だ。わたしは鍵を待った。

「予約はありません」フロント係が言う。「電話を頂いて、あなたのお名前を言われましたが、部屋はないんです」

いったいどうなってるの。まずは落ち着いて、マークに電話しよう。お願い、出てちょうだい。電話がつながったとき、わたしは自分を抑えられなかった。

「今、ホテルに着いたところよ。タクシーに25ユーロかかった。で、予約が取れてなくて、空室がないって言われてる。いったいどういうこと？」

「フロントと代わってくれ。電話を渡して」。わたしはフロント係に携帯を渡した。

彼女がマークに、部屋はないと言っているのが聞こえる。カンヌ映画祭で、どこもいっぱいなんです。そしてわたしに携帯を返した。

「ほかのホテルに空きがないか探してみるとは申し上げましたが、見つかるかどうかは何とも。今週はほぼどこも満室なんです」

「ありがとう」わたしは微笑んだが、その笑顔はきっと今にもバラバラに砕けそうで、亡霊のようにはかないものだっただろう。

マークがまた話しかけてきた。「探してもらってる？　万事順調？」

「探してもらってるわ。でももう20ユーロしか残ってないのよ」

「それは気にしなくていい。大丈夫だ」

「先払いしといてほしいの」

「わかった。そのアマに代わってくれ」

　わたしはたじろいだ。どうして彼はいつでもこんな下品な言葉遣いをせずにいられないの？　フロント係にもう一度携帯を渡し、彼女がマークに、ニースの系列ホテルに一部屋見つかりました、少し高くなりますが、と言っているのが聞こえた。

「わかりました。はい《ウイ》、はい《ウイ》、承知しました《ダコール》」

　そして再び携帯を返してよこした。

「すべて手配済みです」彼女が言う。「メルキュール・ホテルにお泊まりになれますよ。今、地図でお見せしますね」

　わたしはのぞきこんだ。ほんの数ブロックしか離れていない。いつもなら歩ける距離だが、今はスーツケースがあるし、そんな元気はない。

「タクシーに乗りたいんだけど、20ユーロしかないの」

「お調べしてみましょう。十分なはずですが。よかったらおかけになって。タクシーが来たらお呼びします」

　わたしは腰をおろし、姪のナターシャのことを思い出した。小さい頃ピアノの試験を受けに行ったけれど、試験官の言葉が何ひとつ理解できなかったと言っていた。

「どうすればいいか全然わかんなくて、ただ座っていただけ」彼女は話してくれた。「すっごく怖かった。でも自分に言い聞かせてたんだ。命までは取られないよ、って」

　困ったことに、ここで起きていることはわたしにとって命取りになりそうだ。いっそ死んでしまえばどれほど楽か。と、声がして、もの思いにふけっていたわたしは我に返った。

「マダム、タクシーが来ました」
「ありがとう《メルシ》」
わたしはドアを出てエスカレーターを下りた。またしても乾いた尿の臭いに吐き気を催す。運転手に行き先を告げ、まだ左手に握っていた地図を見せて、20ユーロしか持っていないと話した。それから後部座席に乗りこんだ。メッセージ音がする。

17時52分　うまくいった？

着いたら知らせる。悪夢だわ。

了解。

18時4分　どう???

まだタクシーの中。

18時5分　??

18時6分　??

クエスチョンマークが矢継ぎ早に飛んでくる。短い間をおいて、マシンガンのように何度も。

18時16分　???

なんだか運転手が方向を間違えているようだ。わたしは文句を言った。
「あちこちで工事をしてるんだよ」と答えが返ってくる。「まっすぐ行くと却って時間がかかる。この辺の道はよく知ってるから」
わたしは怖くなって警戒心を強めた。どうやら最悪の運転手に当たってしまったらしい。あきらめて、マークの絶え間ないクエスチョンマークに答えた。

18時17分　ほんと最悪。まだタクシーに乗ってわけのわからない住宅街をぐるぐる回ってるのよ。

気分もすぐれないし。

18時20分　なんてこった！

こんな生活、嫌よ。わたしには無理。嘘みたい、駅に戻ってる。元の場所へ逆戻りよ。

ヒステリーを起こしかけていた。恐怖が体の中からせりあがってくる。何とか押さえつけなきゃ、おかしくなってしまう。マークからは相変わらずメールが来ている。

18時24分　簡単に済むと思ったのに、なんでこんなにややこしいんだ。電話してくれ。

電話しようとしたが、トンネルで渋滞にはまってしまい、つながらない。世界から切り離されたみたいだ。ホテルに着いたのは20分後だった。神経が昂ぶり、心はざわざわと波立っている。歩けば10分の道のりを、車で1時間近くもかけて来たなんて。運転手がわたしを怯えさせようとわざとやったに違いない。怖そうな人だった。ふだんならこんなふうに悪いほうへ悪いほうへ考えることなどなかっただろうし、生来の楽天的な気質で軽くいなしていたはずだが、近頃のわたしは希望を失っている。この1年で学んだことがあるとすれば、それは、物事はいくらでも悪くなりうるということだ。わたしはタクシーから降り、最後の20ユーロを渡した。運転手の意地悪に違いない――メーターが20ユーロになるまで、わたしをあちこち連れ回したんだ！　わたしはもうどうにでもなれと思いながら、ホテルのロビーへ入った。

ちょっと立ち止まって、ホテルとまわりの様子を頭に入れようとした。海に面した立地は好みに合っている。嫌な臭いもしないし、全体的に前の場所より数段ランクが上なのは明らかだ。ロビーの穏やかな雰囲気に包まれて、わたしはフロントへと向かった。

「ああ、ウッズ様ですね。予約の預かり金として、クレジットカードが必要になります」

「全額支払い済みのはずですが。そう聞いてます」
「申し訳ありませんが、支払いはお済みではありません。クレジットカードに問題がありまして。預り金を頂くまでは、お部屋をご用意できないんです」
「ちょっと待ってください。電話しなくちゃ」
マークにかけたがつながらないので、メールを打ち始めた。何なの、これ!

18時53分　あなたのクレジットカードに問題があったそうよ。すぐ電話に出て。

5分後に返信があった。

18時58分　そこのメールアドレスを送ってくれ。

ほかのカードをメールで知らせると言っといて。

フロント係に、クレジットカードの問題を片づけてるところだと告げて、マークにホテルのメールアドレスを打った。

19時0分　完璧

そんな悪ふざけにつきあっている時間も元気も残っていない。フロントに向き合った椅子に腰かけてメールを打ち続けた。

こんなに手間がかかるなんて。

まったくだ。

19時2分　部屋が取れるといいんだけど。わたしのカードはもう使えないのよ。限度額いっぱいまで使って、マイナスがあるだけ。利子のせいでいつもマイナスなのよ。

19時5分　わかってる。どのカードを使うか、今考えるから。

30分の沈黙が続いた後、今度はわたしが弱めのマシンガンでクエスチョンマークを撃ってみた。

19時35分　？？？　もうくたくたなんだけど。

続く10分間というもの、わたしの頭の中では、メトロノームの振り子が1秒をありえないほど長く刻んでいる音が響いていた。10分が10時間のように思えたが、それでも返信はない。

19時45分　電話をちょうだい。

続けてメッセージを打ちながら、頭の中では小さな声が響いていた。小さく、助けを求めてべそをかいている弱々しい声。

こんな目に遭うなんて。

わたしは身じろぎもせずロビーに座っていた。そうして体を起こしておくだけでも、最後に残ったエネルギーをかき集めなければならないありさまだ。今すぐにでも横になりたい。さらに30分が過ぎた頃、やっと携帯が息を吹き返した。

20時20分　うまくいった。

同時に、フロント係が笑顔を見せた。

「お客様？　こちらがキーです。二〇三号室になります。エレベーターで二階まで上がっていただいて、左の廊下側のお部屋です」

「ありがとう」わたしは涙を押し隠してキーを受け取り、エレベーターへと向かった。ロビーに1時間半もいたことになる。何とか威厳を繕おうとしたが、恥ずかしくてたまらなかった。

その晩はずっと夢うつつの状態だった。何度か起きてトイレへ行ったが、気分が悪くて床に倒れてしまった。吐きそう。胆汁が喉元にこみ上げてきたが、何とかおさまった。動くこともできずにいたが、とうとうベッドへ這い戻り、幽霊のように青ざめた顔で白いシーツの上に横たわった。まるで霊安室の死体だ。やっとのことで浅い眠りに落ちたが、翌朝目覚めたときにはぐったりだった。

もう7時半に近い。どうするか決めなきゃ。マークに電話したかったが、電話料金がすでにものすごい額になっていたので、代わりにメールする。

2013年5月15日

7時24分　おはよう。到着予定時刻は？　どうするか決めようと思って。わたし、あまり体調が良くないの。

20分待ってようやく返信が来た。何か慰めの言葉を、元気づけてくれる言葉を期待していたのに、期待は裏切られた。届いたメッセージは冷たく厳しかった。

ぼくと同じようにしてれば、体調を崩すことなんかない。

相変わらず愚痴ばっかりだな。大げさなんだよ。

今のぼくに必要なのは、〝おはよう、あなた、元気？〟っていうメッセージだけだ。

だって、挨拶してる暇なんかないじゃない。こうなっては自分を守ることしか考えられない。悲しみと恐怖のあまり、メールを打つ手が震える。

あなたと同じようにするなんて嫌よ。全く同情もしないなんて、冷たい人ね。午前中に来るつもりがないならそう言って。ほんとにがっかりだわ。だって、あなたのこと全面的に信頼して、愛してたのに。あなたは愛したことも愛されたこともないって言ってたわよね。だからありったけの愛を注いで、素晴らしい人間関係を味わってもらいたかった。愛こそが本当に大切なもの。力じゃないわ。

でもきみが金を欲しがったから、ほかにどうしようもないじゃないか。

昨日はゴミ箱を漁ってハンバーガーを食ったんだぞ。

愚痴ばかりこぼしてるのはあなたのほうじゃない。近くにいるの？　お昼には出なきゃなら

ないのよ。あなたと出会うまでは、暮らしていくのに十分なお金も仕事もあったのに。あのお金は、ほんの数週間のつもりで貸したの。それがもう1年よ。あなたの嘘はプロ級だし、息をするように嘘をつく。お願いだから、銀行預金を出会う前と同じ額に戻して。少なくとも85万ポンド。そうしたら再出発できる。

ぼくはきみが会ったこともないほど高潔な人間だよ。

そう願うわ。で、今日は会えるの？　嘘はなしよ。

二つ選択肢がある、と彼は言う。家に戻ってまた愚痴を言い続けるか、現実を受け入れるか。そして、わたしの素性も居場所も知れている場所では、もう会うことはできないとも。

だから何？　わたしを迎えに来てくれれば、ほかの場所へ行けるじゃない。

だからきみはわかってないって言うんだよ。

そこで騒ぎを起こして。

〝次はどこへ行こうかな〟っていうゲームだと思ってくれりゃよかったのに。

ただでさえ少ない有り金を高級ホテルに費やすなんてバカなこともしてさ！

あなただって同意したのにごまかさないで。これはゲームじゃない。

彼は言った。イギリスに戻って3か月待てば、お金を全部返せる。それとも、そこに残ってぼくを手伝うか。昨日、きみがあんな態度を取らなければ、今頃ぼくと一緒に電車に乗ってたのに、とも言われた。

荷造りするわ。約束どおりお昼までに来てくれれば話ができる。これ以上貧乏生活はできない。もう一度言うけど、お金がないのが不安でたまらないの。あなたと一緒になれないなら

イギリスに帰るしかないわ。電話できるようになったらして。

きみを愛してるんだ

わたしを愛してるんなら——たとえ愛してなくたって——最優先でお金を返して、わたしが人生を取り戻せるようにしてちょうだい。そうすれば、もしかしたらやり直せるかも。

ずっとそうしようとしてきた。

ぼくたち、会わなきゃ。1時間くれ。解決策を考える。

それじゃ、今すぐここに来ることね。わたしがここから向かう場所はただ一つ、空港だけよ。

もう話は十分だ。堂々巡りで時間の無駄になるだけ。携帯をベッドに放り出す。泣きたかったが今はそれどころじゃない。気力をかき集めて心を決め、この難局を乗り切らなきゃ。マークには数えきれないほど何度も裏切られてきた。初めのうちは、言われたことをすべて鵜呑みにしてきたが、最近では自分の信じたいことだけ信じるようになっていた。彼にずっとだまされていたのかもしれないという可能性を直視できないからだ。何もかもがあらかじめ計画されていたとしたら？ アナリーサの言うことが全部正しくて、わたしはただ、お金目当てで狙われただけだとしたら？ マークは常々、わたしたちが正式に一緒になれるまでには1年半かかると言っていたし、わたしは待つと約束したけれど、こんなことになるとは夢にも思っていなかった。これが全部ペテンで、1年半というのは、盗みをはたらき、わたしを破滅させる計画を遂行するのに必要な期間だったとしたら？ そのために彼がまだわたしと連絡を取ってるんだとしたら？ ありえないわ。イギリスで事業をやってるんだと言われたときのことを思い返してみる。取引先はどこも立派な相手や会社ばかりだ。クリフトン・カレッジ、プリンス・トラスト、インオルグ社だって現実に存在している。彼はほんとにスパイなの？ もちろんだ。二人の守衛のそばを抜け、ＭＩ６のビルの裏口に入っていく姿を見ている。記憶の断片が、吹きすさぶ秋の風に舞う木の葉のように頭の中を駆け巡る。継ぎ合わせて一本の木にすることができるだろうか？

わたしはハッともの思いから覚めた。集中するのよ、キャロリン！　どうする？　あなたはあんなに有能だったはず。くじけずに決断するのよ！

すべきことはただ一つ。イギリスへ戻れば、友だちもいるし安全だ。パソコンを開いてイージージェットのアカウントにログインし、帰りのチケットを変更した。幸い、まさにこんなこともあろうかと、この程度の少額支払いならできる額をこのカードに入れておいたのだ。これで、今日の午後にはイギリスへ戻れる。フロントデスクを呼び出し、今から1時間以内にホテルを出ると告げ、わたしのチケットを印刷してくれるよう頼んだ。それから荷物をまとめてスーツケースに詰めた。

11時ちょっと過ぎ、わたしはフロントで、チケットをちょうだいと言っていた。

「どうぞ、お客様。では、クレジットカードをお預かりして、ご精算しますね」

「何ですって？」わたしは耳を疑った。「だって、すべて支払い済みでしょう？　ゆうべ先払いでお願いしているはずよ」

「いいえ、お客様。予約は承認されましたが、お支払いはまだお済みではありません」

「じゃあ、そのクレジットカードの口座に宿泊料を請求してちょうだい」

「申し訳ありません、お客様。それはできかねます」

押し問答してもらちが明かない。

「ちょっと待ってくださる。電話をかけるから」

恐怖のあまり、口の中に金属の嫌な味がし、またもや胃液がせりあがってくるのがわかった。マークの番号を押したが、すぐにボイスメールにつながった。またメールするしかない。全く信じられない。堂々と人に命令を下し、決断力に満ちた有能な人間だと思っていたこの男が、ホテルの支払い手続きさえ満足にできないなんて。

落ち着くのよ、キャロリン、怒ったって何の役にも立たない。怒りは抑えておくの。

11時9分　宿泊料が支払われていないから、ホテルを出ることができないわ。予約が承認されただけなんですって。電話して支払いを済ませなければいけないそうよ。こんな話、聞いたこともないわ。

返信が来るまでは数分待たねばならなかった。

11時12分　ホテルに電話して
話すよ。

5分後に。

さらに数分がのろのろと過ぎる。

11時24分　電話中だ
支払いを頼んだ。

解決だ。

デスクの電話が鳴り、こちら側の話だけは聞こえた。

「はい、ウッズ様のお部屋ですね？　クレジットカードの番号を教えていただけますか？」

フロント係は続けて言った。「それから、お名前の綴りもお願いします」

わたしは耳をそばだてた。電話の向こう側にいるのは誰？

「B……R……E……S……N……A……H……A……Nですね、ありがとうございました」

ジョン・ブレスナン、マークの部下の一人だ。インレジデンスの担当で、チュー・マグナ地区の開

発に関わっている。でもなぜ彼が、わたしのホテルの支払いを?・*

【*このとき実際に電話をかけたのが誰だったのかは今もってわかっていない。ジョン・ブレスナンが悪事に関わっていたという証拠はないのだ。】

わたしはホテルを出て空港までのバスに乗り、友人で昔の隣人であるウェストにメールした。バッキンガムシャーに戻った後、事情を打ち明けてあったのだ。イギリスに着いたら空港へ迎えに来てくれると言う。

その晩遅く、わたしはルートン空港の到着ロビーから、真夜中の冷たい風の中へと出ていった。ウェストが近くにいてくれるようにと祈るような気持ちで。送迎エリアに向かい、駐車場と進入路を見渡していると、ちょうどウェストの車が目の前のロータリーに入ってくるところだった。わたしは何度も飛び上がり、狂ったように手を振った。安堵のあまり気が遠くなりそうだ。助手席に身を落ち着けると、肩の緊張がほぐれるのがわかった。体じゅうの筋肉がこわばりきしんでいたが、真の友情という安心の毛布にくるまれて、わたしの中で固く巻かれていたバネが少し緩み始める。

ウェストがわたしを見て、「予定どおりには運ばなかったみたいだね」と言ったので、アンジェラの家へ送ってもらう道すがら、わたしはすべてを彼に話した。

その晩わたしは、数か月ぶりにぐっすり眠れたが、翌朝目覚めたときには、二つの相反する感情の板挟みになっていた。イギリスに戻り、信頼できる旧友たちと一緒になったことで覚えたゆうべの安心感はまだ続いていたが、一方で、この2日間のできごとを考えれば考えるほど、未来は暗澹たるものに思える。頭も心も、あのできごとを受け入れようとしない。

ベッドを出て元気な顔をこしらえ、物音でアンジェラがすでに起きているとわかったので、おはようを言いに行った。だが顔がくしゃくしゃに歪み、張りつけた仮面がはがれるのがわかった。口の端が下がり、唇は頑なに開かない。必死に取り繕おうとしたが、涙をこらえようとすると左の瞼がひっきりなしにひきつり、両肩に走った焼けつくような痛みに、思わず膝が崩れて床にへたりこんでしまった。

「ごめんなさい」アンジェラを見上げながら謝る。「大丈夫だと思ってたんだけど、気分がすぐれないみたい」全身が氷のように冷たく、ガタガタと震えが止まらない。

「ベッドへ戻って」アンジェラはきっぱりと、でも優しく言った。「ショックを受けたのよ。後で湯たんぽを持っていってあげる。少し眠るといいわ」

わたしは這うようにベッドへ戻った。見せかけの元気は崩れ去り、泣きたい気分だ。誰かに抱かれ、何もかも大丈夫だよと言ってもらえたら。この悪夢から抜け出して時計の針を戻せたら。この16か月より前ならいつでもいい。

「全部悪い夢でありますように」わたしは何度も何度も独り言をつぶやき、湯たんぽをきつく抱きしめながら、すべてを忘れ去りたいと思った。この先どうすればいいんだろう?

マークからは相変わらず、毎日電話とメールが押し寄せ、散弾銃みたいな着信のスタッカート音がひっきりなしに鳴っている。もう正気を保つのがやっとだった。優に1年以上、何度も恐ろしい思いをしながら、怖くて友だちにも話せなかったのだから。電話もパソコンも監視されているに違いない。マークの身の上も心配だったし、もしものときにお金はどうなるのかということも、そして今では自分の健康も心配だった。マークはイタリア政府の任務で現地にいるのだと信じていたが、今にして思えば、なぜ何も疑わなかったの? 彼はまだまだ油断はならないと言い続けていたし、昼夜を問わず、時には何千キロも運転しなければならないのもスパイ活動のせいだと思いこんでいたのだ。時々、一人ではないという気配があった。仕事中で同乗者がいっぱいだから話せない、と言われたことも一度や二度ではない。わたしたちは泥沼の状況だった。

マークは、お金を盗んだのが、部下で運転手を務めていたポールだということを突き止めたと言った。イギリス政府に没収されたように見せかけていたんだと。

「でも、あの人はそんなに賢くないはず。つまり、あなたを出し抜くほどはって意味よ」

「そのとおり、だから出し抜けなかっただろ？　あいつの悪事は全部突き止めたから、ツケは払ってもらう。やれやれ、この数か月はほんとにきつかった。まともに頭も働かなかったよ。だけどやっと事情が呑みこめた。あいつにずっとだまされてたんだ」

「あの人は信用ならないって言ったでしょ」

「そうだったね。でもやつとは長いつきあいだったし、ずいぶんよくしてやったから、まさか裏切られるとは思わなかった。こんな大それたことをやりおおせる度胸があったなんてね。結局、自分の間抜けぶりをさらしたわけだけど。でもきみの言うことは正しい。誰も信用しちゃいけないんだ」

「この悪夢、いつまでも終わらないみたい」

「終わるさ。もう出口は見えてる。事情がはっきりしたんだから、すぐ片づくさ。あ、もう行かなきゃ、じゃあまた」

わたしはポールのことを考えた。本当に彼が、マークの口座からお金をかすめ取ったの？　そんなに賢い人だとはやっぱり思えないが、マークの話では銀行の支店長だったということだから、行内の仕組みについては精通しているんだろう。もしかしたら、内部に協力者がいたのかも。でも、イギリス政府に資産を没収されたなんて、どうやってマークに信じこませることができたんだろう？

きっと、マークの脳外科手術と、長く続いた体調不良に乗じたんだ。ひょっとすると、希望が見えてきたかもしれない。マークがお金を取り戻せれば、わたしのところにも戻ってくる。だけど今の時点では、確かなことは言えない。バースの家の未払金は残っているし、未来の展望は暗く考えるのも嫌だ。わたしはひたすら逃げ道を探した。

5月の末にはアンジェラの家を出て、アンのところに身を寄せていたが、そこにまたもやよくない知らせが届いた。マークから、ポールが保険料を支払っていなかったから、きみの車には乗っちゃだめだという。ガソリンがないから、そもそも何週間も乗っていなくて、アマーシャムのフラットに停めたままにしてあったのだが、無保険となれば、また一つ頭痛の種が増えたことになる。

マークの誕生日がやってきて、過ぎていったが、祝うことなど全くないなかで深夜のメールをやりとりし、わたしは今週じゅうに会えなければ、警察へ行くわと告げた。

翌日、ラーラとエマがランチに来ることになっていたので、二人の大好物、ローストチキンをこしらえていた。ウェストも招き、お金について最も恐れていることを娘たちに話すつもりだと打ち明けておいた。本当は娘たちには、この前メーデーの休日に会ったときに話すつもりでいたのだ。あのときはリッチモンド駅で待ち合わせてピクニック用の食材を買いこみ、リッチモンド・パークで一日過ごしたのだった。めったにないほど美しく、よく晴れた暖かな日だった。わたしはきれいな娘たちを見やった。公園へ向かう道で傍らを歩く姿、日射しを浴びる姿。この子たちをこれほど愛しく、誇りに思っているのに、一緒に過ごせる美しい初夏の日を、自分の恐怖を口にすることでぶち壊しにするなんて、とてもできないと思った。だが今回はそうしなければならない。最悪の事態に備えさせなければ——そして最善への希望を見出させなければ。ウェストなら精神的な支えとなって二人を安心させ、いつでも相談に乗ると言ってくれるだろう。ラーラとエマは生まれたときから彼を知っていて、信頼もしている。彼のほうでもあの子たちをとてもかわいがっている。わたしたちは二人とも、娘たちが受けるであろうショックを軽んじてはいなかった。

ラーラとエマは時間ぴったりに着き、ラーラのパートナーのグレンも一緒だった。少なくともラーラには彼という話し相手がいるが、わたしが特に気がかりなのはエマだった。ただでさえマークを毛嫌いしているのに。出会いのときのマークのぞっとするようなふるまいを見れば、誰がそれを責められよう？　今思い出しても、なぜあのとき彼を許したりしたのか、不思議でならない。

気持ちのよい初夏の日だった。空は澄み切った青で、日はさんさんと降り注ぎ、この世に悩み事なんて一つもないみたい。外では鳥たちがてんでにさえずっている。わたしは庭にいるみんなのところへ飲み物を取りに行き、ただこの素晴らしい午後を楽しめたらと願った。座って昼食を始め、最初の料理を片づけたところで、そろそろ口火を切るときだと腹をくくる。

「あなたたちに話さなきゃならないことがあるの」

すべての目がわたしに注がれた。

「あなたたち、不思議に思ってるでしょうね。なぜバースを出て何か月も、友だちの間を転々としているのか。なぜまだ家を買わないのか。特に、テットベリーの近くのあの家をあんなに気に入ってたのにって。じつはね、しばらく前に、持ってるお金を全部マークに貸して、それがまだ戻ってきていないのよ」

沈黙が流れ、娘たちは懸命にわたしの言葉を理解しようとしているようだ。

「マークにお金を貸した？」ついにラーラが口を開いた。「全部？　エスクデール・アベニューの家を売ったお金も？」

わたしがうなずくと、ラーラが言葉を継いだ。「そんな、信じられない」

エマもグレンも呆気にとられている。

「わかってる」わたしは言った。「わたしだって信じられない。でも事実なの。返してもらえるよう願ってるけど、わからない。話さなきゃいけないと思ったの。クリスマスのかなり前から、わたしが無一文に近い状態だったっていう現実を。日々のやりくりには退職金を現金化していたのよ。だから出費にこんなに気をつけているの。きっと、不審に思っていたでしょうね」

「でもどうしてそんなこと？　ママはいつもすごくしっかりしてたじゃない。なんでそんなことになったの？」

今度口を開いたのはエマだった。見開いた眼は涙でいっぱいだ。わたしはごくりとつばを飲みこんだ。わたしの目にも涙が浮かんでくる。

「結婚するはずだったのよ。マークが資金繰りの問題を抱えていたから力になると言ったの。ほんの数週間のつもりだった。でももう1年以上経つのに、返済はまだなの。返してくれればいいけど、何しろ想像を絶することばかり続いたから、もう確信が持てなくなってしまって」

みんなの顔で、徐々に状況を呑みこみ始めたのがわかった。

「結婚することになってた？　でも話してくれなかったよね。どうして？」ラーラが言った。

「ええ。思いどおりに進まなくて、最初の計画がおじゃんになったの。そしたらマークが頻繁に遠くに行くことになって。だから全部ちゃんと決まってから話そうと思ってた。クローゼットには何か月も前からウェディングドレスが掛かってるの」

「なんてこった、キャロリン！」グレンはわたしを見つめながら、あきれ返ったように首を振った。「まあ、少なくとも彼はまだ、あなたに連絡をよこしてるんですね」と続けて言う。「つまり、煙のように消え失せちゃったというわけじゃないんだ。あなたの金が目当てだったのなら、とうの昔に行方をくらましてたでしょう。それに、バースにある彼の家に住んでたわけだし。ちゃんと始末をつけてくれるんじゃないかな」

「そう願ってるわ。こんなことであなたたちに心配かけたくなかったんだけど、言わずにいるのはよくないと思って。マークの脳外科手術やら何やらで、わたしがずっと気を揉んでいたのを知ってるでしょう。彼によけいなプレッシャーをかけるなんてできなかった。それに、彼はすべてきちんとするって言ってたし。ともあれ、わたしのことはよくわかってるでしょ。みんなに、あなたみたいに強い人はいないってずっと言われてきたんだから、これを切り抜ける人間がいるとしたら、わたし以外にない。ただ、面倒に巻きこんでしまったことはほんとうにすまないと思うわ。わかってくれるでしょうけど、ずっとすごく不安で、あなたたちに迷惑がかかるのも心配だった。リトル・コーチ・ハウスを出てからこのかた、家が恋しくてたまらなかったし、あなたたちも帰る場所がないのは嫌でしょう。だから決めたわ。今度こそ自分の家を手に入れる」

「でもママ、一文無しなんだよね」エマの顔は青ざめてひきつっている。

「すべてうまくいくと信じましょうよ。さしあたり、わたしたちにできることは何もない」

「警察に行くことは考えてみた？　つまり、お金が戻ってこなかったら。いつまで待つつもり？」

ラーラがまた訊いた。

「そうね、出会った日に言われたの。正式な関係になるまで1年半かかるって。だから待つ約束をしたのよ。期限は7月」

「きっとお金は返ってきますよ」グレンが繰り返す。「いやはや、キャロリン。それにしても、信じがたい話だな」

そろそろ明るいムードに戻し、この素晴らしい夏の日のひとときを楽しむ頃だ。午後の間ずっと、わたしはみんなに、すべてうまくいくから大丈夫と言い続けた。この子たちのためにしっかりしなきゃ。何とかやっていかなければ。目を閉じて暖かな日射しを肌に受け、よけいな考えはすべて頭から追いやった。

みんなが帰る時刻になると、わたしは強烈な寂しさに襲われ、同時に激しい愛情が押し寄せるのを感じた。母親だけが子どもに感じることのできる愛情だ。こんなに愛しい娘たちを、どれだけ落胆させてしまったんだろう。知ったばかりの事実を、二人はどんなふうに受け止めるんだろう。いちばん恐れていたことを打ち明けて気が楽にはなったが、どうしようもなかったとはいえ、娘たちの肩にその重荷を負わせてしまったことに気が咎める。この恐ろしいごたごたをマークがうまく片づけてくれなかったときのことについては、考えたくもない。わたしは何て愚かだったんだろう。

今振り返れば、なぜこんな窮地に立たされてしまったのかといぶかりながらも、一方ではもう答えを知っていた。まともに頭が働かなかったのだ。恋に落ちたせいで、わたしは一種の狂気に陥った。喜びのあまり、まるで酔ったように歯止めのきかない高揚感を覚え、巨万の富を持っているというマークの言葉に、証拠もないのに安心していた。では、自分からお金を貸すと言ったことについては？　なぜただ黙って、資金繰りの問題を彼自身に任せておかなかったの？　これも答えはわかっている。やっぱり恋のせいだ。彼の誠実さを疑ったことで、わたしは罪の意識を感じ、貸していた35ポンドを返してほしいと言ったときの彼のセリフに、自分がケチなしみったれだとなじられている気がした。だから、ハロッズやシャネルでの買い物のときも、いつも無条件にクレジットカードを彼に渡してしまったのだ。後で返すと言われていたし、人は相手も自分と同じようにふるまうと思うものだから。だが今、彼の行動をたどってみると、やはりあれはおかしい。あのお金は全部、彼が払うべきお金だ。それに家の請求書だって、わたしの名前で来たのはおかしい。すべてがおかしい。なぜもっと追及しなかったんだろう？　いや、しようとしたのに、了見が狭く感謝を知らない人間だと思われるのが怖かったのだ。彼が本当に高潔な人間なら、わたしのお金を受け取ったはずがない。本当にわたしのことを気にかけていたのなら、こんな窮地に陥れたりしないはず。そう思うと気分が悪くなった。

こんなネガティブな考えには蓋をしてしまわなきゃ。マークは、ぼくのような高潔な人間はめったにお目にかかれないと言っていた。それが事実であるよう祈るのみ——今のところそれは信じがたいけど、明らかになる日は近い。

翌朝、マークからの電話で、ポールが車の支払い期限を守らなかったために、盗難車の届けが出されてしまったことを知った。鍵を預けてある友だちのヘレンに事情を説明し、取りに来た人に鍵を渡してちょうだいと言いたかったが連絡がつかない。ヘレンが家に戻ってみると、車に警察のメッセージが貼ってあったという。マークが丸く収めたのでヘレンはその後、警官の訪問を受けずにすんだが、わたしはじつに恥ずかしい思いをした。

「あなたったら、わたしたちなんかよりずっと刺激的な生活を送ってるのね」わたしが謝ると、ヘレンはそう言った。

「望んで手に入れた刺激じゃないけど」とわたしは答えた。

続く数週間の間、マークは来る日も来る日も、ぼくのところへ来てもらうための航空券を手配してると繰り返した。最初の週、航空券は届かなかった。2週目の月曜も状況は変わらない。火曜日には絶対、という約束だったのに、火曜日の午後も半ばになっても一向に届かなかった。マークはずっと電話口で、大丈夫だからと言い続けていたが、もう我慢も限界だ。警察へはまだ行っていないが、どんなことがあってもマークには会いに行くまいと決意した。たとえ航空券が届いたとしても、もう彼には会いたくない。こんな茶番はたくさんだ。そう思ってメールした。

2013年6月11日
15時10分　もう忘れて

驚いたね。
ぼくたちは二人ともつらい目に遭ってきた。
きみだって、ぼくがどんなに苦しんできたかわかりそうなもの。
お願いだから耐えてくれ。

吐き気がする。1年半近くも耐えてきたのよ。返信はしなかった。

15時46分　いつだって同じだ。
大事なことになるときみはだんまりを決めこむ。

4時間ずっと、わたしは前を見つめたまま、身じろぎもせず座っていた。そして、突然の噴火よろしく噴き出した怒りに任せて携帯のキーを叩き始めた。

19時44分　バースに引っ越すまで、わたしは幸せに人生を楽しんでたのよ。今はめちゃくちゃ。こんなのは望んでなかった。家も収入もないまま1年間以上も耐えてきたのよ。クレジットの限度いっぱいまで借り越して、もう半年も無一文同然なうえに、未払金まである。本来ならあなたが払うべきブロック・ストリートの家のよ。あなたには、何度となく裏切られてきたし、わたしに対する扱いは、理解を超えてるわ。ほんの数週間でお金を返してくれるはずだったじゃない。そうすれば少なくとも元の生活に戻れて、やり直しができたかもしれないのに。こんな状況は異常よ。1年以上も宙ぶらりんのまま、やれアスコットやウィンブルドンに連

れていくだの、やれビーチへ移るから荷物をまとめろだのと言って6週間、マヨルカやマルベーリャやイタリアへ行くからスーツケースを詰めろと言ってまた何週間も待たせたあげく、この間のニースでの騒動があって、今度はこれ。もう我慢できない。わたしのお金を返して。後の話はそれからよ。

今度はマークがだんまりを決めこむ番だった。

21時37分　車もないから出かけることはおろか、中で眠ることもできないのよ。

ベッドで輾転反側しながら、恐怖と絶望に再び押しつぶされそうになり、片時も心が休まらなかった。必死に涙をこらえる。

２０１３年6月12日

3時57分　あなたのこと、あんなに好きだったのに。

4時58分　お願い、助けて。

さらに3時間経ってから、やっと返信が来た。

7時49分　こっちへは来ないって言ってたよね。

力をかき集めてようやく反撃できたのは、それから半時間も経ってからだった。

8時15分　そうよ。お金を返してくれればいい。手始めに2万ポンドだけでも。そうすれば、利子で膨れ上がってる未払金を返せるから、ゼロからスタートできるわ。5万ポンド返してくれれば、車を買って小さな家を借り、そこから一歩ずつ歩み出せる。

9時3分　まさにそうしようとしてるんだ。

だから旅行どころじゃなくて約束を破る羽目になってしまった。

当座、借りられる家を見つけてくれ。

金は工面するから。

思い切って目隠しを外してみたら、そこにあったのは守られなかった約束と砕け散った夢でいっぱいの風景だった。どれほどマークを愛していたか、どれほど信頼してきたかを思うと、その風景に胸が張り裂けそうだ。まだ全貌はつかめないながらも、この人と生涯を共にできないということだけはわかった。彼は変わってしまった。おそらく脳外科手術のためだろうが、もうそんなことはどうでもいい。自衛本能がほかのどんな考えもかき消した。自分が傷つくことになるかもしれないという覚悟はできていたが、まさか人生が丸ごと破壊されることになろうとは。

9時35分　お金を返してもらえなければ、何も始められない。大事なのはそれだけよ。あなたが何を企んでるのか知らないけど、巻きこまれるのはまっぴら。わたしはたしかに愚かだった。でもね、あなたはわたしを利用して、愛情につけこんだのよ。あまりにも人の道にはずれてる。義妹が正しかったんだわ。わたし、あなたのお金には全く関心がないけど、自分のを取り戻すことには大いに関心がある。あなたに返すつもりがあるとは思えないけど、人間らしさのかけらでも持ち合わせているならそれを見せて、正しい行ないをしてちょうだい。

返信はなかったが、わたしは彼のことを考えずにいられなかった。もうほかのことを考える余裕なんてない。

15時15分　今日はずっと、あなたのことを考えていたわ。こんなことになってしまってほんとうに悲しい。あなたを動かしてるのは何？　前はお金で、今は力と支配？　なぜ？　それは不安の表れよ。前に、これまで自分は愛したことも愛されたこともないと言ったわね。せっかく

本当の幸せを手に入れるチャンスだったのに、あなたは自分の手で投げ捨てたのよ。心から気の毒に思うわ。もちろん、あなたがわたしを愛したことなどないのはわかってるけど。

本当は自分に言い聞かせようとしていたのだ。でも、彼との将来がかかっていた絹の糸が、今まさに切れようとしていることを、彼に知らせたくもあった。すべてがインチキだったの？　だけど、誰があんな奇抜な、それでいて妙に説得力のあるシナリオを思いつくというの？　彼の言葉は正しかった。「ぼくの人生は映画みたいなんだ」。脚本家も、舞台監督も、主演男優も彼だったとしたら？　ほかの人は皆、その手で操られる人形だったのか。エキストラか若手俳優が、何時間も何日も、何か月もぶっ続けに舞台に立ち続け、壮大な夢が実現するのを待ち続けていたのだろうか？　答えがどうであれ、責められるべきは彼だ。なんという創造の才だろう。数々の取引も会社の設立も本物なのは、この目で見たので間違いない。それにＭＩ６。あのビルに彼が入っていくのを、武装した二人の守衛のそばをすり抜けていくのを、わたしは見た。そう、受賞ものの素晴らしい演技だ。これほど奇想天外な芝居を書ける脚本家や小説家は思いつけない。なじみのあるいろんな小説や芝居を思い浮かべながら、わたしはまたメールに戻った。

15時19分　演劇をやればよかったのに。ずいぶんクリエイティブで芝居がかったことがお得意みたいだから。

突然、彼がまた画面に戻ってきた。

やめてくれ。

そんなくだらないことを言うな。

いつだって事を荒立てるのはきみのほうじゃないか。

こうなったら、ぼくのすべきことはただ一つ。

きみに金を返す。

支払いを済ませる。

それから、きみの愛情とやらを見せてもらおうじゃないか。

光が見えてきたのよ。目隠しが外れたから。

何よりだな。

それくらいにしろよ。言い争いは無意味だ。

時が来なくちゃわからない。でもその時は近いわよ。

これから一緒になっても、そういう辛辣な言葉は忘れられないもんだよ。

だから言い争いは嫌なんだ。時間の無駄だ。

あなたの行ないだって忘れられないわ。行動は言葉よりも雄弁、っていうでしょ。

そうだね。

今にわかる。

また電話するよ。

言い争いだって健全よ。正直ならね。

そうだね。面と向かってできるなら。

それがいちばんの方法だというのは賛成よ。でもマキャヴィティみたいに、「あなたはそこにいない」。T・S・エリオットよ。


マークは今度は、その日の午後3時にジェームズを迎えによこすと言い出した。もし来なかったら、「試合終了」を告げるつもりだ。彼の言った18か月のうち17か月は我慢した。でももう十分だ。

それ以上待つ力は一グラムもない。

午後3時、マークが電話してきて、結局ジェームズを迎えにはやれないと言ってきた。旅は中止だ。わたしは釈明を求めもしなかった。その晩またもやわたしは、目覚めたままベッドに横たわった。悪霊が心に入りこみ、ずっしりと重い闇に押しつぶされそうだ。体は重く、マットレスを突き抜けて下の床へと、果ては地球の深部へと落ちていく気がする。いっそそうなればいいのに。


翌朝4時、わたしはまだ眠れなかった。曙光がカーテンを通して射しこみ始めた頃、わたしはジェームズ・ミラーのことを考えた。彼のことはよく知らないが、何か困ったことがあったら彼に電話すればいいと、マークはいつも言っていた。ジェームズは何でも知っているから、知りたいこと、確かめたいことがあって、ぼくに連絡がつかないときは、いつでも彼に電話するといい。

暗がりの中で、指がベッドサイドテーブルを探った。携帯を取り上げ、文字を打ちこむ。

2013年6月13日
4時22分　お願い　助けて

2日後、わたしはトウィッケナム公園にあるアーサーのビストロで、ジェームズとともにいた。どこから始めればいいかわからなかったが、まずはMI6でのマークの仕事について訊いてみた。そもそも、そのためにわたしたちはこんなに長く引き離されることになったのだから。

「ええ」ジェームズは静かに答えた。「僕にも、MI6で働いてると言ってました。でも僕は信じてませんん」

今年の初め、マークが前にひどい怪我を負ったシリアへ再び派遣され、腕と脚を撃たれてアテネの陸軍病院に入院することになった話をしてみた。

「いや、それは事実じゃありません」ジェームズが答える。「事業を拡大しようとスペインにいたんです。僕も何度か同行した」

幼い姪のビアンカに紹介された話もした。

「ビアンカは彼の娘です」そう言いながら、ジェームズはわずかにためらいを見せた。「彼には幼い娘が二人いて、妻もいる。家族そろって、ここからさほど遠くないバサンプトンに住んでいました」先を続ける声に、力がこもってゆく。「その後ブリストルに引っ越しました。あなたがお住まいだった家は彼のものじゃない。借りていただけです」

なんて馬鹿だったんだろう。そういえばちょっと前に、マークとあまり会えないと女友だちにこぼし、じつは一晩じゅう一緒に過ごしたことすらないのよと言うと、彼女はこう言ったのだ。「そんなの決まってるじゃない。彼は既婚者よ」。そのときこう思った。いいえ、違う。あなたは知らないから。任務で出かけたり、あれやこれやで飛び回ってるのよ。人とは全く違う暮らしを送ってるんだから。

「僕と知り合ったとき、彼はマーク・ロス・ロドリゲスと名乗っていました」ジェームズは続けた。「だがその後、安全のためにザック・モスと改名したと言ったんです。バースとブリストルで使っていた名ですよ。でも、あなたには違う名前を名乗っていたようですね」

頭がとても追いつかないが、大事なことはただ一つ。彼が詐欺師だということだ。

「これを見てください」ジェームズが自分の携帯を見せた。「下へスクロールして。どこまであなたにお話しすべきか、つまり、どこまであなたが受け止められるか、わからなかったんですが、でもあなたは知る必要があると思う」

ジェームズから携帯を受け取って読み始めた。

少年、父親のクレジットカードで豪遊

1991年7月の記事には、当時一六歳の少年マーク・アクロムが、プライベートジェットを借りてパリやベルン、カナリア諸島へ飛び、友人たちにシャンパンやロブスターをおごるなど豪奢な暮らしを送ったことが書かれていた。

顔を上げてジェームズを見る。

「この事件、覚えてる。ラジオで聞いたんです。一六でこんなことをしでかすなんて、末恐ろしいと思ったのを覚えてるわ。じゃあ、これが彼なんですね。マーク・アクロムが？」

「そうです」

さらにスクロールする。記事はほかにもあった。

詐欺のティーンエイジャー、4年の刑

その記事では、裁判官にきわめて利己的で冷酷と判断されたティーンエイジャーの少年が、4年間の実刑判決で少年院に送られることになったと伝えられていた。一六歳で、年収25万ポンドの二五歳の株式仲買人だと住宅金融組合をだまし、50万ポンドの住宅ローンを不当に手に入れたのだ。少年の名はマーク・アクロム。「自らの遊興費として」数千ポンドを浪費し、保釈中にも2万1000ポンド相当のBMWのコンバーティブルを「取得」しようとしていた。父親のクレジットカードを盗み出し、学校の教師二人からも数千ポンドをだまし取っていた。アクロムは窃盗と詐欺のうち数件を認め、一一九件にのぼる他の罪状については酌量を求めた。チャールズ・コンウェイ弁護士は、アクロムが「たいへん情緒不安定」なので精神科の治療が必要だと主張したが、判事は、3時間にわたる減刑の訴えに耳を傾け、精神科医からの証明書も読んだ後、アクロムにこう言った。

「私は長年の経験に基づく自身の診断を信じたい。被害者が置かれた状況に合わせて巧みな嘘で丸めこむなど、君は典型的な詐欺師の症状を示している」

頭がぐるぐる回る。チャールズ・コンウェイ？　マークはここから名前を取ったの？　この記事が出たのは1991年。訴えが出されたのは？　その2年前、1989年だ。1989年に一六歳だったとしたら、わたしと知り合ったとき、彼はまだ三八歳だったことになる。三八歳！　それを知ってたら、彼と交際なんかしなかったのに。記事はまだ続いている。

わたしは、ジェームズの携帯から目を離すことができなかった。

今度はスペインの国外在住者のブログで、1300万ポンドの不動産詐欺をはたらいたとして有罪になり、スペインの刑務所に入れられたイギリス人男性についての話だ。スペイン警察は彼がイギリスでお尋ね者になっていること、名前を偽っていることを突き止めた。本当の名前はマーク・リチャード・ジョージ・アクロム。

まだまだ先は続く。スクロールしていくと、マーク・ロス・ロドリゲスという名の男がジュネーブに現れ、2009年にスイスに逃亡したとある。また別の記事は、アクロムが金《きん》と石油の取引で実業家たちをまんまとだまそうとしたというものだ。それによれば、彼はロシア政府、もっといえばプーチンと事業をしていると吹聴し、ジョージ・ソロスの隠し子だと主張していたらしい。ああ、何てこと、とわたしは思った。ジョージ・ソロス。そっくり同じことをマークが言っていたのを思い出した。それに、プーチンと知り合いだとも！

とてもいっぺんには消化できない。後から後から出てくる事実を。

「この男は、欲深な人間に甘い言葉をささやいて金を巻き上げるペテン師以外の何者でもない」と記事は書いている。これはぐさっときた。だってわたしは欲深じゃないもの。お金目当てなんかじゃなかった。でも彼が甘い言葉をささやいたのは確かだ。わたしの目を覆っていた秘密のベールがはがされ、恐れていた最悪の事態が現実となった。

ショックにふらつきながら、どうしても娘たちのそばにいたいと思った。ラーラに電話すると、グレンとのコーンウォール旅行から戻る途中で、ここに立ち寄って拾っていってくれるという。ありがたいことに、友だちの家に戻るとみんなが外で出迎えてくれた。わたしは急いで荷物を詰め、ラーラを待った。篠つく雨の中をイズリントンへ向かう道中、わたしはぽつぽつと、わかったばかりのことを話し始めた。その晩、エマがラーラのフラットに来てくれ、三人でこの1年半の間に起きたことの重大さを話し合った。

ラーラがインターネットで、わたしがマーク・アクロムの名で知っている男の情報をさらに検索した。そこでわかったのはじつに驚くべきことばかりで、彼に関してラーラが見つけ出した情報は九六ページもの文書になり、その中には一〇以上の偽名や、世間を騒がせたあの少年時代の悪行、その後スペインで手を染めた犯罪行為、当地で１８００万ポンドの詐欺をはたらいたとして起訴されたことに関する記事もあった。その横には、明らかにアクロムの手になる饒舌な言い訳も書かれていた。それによると、彼は「作家兼脚本家」であり、過去の過ちを赦そうとしない社会の犠牲者なのだという。他のブログでは、アクロムは〝最新の〟著書『不要な破壊』の一節を挙げ、２０１３年にスペインで立ち上げた事業が、彼に対する中傷のせいで「不要に破壊」されてしまったと述べている。うまくいかないことがあると、すべて自分以外の他人のせいにするのがサイコパスに共通の特徴だ。常に自分が犠牲者の側だという意識は、利己主義と表裏一体なんだと思う。彼がだまし、奪い、操り、必要もないのにわざと人生を破壊したすべての人のことを考える。「不要な破壊」

という言葉が当てはまるのは彼らであってマークじゃない。

サイコパスは恋愛関係にある間じゅう、被害者に対して軽蔑しか感じていない。相手の自信や心の平穏を根こそぎ奪うためにあらゆる手を尽くす。自分の魅力に相手が参った日から、そして自分が作りあげた世界に相手が一歩踏みこんだ日から、相手を尊厳のかけらもない無価値な人間として扱うのだ。共感力も倫理観も良心もないサイコパスは、相手の苦しみには全く頓着せず、相手はただの虐めの対象として、最後は全く価値がない人間として放り出す。この〝相手を辱める喜び〟こそが、サイコパスのエゴとナルシシズムを満足させるのだ。被害者を貶めれば貶めるほど、相手への軽蔑は強まり、自己満足が高まるというわけだ。

今思えば、自分があれだけマーク・アクロムに果敢に立ち向かったことが誇らしい。だが、わたしが自分の長所だと思っている誠実さや辛抱強さ、分別といった性質を、彼はすべて逆手にとり、わたしが自ら破滅していくのを眺めていた。彼の魔法にかかった善意の事業家たち、それから、彼が愛を語った数えきれない女性たちも、同じ手を使われたに違いない。

その晩、ラーラの家のソファで、少しでも動けば自分が粉々に砕け散ってしまいそうに思えてじっと横たわりながら、わたしは一睡もできなかった。マークのこと、彼に受けた仕打ちを考えずにはいられない。出会った最初の瞬間に、彼はわたしを欺くための種を心に蒔き、その種は、わたしの豊かな想像力と彼の巧みな水やりのおかげで芽吹き、根を張って成長した。彼の言葉を思い出すと、その底には不吉な意味が含まれていることが多かった。「運命のいたずら……全財産をなくしちゃう……人の心が本のように読める……きみはぼくにぴったり……愛し合い方も知らない……ぼくの人生は映画みたいだ……ぼくはふつうじゃない」

打ちのめされ、身じろぎもせずに、わたしは横たわっている。指一本動かせない。体じゅうの神経がぼろぼろだ。疲れ切っているのに、目を閉じると瞼の裏にまぶしい光がちらつき、吐き気がする。だから、ただこうして横たわったまま大きく目を見開いている。息もできずに。

死にたい。真っ暗な穴に体が吸いこまれていく。頭の中ではラジオの雑音みたいな音が響き、繰り返し浮かぶ言葉が、行き場を求めてしだいに大きくなる。気が狂いそうになってやっと、言葉は叫び声となってわたしの口から飛び出す。

人でなし！

朝になったが、わたしはなおソファにじっとしていた。ラーラとグレンが朝食を作っているとき、わたしの携帯が鳴った。

「彼よ」二人に告げて電話をスピーカーにした。

「やあ、愛してるよ」彼は言った。「ジェームズを迎えにやるから、飛行機でこっちへおいで。すぐに一緒になろう」

「わたしのお金を返して」わたしは答えた。その声は我ながら奇妙だった。感情のこもらない平坦な声。

「もちろん返すよ。すべてうまくいくって」

「わたしのお金を返して」

「あんなつらい思いもきっと報われる」

「わたしのお金を返して」

通信が切れた。その後、マーク・アクロムが電話してくることは二度となかった。

第九章　不運の人

彼女はもはや、素晴らしい女性としての自分には何の関心もなく、来るべき運命をただ不運の人として、人ごとのように外側から見つめる無関心を身につけていた。

トマス・ハーディ『遥か群衆を離れて』

マークの素性を知った衝撃も収まらぬまま、わたしは必死に自分の人生を取り戻す戦いを始めた。前へ進むしかないことはわかっている。毎日起きて、顔を洗い、服を着て化粧をし、食事をし、なるべく出かけて親しい友だちと会うようにする。そんな些細な一つひとつが、わたしにはとてつもない苦行だ。いっそ死んでしまいたい。死だけがもたらしてくれる平穏に身をゆだねたい。でも、娘たちのために生きなければ。望まぬ人生を無理やり生かされているように、最初の数週間は目の前のわずか10分を生きるのに精いっぱいだった。

ジェームズと会った翌日の6月16日、ラーラに付き添われて被害届を出しにイズリントン警察に出向いた。署に入ったときは立っているのもやっとで、受付のデスクで体を支えながら、今にも気絶するのではと怖くなった。やっとの思いで事情を説明し、失ったお金の額を告げると、当直の警官は「そりゃ大金ですね」とおどけたような口調で言い、詐欺の被害届はうちじゃありませんと、詐欺対策機関へのオンライン相談に関するパンフレットをくれた。これが、のちに2か月もの遅れを生じた原因だ。定まった住所がないため、わたしは人間扱いさえされず、誰もこの事件を扱いたがらないような印象を受けた。かみ合わないアドバイスを受け、詐欺対策機関からは間違った犯罪対策用の電話番号を教えられ（わかってよかったが）、三つの管区をたらいまわしにされたあげく、ようやくエイボン＆サマセット警察にたどり着くと、担当警官は休暇を取っているという始末だ。万事こんな調子で、3年間のいわゆる〝調査〟は遅々として進まず、結果として6年間もこの件を引きずることになってしまった。

　乗り越えるには、できるだけ早く恐怖と向き合わねばならないとわかっていたので、1週間後にはあえてテットベリーに戻った。幸い、人生にマークが登場する前にラーラに譲ってあった古い車を返してもらったので、足が確保できた。名前は伏せておくが、救世主のようなある友だちが、立ち直るまでの費用として1000ポンドをくれたので、ガソリン代と食費はそれで賄った。ユーマとアントニーはうちに泊まりなさいと言ってくれ、着いた翌日には、ユーマがわたしを説得して、かかりつけだった医師に往診を頼んだ。簡単ないきさつを医師に話しながら、わたしはわっと泣き伏してしまった。医師からは、心的外傷後ストレス障害《PTSD》だと言われ、彼の見立てではマークは危険なサイコパスだということだ。わたしは断固として抗うつ剤を拒否し、今も服用していないが、医師もそれが功を奏すとは思っていないそうだ。現時点ではカウンセリングも役には立たないでしょうが、将来的に試してみる価値は十分あります、とも言われた。だが睡眠パターンを整えることは強く勧められ、睡眠薬を1か月分処方してもらった。それほど親しいつきあいの医師ではなかったが、立ち去るときにはわたしの肩を軽く抱き、もう二度と、あなたの口からこんな話を聞かずにすみますようにと言ってくれた。肩を抱いたとわざわざ書いたのは、当時でさえ、打ちひしがれ、参っている女性にあえて触れようとする男性がいることに驚いたからだ。〝Ｍｅ Ｔｏｏ〟運動後の今なら、ああはいかないだろう。だが彼がそうやって触れてくれたことには今も感謝している。それは無意識の人間らしい反応だった。人に心を寄せ、慰めようとするしぐさ。愛情や慰めといった感情を抜き取られて久しかったわたしにとって、言葉に尽くせないほど大きな意味を持つしぐさだった。

ユーマとアントニーはとてもよくしてくれたが、二人の家に泊まるのは妙な感じだった。というのも、ベッドはもちろん、滞在している部屋はすべて、クローゼットや鏡台、ベッドサイドテーブル、椅子やベッドカバーに至るまで、すべてわたしの昔の持ち物が置いてあったからだ。それを見ると、昔の家がたまらなく恋しくなった。

すでにアクロム関連の損失を自分の弁護士に相談していたジェームズ・ミラーから、今後の方針をその弁護士に相談するよう勧められた。面会の約束をした当日の朝早く、睡眠薬のせいでぼうっとして、運転は危ないかもと思った。ユーマとアントニーに、必要ならサイレンセスターまで送ってくれるかと頼むと二人は承知したが、時間が経つと気分も良くなったので、一人で行くことにした。できるだけ自力で何とかするのが大事だと思ったのだ。

出かける準備をしていると、寝室の階からユーマがわたしを見下ろし、アントニーに付き添ってもらうべきだと言った。一人で行くと言ってもユーマは聞かず、この家で暮らす以上は「私たちのルールに従うべきよ」ときっぱり言った。争う声を聞きつけてやってきたアントニーがどうしたのかと尋ね、事情を聞くと「そりゃユーマが正しい！」と、厳しい目を向けてきた。

たぶん二人はわたしを助けたい一心だったのだ。たしかに助けは必要だったから。でも、またもやすべてをコントロールされているような錯覚に陥ったわたしは、そういうことなら出ていくまでよと彼らに告げた。スーツケースに荷物を詰め、弁護士との面会から戻ったら荷造りを終えると断って持ち物をまとめた。すっかり打ちのめされて。

30分後、わたしは弁護士のオフィスで涙をこらえながら、マーク・アクロムとの顛末を手短に語っていた。だが、元気づけるような言葉も、希望を持てるような言葉も聞けない。

「私からのアドバイスは」弁護士は言った。「さっさとすべて忘れることです。警察には届けを出したのだから、もうできることは何もない。でも警察は役に立たない。いい結果は期待しないでください。お金は取り戻せないと思っておくべきでしょう」

愕然とした。法とは？　正義とは？　この弁護士はアクロムと共謀して、彼への追及をやめさせようとしているのかと思ったくらいだ。今思えば、あれはおそらく最善のアドバイスだった。だがもちろん、聞き入れるわけにはいかなかった。

この話し合いと、ユーマとアントニーとの口論で、わたしは疲れ切っていた。あのけんかはその場の勢いで、まだ互いに歩み寄れるかもしれないと一縷の望みを抱き、仲直りのしるしの花とワインを買って帰ったのだが、家に着くと誰もいなかった。裏口の扉にメモがとめてある。

そこには、こんなことになって悲しい、気まずいだろうからあなたの荷物をまとめて洗濯室の外に置いておく、と書かれていた。私たちの申し出を受け入れてもらえなくて残念だが、幸運を祈る。それに、あなたに意地悪をするつもりも、よけいな口出しをするつもりもなく、ただただ手を差し伸べたいだけなのだ、とも。今でも時々思う。あのとき二人が家にいて、話し合うことができたなら、事態は変わっていただろうかと。だが実際には、気まずさが解消されるどころか、二人が顔も見せずに荷物を外に出しておいたことで、わたしは完全にはねつけられたと感じてしまった。まるで、友情の扉がぴしゃりと閉じられたかのように。

午後も遅い時刻だった。雨はもう数時間もひっきりなしに降っているし、行く当てもない。アマーシャムかチェサムへ戻ろうかとも思ったが、疲れ切っていたので、無事たどり着けるかも怪しい。とうとう弟に連絡した。アナリーサがコーンウォールに出かけていて、その晩は家に一人だとわかっていたからだ。会えないかと聞くと、今晩はちょっと遅くなると言われたが、かまわず家まで行き、降りしきる雨の中に車を停めて、ユーマたちのために買ったワインの大半を空けてしまった。

　弟が帰ってきたとき、わたしはすっかり酩酊状態だった。弟は寛大にわたしを迎え入れ、会えてよかったと言ってくれたが、話の途中でわたしが「もしこれが、家の火事で全財産を失ったんなら保険でカバーできるのにね」と言うと、弟の答えは「火をつけたのが姉さんじゃなければね」だった。それで、弟がわたしの苦境をどう見ているか、誰に責任があると思っているかがわかってしまった。

　週末は弟もアナリーサに合流して家を空けると知っていたので、数日泊めてもらえないか頼んだ。あなたたちが戻るまでには出ていくからと。アナリーサに電話した後、弟はいいよと言い、ただし出ていく前に使ったシーツを洗っておいてくれとつけ加えた。ここでも手ひどく拒まれた気になり、わたしたちの世界がどれほど隔たってしまったのか痛感した。わたしの世界は崩壊し、何も残されていないというのに、弟たちの最大の関心は、わたしの汚れたシーツを洗わずにすむことなのだ。そのときは、わたし自身が汚れていると暗にほのめかされている気がした。

　じつは、アクロムの正体がわかってから数日後に、わたしはアナリーサに電話して、全部あなたの言うとおりだったと伝えていたのだ。前年の10月以来連絡を絶っていたから、電話するにはずいぶん勇気がいった。少しは同情してくれるかもと思ったが甘かった。アナリーサは家族を危機にさらしたことでわたしを厳しく叱責し、家族について何をアクロムに喋ったのか、全部話してと詰め寄った。あなたには「そうする義務がある」からと。彼女の軽蔑をひしひしと感じ、わたしは涙をこらえながら電話を終えたのだった。

　テッドベリーに滞在していた数日間、努めて昔の隣人に会うようにしていたところ、夏の間に住む家を提供してくれる人が現れた。わたしが暮らすことになったその屋根裏部屋からは、奇しくも初めてこの町に越してきたときに借りた美しいコテージが見下ろせる。あの最初の年は、あんなに幸せだったのに。ケリーが、日曜日だけだがまた店で働くよう言ってくれたので、週に50ポンドの収入が入り、それで何とか暮らしていくことができた。仕事はほんとうにありがたかったが、服装こそきちんとしたものの、接客となると昔のわたしは見る影もない。すっかり自信をなくし、知り合いに会うのが怖くて、どうかみんな日曜には買い物に来ませんようにと祈るばかりだった。

わたしには内緒で、ララはオンラインのグループ〝国際詐欺防止団体〟に連絡を取り、そこでマーク・アクロムをよく知る〝チャーリーズ・エンジェル〟と名乗る人物を見つけ、アクロムを法廷に引っ張り出そうと決意した。インターネットでの出会いにわたしが嫌悪感を抱いているのを知っていたため、わたしの反応を気にかけながらも、ララが打ち明けてくれたのだ。だからわたしも、もう失うものは何もないと覚悟を決めてオンラインの世界に飛びこみ、その日のうちにチャーリーズ・エンジェルに連絡した。アクロムとの関係をすべて打ち明けると、彼女もそのお返しにたくさんの情報をくれた。違う名前が記された二冊のパスポート、スペインの居住許可証。また、プールに住むもう一人のアクロムの被害者、〝マイク〟も紹介してくれた。チャーリーズ・エンジェルとマイクは互いに助け合えると思っているようだが、わたしのほうは、ほぼ知らないも同然の他人に打ち明け話をし過ぎたかと気になった。

その後半年の間、わたしはジェームズ・ミラーと週に一度は会ってコーヒーを飲んだ。初めは気を張っていたが、すぐにこの時間が楽しみになり、ジェームズの存在に慰められた。わたしがどんな経験をしたか、なぜそうなってしまったか、本当に理解してくれるのは彼だけだ。彼自身も同じ目に遭い、アクロムの手口をよく知っていたのだから。

テットベリーに着いて間もなく、ジェームズは警察に提出するためにマーク・アクロムとのつながりをまとめた資料を見せてくれた。読んだわたしは目をみはった。

きちんと教育を受けた鉱山技師だったジェームズがアクロムに会ったのは数年前。その頃、アクロムは金《きん》の売買業者を名乗っており、ジェームズはロンドンにある、およそ想像を絶する高級な邸宅に招かれた。その後でプールやドーセットでも会ったが、取引には至らなかった。アクロムが、支払いを済ませる前に金《きん》を引き渡すよう望んだからだ。再び二人の道が交差するのは2012年初めだ。二人は〝ビジネスをする〟ことになったが、今度ちらつかされた餌は、ジェームズが愛好しているヴィンテージの飛行機だった。ケンブル飛行場の買収を進めるための資金を提供すると約束されたのだ。それからコルレーン飛行場も、スペインにある飛行場も。

アクロムが陸軍病院に入院し、その後はイタリアに滞在していると信じていた2013年の前半、じつはスペイン(そこへ会社を移し、〝エンオルグ〟と改名していた)で、〝ビトリアの戦い〟の200周年を盛大に祝う計画を進めていた。また、同時期にフェラーリに働きかけて、すべての車両試験をイタリアからスペインに移管するように提案していた。ジェームズはフェラーリの社員たちを交えたアクロムとの昼食会や、スペインの地元の議員たちとの会議に参加したことを語ってくれた。記念式典のためにパレードの楽隊を編成してくれと言われ、ほかにも華やかな催しやフェラーリとのベンチャービジネスの企画を任されて、すっかり有頂天になったという。アクロムはアリカンテに立派なオフィスを借りていたが、その手付金は秘書のフェルナンダを説得して、彼女がコツコツ貯めてきた金をはたかせたものだ。秘書とは愛人関係で、そのために妻と離婚することになったと言っていたらしい。ほかにも会計士やら弁護士やらを目の玉が飛び出るような報酬で雇い、その支払いも一切していない。オフィスの調度品は3万ポンド相当の特注で、自分は高級マンションに住んでいたが、本当の持ち主である何も知らないスペイン人の仕事仲間は、賃料を払ってもらったこともなかった。

ジェームズがアクロムの正体を知ったのは、アクロムの秘書フェルナンダから電話をもらい、オフィスに警察が来てマークが逮捕されたと知ったときだった。だがマーク・〝ロス・ロドリゲス〟、のちのドクター・ザック・モスは、警察からは〝アクロム〟という名で呼ばれていたという。インターネットで検索して初めてマークの本名を知ったジェームズは、会社をたたみ、ごたごたをすべて引き受けて、自分の評判を守る――結局は無駄に終わったが――ために奔走した。アクロムは釈放されてイタリアに行ったらしく、まだそこにいるとジェームズは確信していた。損失を取り戻すため必死にマークの動向を追っていたジェームズは居所まで突き止め、のちにアクロムのことをイギリスの警察に通報したときにその住所を知らせていた。

一方、わたしも調べを進め、いろいろなことを知った。ブロック・ストリートの家がわたしの名前で借りてあったこと、賃貸契約書にはお粗末に筆跡を真似たわたしのサインがあったこと、それに、アクロムが1年分の家賃をわたしのお金から前払いし、不動産屋には、わたしがヒースロー空港を所有しているスペインの裕福な家の出で、自分はその代理人なのだと伝えていたこと。おそらくスペインで五番目に富裕な女性であるマリア・デル・ピノ・イ・カルボ＝ソテロだと思わせたのではないか。彼女はわたしと同い年で、あの家に引っ越したときのわたしと同じく、黒髪をボブにしている。

ブロック・ストリートに住んでいた2012年、わたしは知らなかったが、アクロムは妻と二人の子どもたちとともにすぐ近くの貸家に住み、そこを買おうとしていた。バサンプトンにあるこの〝オールド・レクトリー〟の改装に彼は2万5000ポンドをつぎこみ、趣味のよさと莫大な富を仕事上の知り合いに見せつけていた。ジェームズ・ミラーは2012年にどちらも訪れたことがあるという。オールド・レクトリーには建設業者が群がっていたそうだ。当初、ブロック・ストリートの家は新しいオフィスだと聞かされていたが、後からは、裕福なアメリカ人投資家をそこに住まわせているという話になっていた。わたしが留守のとき、アクロムはほかの人に見せびらかして関心を引くためにあの家を利用していたのだ。これでわかった。なぜ彼が、わたしの動向を常に知っておかなきゃと言っていたのか。

わたしの外出を利用したほか、必要なときは電話で家から離れたところへおびき出し、自分は現れずにその間ブロック・ストリートを使っていたに違いない。二度目にケンブル飛行場で会おうと言ったときもそうだったんだろう。結局彼は来なかったが、わたしはおそらく3時間は留守にしていたから、ビジネスや他の目的で家を使う時間はたっぷりあったはず。ほかにも、マークに会わせるといって、ポールにブリストルのウォーターフロントやウェールズのセルティック・マナー・リゾートなどをあちこち連れ回されたあげく、結局マークとは会えなかったということもあった。

ジェームズの資料を読んで、2012年1月から2013年6月までの間、マーク・アクロムが陰で何をしていたかがわかった。しばらくプリンス・トラストで働いていたのだが、そこでの連絡役だった元軍人のリック・リビーに、MI6と関わりがあるというドクター・ザック・モスの言葉には何か疑わしいところがあると見抜かれていた。クリフトン・カレッジの基金設立にアクロムが大きく関わってきたのは事実で、審査官の一人に、そのボートのコレクションを復元するための資金提供と、インマリタイムという会社の設立を約束していた。

マーク・アクロムが手がけることはすべて、派手でスケールも豪快だったし、彼は社会の頂点にいる人たちとのつながりを匂わせるのもじつに巧みだった。

警察にアクロムのことを通報しようとした日から2か月後、わたしは捜査担当の警官と会っていた。山ほどの書類といろいろな情報を携えて。その中にはわたしが店でアクロムと初めて出会ったときの監視カメラの映像を収めたUSBもある。後で知ったのだが、ケリーはわたしがマークと出会って間もなくアナリーサと交わした会話でわたしの行く末を案じ、これを取っておいたのだった。わたしは二人の男性警官のいる部屋に通され、詐欺の概要を書いた九枚もある紙を手渡したが、二人は全く興味のない様子で、聞き取りの間もメモ一つとらなかった。アクロムがまだわたしの行動をすべて監視しているかもしれないので、携帯とパソコンを調べますかと訊いたときも、警官が興味を示したのは、わたしがマークと会う前に持っていた携帯にだけだった。2、3日後に調べ終わった携帯が戻ってきたとき、わたしはチャーリーズ・エンジェルがくれた二冊のパスポートの写しをメールで送っておいた。一冊はマーク・ロス・ロドリゲス、もう一冊はマーク・アクロムの名前が記されている。それから、マーク・ロスの名前で取ったスペインの居住許可証の写しも。

名ばかりの調査は遅々として進まないように見えたが、2014年1月22日に一本の電話があり、バースの警察署に来るように言われた。アクロムの共犯者をついに見つけたので、その取り調べの前に書類にサインしてほしいとのことで、それはわたしがポール・デオールの名で知っている男だった。またの名をポール・カウアーといい、本名はポール・ウィギンズ。取り調べは1月27日の午後に行なわれることになっているというので、その日の朝に伺いますと伝えた。

約束の時間に警察署に着いたものの、作成された書類を見てわたしは言葉を失った。文法のミスがたくさんあってつじつまも合わないうえに、事実も間違っている。自分で書類を書けないことに愕然とした。警官は高圧的で、わたしをひどい犯罪の被害者ではなく加害者みたいに扱い、初めは書き直しを拒んだ。結局は書き直させることになったが。

警察署での2時間で、わたしはすっかり腹を立て、疲れてしまった。警官はなじるような口調で、85万ポンドは銀行に入れておくにはずいぶん大金ですねと繰り返し、わたしのほうも、その大半は家を売った代金なんですと繰り返した。最後に、その日の午後には書類が必要だと言い張るので、わたしは折れてサインした。望む形ではなかったが、少なくとも事実には即している。ところが印刷され目の前に置かれた紙を見ると、日付が2013年9月20日になっているではないか。わたしはそれを指して訂正するよう言ったが、日付はそのままでなければならないと言う。そういうことなら自分の署名の横に今日の日付を書きます、と返すと、彼はあからさまに怒った顔を見せ、机の上の紙をひったくって、日付を訂正して印刷し直してこなければ、と言った。書き直された紙に署名したが、最後に空白のページがあることに気づいた。そこにも署名が必要だと言われたが、それはしたくなかった。だって、何かに利用されて、読んでもいないものに署名したように見せかけられてしまうかもしれないではないか。警官があまりに好戦的なので、そこを出たい一心で、正しい判断に逆らって署名してしまった。

警察署を出たわたしはすっかり元気をなくし、こんなふうに脅しつけられるような羽目には二度と陥るまいと誓った。屋根裏の〝家〟に戻るが早いか、あの警官にメールを書いた。話し合いのやり方に苦情を言うため、そして空白のページに無理やり署名させられた証拠を残しておくためだ。

2013年9月には、わたしは自らバースでの調査を行なっていた。不動産屋を訪ねると、最初、不動産屋のマネージャーは、ドクター・モスと関わったことなどありませんと言った。それなら、あんなにいろんなビジネスを一緒にやってたのはどういうわけ？　少なくとも三軒の不動産が、彼女の会社を通して仲介されていたのだから。彼女は、ブロック・ストリート一番地の契約の際には、ポール・カウアーに威圧的な態度でブロック・ストリートにはついてくるなと言われ、家の向かいにあるコブ・ファーのオフィスで待っていたという。後になって、自分もアクロムの被害者だ、わたしとも会っていると言いだしたので〝プロパティ・オンブズマン〟に報告することにしたのだ。わたしを見かけたかもしれないが会ったわけではないし、わたしのほうは、18か月後にオフィスを訪ねるまでは彼女の顔さえ知らなかった。

アクロムにブロック・ストリートの家を見せられたあの日のことを振り返ってみる。高価な服を着てくるよう言ったのは、わたしたちの到着を不動産屋のマネージャーがコブ・ファーのオフィスから見ていると知っていたから、その後散歩に出たのは、わたしが実在する大富豪だということを見せつけようとしたから。マネージャーには、わたしがヒースロー空港を所有するスペインの裕福な家の出で、目立つのが嫌いなのでドクター・ザック・モスが代理人を務めていると言ったそうだ。彼女は、もっと彼のことを知りたければ、バースにある二軒の高級デザイナーズブランドの店を訪ねてみるといい、と言った。〝クリストファー・バリー〟と〝キンバリー〟。わたしはブランドショップを訪ね、アクロムが自分と妻のために数千ポンドの服を買っていたことを突き止めた。それに、店のオーナー夫妻の息子が経営する車のディーラー、〝キャメロン・カー〟で、6万ポンドのポルシェ・カイエンを買っていたことも。すべてわたしのお金から支払われていたことは、後で警官から聞いた。

わたしが話をした人は皆、ドクター・ザック・モスを覚えていた。いつも現金払いで、買ったものはバサンプトンのオールド・レクトリーに運ばせていたそうだ。支払いの段になって、あからさまに不機嫌な顔を見せたこともあったという。

バースにある電気設備の施工会社〝ジェム・ソリューションズ〟も訪ねた。アンディという男性社員は、ザック・モスさんはオールド・レクトリーの照明にひと財産使い、しかも、ケンブル飛行場の滑走路に設置する500万ポンドの照明器具を"ジェム・ソリューションズ"に発注すると持ちかけてきたんです、と言った。おそらく何らかのビジネスに引きこもうとしたのだろうが、幸いなことにジェム・ソリューションズは断ったという。

「すごい人ですよね」オフィスで話しながら、アンディはそのときのことを振り返った。「ある晩、ステーキハウスの〝ハドソンズ〟で社員みんなにごちそうしてくれたこともあったんですよ。驚くような話をいっぱい披露してくれたっけ」

警察の調べに何らかの進展がないか、日々期待を持って待っていたのだが、めぼしいことは何もなく、アクロムを糾弾する証拠が十分でなければ、彼の行方を捜す手立てもないと言われた。わたしは相変わらず、事件の被害者というより加害者のように扱われている。

テットベリーに移り住んで9か月になる。最初は頭の上に屋根があることだけでほっとしたが、しだいに孤独を募らせるようになった。ここに住むには条件があった。わたしの弟と娘たちを除いて、誰もここを訪ねてこないこと、居場所を知らせてもいけないこと。娘たちを傷つけないため本当の気持ちは隠していたし、弟とのやりとりなど、ないに等しい。だから2013年11月にチャーリーズ・エンジェルから何の説明もなく引導を渡されたときは、裏切られ、見捨てられた気がした。アクロムとのことを、かなり個人的なことも含めて包み隠さず話していたのに。裸身をさらされたような思いだ。

週に6日は一人きりで過ごす日々のなか、わたしは〝屋根裏部屋の狂女〟の気分を味わっていた。まさに屋根裏部屋に住んでいることもあって。寂しさのあまり、深い鬱状態にまたもや戻っていた。だから、2014年が明け、バースを発ってから1年だと気づいたわたしは思った。そろそろ潮時だ。状況を変えなければ。

第一〇章　自己からの逃避

バテシバはこの瞬間、己の精神状態が恐ろしくなり、何とか自分自身から逃げるすべはないものかとあたりを見回した。

トマス・ハーディ『遥か群衆を離れて』

２０１４年1月、わたしはバッキンガムシャーに戻り、友人のブリジットとジョンのところに身を寄せた。詐欺に遭ったとわかって絶望の淵にいたとき、ブリジットは誰よりもわたしの力になってくれ、クレジットカードの負債を清算するお金を貸すとまで言ってくれた。そのときも何日か二人の家に世話になり、空いた部屋はいつでも必要なときに使っていいと言われていたのだ。

警察には、不動産屋とマーク・アクロムとの関係を調べてくれるよう頼んである。わたしの大金と、ブロック・ストリートの賃貸契約書の偽造署名をすんなり認め、身元チェックさえしなかったのだから、不動産屋だって詐欺の片棒を担いだことになる。ところが警察の意見では、不動産屋は非常に協力的で、調査対象にはならないだろうという。わたしに対しては協力的どころではなかったけど。それに、あそこがプロにあるまじき行為をしていたことは疑いようがない。

弟とは緊迫した関係が続いていたが連絡は絶やさず、正式な訴えを起こしたほうがいいと最初に勧めてくれたのも弟だった。失ったものを少しでも取り戻すには、そうするしかない。彼はずいぶん力になってくれ、プロパティ・オンブズマンへもごく明瞭で簡潔な手紙を書いてくれた。そのときのわたしでは、とてもできなかっただろう。

2月のある日、二件のボイスメールが入った。一件はバースの警官から折り返しを求めるボイスメール、もう一件は弟からだ。先に弟のほうにかけた。すると、警察官を名乗る人物から電話があって、バースの不動産屋に民事訴訟を起こすな、訴訟のことでわたしに手を貸すのもいけない、と言われたそうだ。身元の証明もせず、電話での会話を文書にすることも断ったというし、高圧的で、とりわけ不動産屋をかばうような態度だったというから、弟も言うように警官をかたった不動産屋の人間だったのではないかと思う。わたしは次に、警官だという人物に折り返し電話した。こちらも高圧的な態度で、不動産屋に対して訴訟を起こすなと言った。何の権利があってそんなことを命じるのか、言わせてもらうがこれは民事事件で、あなたには何の関係もないはず、と言ってやると、向こうは、とにかく訴訟を起こすなと繰り返して電話を切った。この会話の間、スピーカーホンですべてを聞いていたブリジットは、あんな態度を取るなんてと、驚きのあまり言葉も出ない様子だ。この件で、警官とは第三者がいるところでやりとりし、すべての記録を詳細に取ろうと決めた。

ジェームズとは引き続き連絡を取っていた。わたしがバッキンガムシャーに戻ったので毎週のコーヒータイムはおあずけになったが、2013年の末には、もう少しロマンティックな関係に発展していた。ふつうの状況なら、決してこんなことにはならなかっただろうが、すべてがふつうとはほど遠い事態に陥ったわたしたちは、人生にささやかな喜びを見出すことでその事態を乗り切りたかったのだ。ジェームズ自身も大変な苦境にあり、家を抵当会社に託し、どこかに貸家を探すつもりでいた。一緒に住む気があるかと尋ねられ、わたしはあると答えた。書類の上で結ばれるつもりはないが、運命が二人を結びつけてくれたのだ。わたしたちは一緒に過ごす時間を楽しみ、失うものが何も残されていないからこそ、互いに賭けてみる価値があると感じていた。

手の届く物件で気に入るようなものはなかなか見つからなかったが、候補は三つで、ジェームズはわたしに選ばせてくれた。最初にテットベリーに引っ越してきた頃、散歩の途中で見かけたことのある家で、暗くじめじめした、改装の必要がある一軒家だ。だが、雰囲気がロマンティックで、美しいコッツウォルズの村々の近くという理想的な立地だった。そばを小川が流れ、近所の家は一軒だけ。ジェームズはここを守るためにできる限りのことをすると言い、それならわたしもついていくと答えた。あたりの平穏と美しい眺めと、それから穏やかなジェームズの存在が、きっとわたしが立ち直る助けになってくれる。

２０１４年4月14日、わたしたちはそれぞれの場所から、ユートゥリー・ロッジに引っ越した。とても幸せだった。互いに与えるものが自分の身一つという状態で、しかも、その多くが欠けてしまったと感じている状態で、ほかの人とまた関係を築けるのは、格別の感慨がある。わたしはごく当たり前の日常を送れる幸せに浸っていた。洗濯機を回し、洗濯物を取り出して干す。家を掃除して居心地のいい場所に整え、放置されて荒れ放題になった庭の手入れをする。その晩、二人でキャンドルを灯し、ステーキを焼き、クラッカーを鳴らし、紙の帽子をかぶったわたしたちは、世界でいちばん幸せな二人だった。その後に続く数か月は、それまでと比べるとまるで天国だった。美しい田舎での暮らしも、家と呼べる場所を手に入れたことも心から嬉しくて、ままごと遊びをしている子どものように、以前はさして魅力も感じなかった何気ない家事に勤しんだ。ジェームズと二人、かなり手を入れる必要がある家や庭とも格闘した。２０１４年の春と夏は暖かく晴れた日が多かったので、わたしはできるだけ戸外で過ごし、あたりを探検して風景をカメラに収めた。そういえば、幸せな頃はいつでもカメラを携えて散策し、写真を撮ったものだったが、不幸に見舞われてからは一枚も撮っていない。２０１４年はいろいろな意味で、写真にはもってこいの年だったのだ！

ほとんど互いを知らない二人にしては、ジェームズとわたしは驚くほどうまくいっていて、ユートゥリー・ロッジでは家にも庭にもにぎやかな笑い声がしょっちゅう響いていた。人生にある良いものは余すところなく楽しみたかったから。こんなに幸せなのが奇跡みたいだ。ジェームズは航空機を修復する事業を何とか立て直し、わたしたちは昔ながらののんびりした生活スタイルを貫いていた。彼は毎日仕事に出かけ、わたしは料理や掃除、庭仕事をして、ケーキをどっさり焼く。余裕があれば飛行機にも乗り、素晴らしいコッツウォルズの景観を空から眺めては元気づけられていた。でもわたしは、警察をせっつくことも忘れなかった。あっちは急ぐという感覚を持ち合わせていないようで、マーク・アクロムを起訴することにも、居場所を突き止めることにも関心がなさそうだ。わざと見当違いのことをしているのかと思うくらい。

6月12日、わたしは捜査に当たっている刑事と、わたしのお金の動きを追っているという財務調査官と会うためにバースへ出かけた。驚いたことに、警察は詐欺の黒幕はポール・カウアーで、アクロムはわたしを釣るための単なる〝おいしい餌〟だったのだと考えているようだ。絶対に違う。何といってもわたしは当事者なんだから！　自分が見聞きしたことや、アクロムについて後から得た知識からして、彼こそが主犯で、しかも20年以上にわたってスキルを磨いた今、その世界ではトップクラスの詐欺師といえるのは明らかだ。だが、刑事は全く聞く耳を持たなかった。金の無心はどんなふうにされたか訊かれ、わたしは、ほとんどはアクロムからのメールですとの説明を繰り返した。だからわたしの携帯を調べてその証拠を見てくださいとまた頼んだが、本当にアクロムからのものだと証明できない限り、メールは証拠として認められないのだという。彼が使っていたアドレスからだといくら言っても。わたしの前に立ちはだかる壁は、ますます高くなるばかりだ。

話し合いは2時間半にも及び、警察署を出たわたしは、今回もすっかり疲れ果て、意気消沈していた。巧みな罠にはめられたのではと思い、司法システムに対する信頼はがた落ちだ。警察はわたしの話を聞かないばかりか、提出した資料も読んでなさそうだし、アクロムのスペインでの逮捕も、保釈中の失踪も明らかに知らない。10か月前にジェームズが提出した報告書に、つぶさに書かれているというのに。

話し合いの翌日、あくまでもポール・カウアー逮捕に注力するつもりだというメールが警部補から来た。わたしはもう一度、わたしとつきあっていた18か月間、ずっと陰で糸を引いていたのはマーク・アクロムだと返信したが、警察は主張を翻さず、わたしが作成した〝被害者本人による被害申立て〟を、アクロムではなくポール・カウアーにその罪を負わせるべく書き直せと指示してきた。それに、いずれにしても公訴局に訴追を認めさせるには、もっと証拠が必要だそうだ。一方わたしは、バースで調べたことを警察に報告した。

2014年の夏、わたしはやっとプロパティ・オンブズマンに送る書類を作成し終え、不動産屋に対して五件の申立てを行ない、そのうち三件が最終的に受理された。

マーク・アクロムのことを考えたくはなかったが、そうはいかなかった。その後何年にもわたって繰り返し彼を思い出すことで、さまざまな記憶がゆっくりと澱のように心に溜まっていき、わたしは悟った。お金をだまし取られただけじゃない。わたしは最もたちの悪いDVの犠牲になったのだと。女性支援団体〝ウーマンズ・エイド〟はこう指摘している。

DVは必ずしも身体的なものとは限りません。威圧的な支配もまた暴力行為、脅迫、侮蔑、威嚇など、被害者を傷つけ、痛みを与え、怯えさせるために用いられる虐待行為の一つです。このような支配的な態度は、相手を依存に追いこみ、孤立させ、利用し、自立を奪って日々の行動を束縛するためのものです。

こうした行動を犯罪行為とみなす法が2015年に導入され、加害者は5年以下の禁固刑を科されることもあるが、わたしにとって不幸なことに、マーク・アクロムとつきあっていた時期にはまだこの法がなかったので、彼をこの罪に問うことはできず、警察に何度訴えても無駄だった。では性的虐待で訴えることはできないだろうか？　この問いを警察がまともに取り合ったとは思えないが、彼らにも伝えたとおり、わたしは四六歳で独身のマーク・コンウェイという男との性的関係には同意したが、三八歳で既婚の、しかも過去に有罪判決を受けたマーク・アクロムという男との関係には同意していない。彼はわたしをだまして性的関係に持ちこんだのだ。この手を使われた女はほかにも大勢いる。当時は警察を説得してこの点を追及させるまでには至らなかったが、〝MeToo〟運動に光が当たるようになった今なら、特に真剣に取り上げる価値があるのでは？　アクロムにだまされ、下着の中ばかりか財布にまで手を伸ばされたすべての女性たちとともに、ぜひとも集団訴訟を起こし、裁判で徹底的に争いたいものだ。

2014年9月、わたしはふとしたことからジョン・ロンソンの『サイコパス・テスト』という本に出合い、その流れでロバート・ヘアの『良心の欠如』を手に取った。ロンソンの著書を読むこと自体が啓蒙、すなわち電球にパッと照らされるような体験だった。その電球の灯りは、『良心の欠如』を読むとますます明るく輝き、わたしはマーク・アクロムが見せていた数々の兆候から、間違いなく彼はサイコパスだと確信した。ヘアはサイコパスに関する世界的権威で、サイコパス傾向のチェックリストを考案している。のちに改訂されたそのテストは、「ただ社会から逸脱した人や罪を犯しただけの人をサイコパス呼ばわりし、法を破ったこと以外に共通点のない人々に誤ったレッテルを貼るという危険をなるべく冒さず、サイコパスについて話し合える」ためのものだ。

ヘアは、素人が診断を下すことに警鐘を鳴らしているが、それは無理な話だ。マーク・アクロムがこのテストを受ければ、すべての項目で高いスコアが出るのは間違いない。ヘアの著書を読めば、なぜ被害者、つまりこのわたしが、いとも簡単に彼の魔法にかかってしまったのかも納得がいく。こうした本を読んだことをきっかけに、わたしは自信を取り戻し始め、愚かな過ちを犯したと自分を責める気持ちから解放された。ここが、自分自身を取り戻す戦いのターニングポイントだったのだ。

マーク・アクロムとの関係を振り返ってみるとわかる。わたしの心を虜にした彼は、わたしの全財産を奪うだけでは飽き足らずに、残忍で執拗な精神的虐待を繰り返して、しだいにわたしから自信と自我を奪い、ついには鏡に映った自分の姿さえ見分けられなくしてしまった。

初めは些細なことからだ。わたしのきれいなイブニングドレスを、〝プリンス・トラスト〟の夕食会には全然ふさわしくないとけなす。その後すぐに、わたしの着るものに口を出し始め、ぼくと一緒に人前に出るなら〝ふさわしく見える〟格好をしなきゃと言って、手持ちの服を全部捨てさせた。ニッキー・クラークに髪を整えてもらう予約を取ってくれたのも、そのときは優しい心遣いに思えたが、今になってみると、彼は金持ちで鷹揚な未来の夫という印象を与えたかっただけでなく、わたしをもっと自由に操れるよう策を巡らせていたのだ。いつもの美容師にやってもらう髪形だって褒められていたと言うわたしを鼻で笑い、昔のライフスタイルは忘れなきゃ、と言って。

わたしの見た目を変えた後は(ありがたいことに、ボトックスや美容整形は免れた)、心理的にわたしを参らせる手管を使い始め、わたしが逆らうと自分勝手だ、わがままだ、ヒステリックだと言った。シリアにいるとか、怪我をしたとか脳腫瘍が見つかったとか、れっきとした〝証拠〟を見せて信じさせた作り話は、わたしを動揺させようと画策したものだった。あんなに綿密に、映画のような舞台を設定するなんて、並の詐欺師のすることじゃない。アクロムは幻想にとらわれた非常に危険なナルシシストで、ロバート・ヘアのチェックリストに載っているサイコパスの特徴を一つ残らず備えている。他人の人生を破綻させ、最初の嵐が過ぎ去った後も、長く続く荒波で相手をすっかり打ちのめすよう、巧妙に手を打っておくのだ。こんなことをするのは二つの理由からで、まずは相手をコントロールして金を引き出すこと、次に、全くぞっとする理由だが、自分に力があると感じることでスリルを覚えるため、つまり純粋に楽しみのためだ。

わたしから見ても、マーク・アクロムのやり口はじつに卑劣だ。何より気がかりなのは、次々と詐欺を繰り返す、道徳観念のかけらもない犯罪者なのに、これまでほんの短い刑期しか科されていないことだ。釈放されればまたそっくり同じことを繰り返し、他人の金を使って贅沢にふける。

アクロムが犯した罪を悔やむことはまずなく(彼が見せる態度はすべて、刑を軽くするために違いない)、常に自分のほうが被害者みたいな顔をする。かれこれ30年以上もこんなことを続けているのだから、これを止める手段をもっと真剣に考えるべきだ。たしかに刑務所に数年入ってはいたが、彼の犠牲になった人々が失った数えきれない時間は?　これを書いている2020年現在、わたしは30年間働いて貯めた預金と家の売却代金など、財産すべてを失ったばかりでなく、人生のうちの8年間をふいにした。まず犯罪を通報し、警察にまじめに取り合ってもらえるよう掛け合い、裁判と結審まで持っていくという闘いに費やした時間だ。しかもその傍ら、失った自尊心を取り戻し、あの見下げ果てた男と関わったせいで生じたもろもろの問題を片づけなければならなかった。

マーク・アクロムのような人間は魅力がある。カリスマ性と愛嬌を兼ね備え、贅沢な暮らしを送り、頭も良くて説得力があり、すべてがきらきらしているので人を惹きつけるのだ。でも忘れてはいけない。彼らは人にたかり、自分の利益しか考えない。誠実そうに微笑みながら相手の絶望に快感を覚えるという、つまり極悪非道な連中なんだから、社会にはこれを止める手立てが必要だ。

２０１４年11月、警察はやっと、わたしがアクロムからもらった携帯を調べる必要があると判断した。が、当初からそうしてほしいと頼み、財務調査官との話し合いでも再三せがんだにもかかわらず、警察への不信を募らせていたわたしは、ここでためらった。

２０１５年1月末、アダム・バンティング警部という人物からメールが来た。今後は自分がこの調査を指揮するので、直接会ってご挨拶したいという。刑事課の刑事にはすでに、個人情報を全部手渡すのは不安が残ると言って、携帯からどのデータを抜くのか問い合わせてある。なかには人に見られたくない写真や友人知人の連絡先もあり、わたしに協力はするけれど、警察とは一切関わりたくないと言ってきた友人の氏名や住所、電話番号も含まれている。警察は、アクロムが送金を指示した数多くのメッセージの証拠が欲しいと言うが、ごく初期のものを除けば、そうしたメッセージはすでにアクロム自身か、彼の指示を受けたわたしの手で削除されている。刑事はわたしの携帯から削除されたデータだけ抜き取るから大丈夫だと言っていた。わたしは彼を信用していなかったので、同じ質問をバンティング警部にもしてみると、返ってきたのは違う答えだった。削除されたデータだけを携帯から抜き取ることはできない、すべてのデータを取り出す必要がある。

こうなっては、警察への信頼はないも同然だ。わたしは別の方法でマーク・アクロムを見つける道を探ることにした。そこで、何年か前に会ったことがあり、１９９０年代半ばに『サン』紙の編集者だったスチュアート・ヒギンズに連絡を取った。メディアならアクロムへの注意を喚起して、彼を探し出すチャンスを広げてくれるかもしれない。狙いどおりだった。２０１５年2月、スチュアートは〝スカイ・ニュース〟テレビの犯罪担当記者マーティン・ブラントを紹介してくれた。

第十二章　警官たちを見つめて

そしてガープには、自分が問う声の響きとともに、しんとした家の冷たい床をヒキガエルが飛び跳ねる冷たい響きが聞こえた。

ジョン・アーヴィング『ガープの世界』

寒く灰色の2月の午後、わたしはロンドンでマーティン・ブラントとスチュアート・ヒギンズに会い、マーティンに事のいきさつを語った。彼は興味を示し、1時間もののドキュメンタリーにちょうどいいと思ったようだ。とりわけ、そのすぐ後に、1991年にロンドンで行なわれたアクロムの裁判のフィルム映像を〝スカイ〟が保管しているとわかってからは。

2日後、わたしはブリストルの警察署で長い事情聴取を受けていた。バースの警察署が閉鎖されていたからだ。何かあったときの証人として、友人のクリスについてきてもらった。携帯を調べたいので持ってくるように言われ、別の供述書にもサインするよう求められていたが、主な目的はアダム・バンティング警部に会うこと、そしてわたしと警察との間にある程度の信頼関係を築くことだ。

バンティング警部から、ヘレン・ホルト巡査部長にも引き合わされた。例の刑事も部屋の離れたところでコンピューターに向かって座り、わたしにサインしてもらうための供述書をタイプしている。前もって用意しておかないなんて驚きだ。しかも、6か月も前にわたしが話した情報に関する供述書なのに。バンティング警部は話し合いの前半しか同席せず、アクロムがシリアにいる間に使うようにと渡されたブラックベリーの携帯しか持ってきていないと告げるとがっかりした様子だった。彼は警察とわたしの間の信頼関係がいかに重要か説き、自分たちが全力を挙げてこの事件に取り組んでいることを必死で示し、全面的に信頼していただかないと困りますと迫った。だから、もう一台の携帯をどうしても調べなければ、と。

だらだらと4時間も続いた聴取にはうんざりだった。以前の供述を見直し、正しいか見てくれと言われて読んだが、ポールを介したアクロムへのバークレイズ銀行の送金回数をとっさに思い出せなかった。確認したいと申し出ると、刑事が振り返ってわたしをにらみ、いらだった口調で言った。「大丈夫、たしかに五四回です。自分でも数えましたし、娘にも数えてもらいましたから」。ぎょっとして、ノートに走り書きをしてクリスに見せる。「娘にわたしの口座通知書を見せたんですって！」クリスはうなずき、声に出さずに「待って」と言った。中座していたホルト巡査部長が戻ってくるまで待ってから、あらためて刑事の言葉を繰り返して釈明を求めた。すると刑事が横から、娘はただ、印をつけた出し入れを数えただけだと口を出した。そして、ファイルのいちばん上にあった供述書の左側を隠し、娘には右側しか見せていないと言った。娘も警官なのか訊くと違うという。猛烈に腹が立ち、あきれ返っていた。権限のない人間が、捜査中の部外秘の証拠を見たなんて。当然の疑問が次々浮かぶ。どこで起きたこと？ 刑事がファイルを自宅に持ち帰った？ そうでないなら、娘が警察署で？ ほかに何を見せたの？ 次から次へと際限なく疑問が浮かんでくる。

わたしが帰りたいと言うと、ホルト巡査部長が正面入口まで送ってくれた。怒りのあまりくらくらする。署を出る前に、ホルト巡査部長のほうを振り返ってその目を見つめた。

「これでも、なぜ警察を信頼しないのかと訊くんですか？」声が震えないように必死だ。「あなたなら、こんなの許せる？」

ホルト巡査部長はあの刑事の〝現在の上司〟に報告しますと言った。

クリスと車に向かう間も、まだ心が乱れていた。今日の事情聴取の当初の目的は、警察とわたしの信頼関係を築くことだったはず。だが期待をことごとく裏切られ、もはや信頼はゼロだ。こんな調子じゃ、あの人たちに携帯を渡すわけにはいかない。

翌日、アダム・バンティングがメールで、刑事とホルト巡査部長と話し合ったと知らせてきたが、あちら側の言い分をすんなり受け入れたらしい。「きみの行動は軽率だったと伝えておきました」と書いてある。「でも、悪意はなかったはずです」。さらに、あの刑事とあなたとの関係は明らかにこじれてしまっているようなので、調査は別の捜査員に任せるが、すでに多くの作業が進んでいるし彼は捜査状況をよく知っているから、もうしばらく関わらせてもらう、ともあった。お次はまた、携帯を渡せという催促だ。「プライバシーがご心配なのはよくわかりますが、関係のある情報しか見ないこと、ほかの個人情報はすべて削除することを重ねてお約束します」と書いてある。

そんな約束を、あるいは、渡した情報の秘密が守られることを、わたしが一分たりとも信じるなんて、バンティング警部は本当に思っているのだろうか。わたしはかなり長い返信で、捜査についてわたしが理解できないことがいくつかあるのではっきりさせてくれと頼み、刑事の行動についてはこう書いた。「警官でもない無関係の人間に、部外秘の証拠物件を見せるなんて、とうていあってはならないと思います。あの刑事が娘さんに証拠を見せたことは『軽率だった』以上の、もっと深刻なことではないでしょうか」

ほどなくして、代わりの捜査官、クレア・ボール刑事が着任した。3月12日、ホルト巡査部長とともに顔合わせの会議が行なわれ、その場で、決裂に終わった前回の聴取で中断していた供述書を完成させた。携帯を渡すよう再三言われていたが、何年分もの写真やメールやメッセージを警察に見せるのはどうしても嫌で、持ってこなかった。もう一度虐待されるようなものだし、警察も信用しきれない。公訴局との面会が4月7日に設定され、ホルト巡査部長とともに例の刑事が出席すると聞いてわたしはがっかりした。その結果を知らせてもらうため、4月27日にクレアとヘレンに会うことも決まった。

そこでクレアから告げられたのは、わたしの訴えが全く認められなかったこと、公訴局が、アクロム、カウアー、女性行員の三人の容疑者をまとめて訴えるなら認められるかもしれないと言ったことだ。結果、カウアーと女性行員は保釈されていた。わたしはショックのあまり呆然とした。もう何か月も前から、カウアーたちに不利な証拠は固まっているという印象があったのに。それに、マーク・アクロムが見つからないからといって、彼らが大手を振って出ていけるとしたら、正義なんてどこにあるの？　さらに傷口に塩を塗るように、アクロムに対する欧州逮捕令状を国内で出すのは、公訴局が認めないだろうと言う。この知らせの意味が呑みこめるとわたしは深い絶望を感じた。

話し合いも終わりに近づいた頃になって、アクロムと初めて店で出会ったときの監視カメラの映像のことを、クレアもヘレンも知らないと聞いてショックを受けた。それに、ブロック・ストリート一番地の賃貸契約書の署名が偽造されていたことも知らない。それどころか、そもそも契約書の存在も知らないのだ。書類の写しを見せると二人は問題のページを仔細に調べたあげく、たしかにサインはわたしのではなさそうだと認めた。こんな大事な証拠のことを捜査員が二人とも知らないなんて、あきれてものも言えない。２０１３年に最初に取り調べを受けたとき提出した〝概要レポート〟さえも読んでいない様子だ。わたしに言わせれば、事件を理解するための基になる資料だというのに。監視カメラの映像と賃貸契約書は、マーク・アクロムに関する山のようなほかの書類と同じタイミングで警察に提出されていたが、二人がそのどれも知らないことが、間もなく判明した。この事件について、ほんの基本的な知識さえなかったのだ。

話題はわたしの携帯の調査に移り、わたしは〝清廉潔白〟であることを示さなければならないと言われた。携帯を渡したくないのは、警察が信用ならないからだと反論し、調べる気になればチャンスは何度もあったのに、あなたたちが拒否したんでしょうと繰り返した。そして、第三者機関に調べさせるよう手配できないかと提案したが、そうやって出された証拠は改竄されたとみなされてしまうそうだ。わたしは二人に、携帯のことがあまりに大げさに騒ぎ立てられていると伝えた。これではまるで、わたしはスケープゴートじゃないかと。それ以上の説明は避けたが、つまり、携帯にこだわり、わたしを疑うように見せかけて、捜査の不備から注意を逸らしているのではないか、その結果、警察が証拠固めに入っていたはずの二人の容疑者を野放しにすることになったのではないか、と言いたかったのだ。

クレアとヘレンには、わたしとマーク・アクロムとの間に何があったか、理解するのに役立つ方法も教えた。ロバート・ヘアの『良心の欠如』を読むことだ。そして持ってきた一冊を手渡した。アクロムはサイコパスなんですとわたしは説明した。だからこの本か、その抜粋だけでも、わたしが持参したほかの本と併せて読めば、この犯罪のことがわかるようになるはずです。ヘアはとりわけ、サイコパスの危険について警察を啓蒙するのに熱心なのだ。だが、二人とも興味を示さなかった。

日記をつける習慣はないが、わたしは警察が捜査している間、時おりメモを取っていた。たいていは気分が落ちこんだとき、もし自殺するようなことがあったら、わたしが何を感じていたか記録にとどめたいと思って書いたものだ。自殺のことも書いてはいたが、正確には遺書ではなく、痛みや苦悶を吐き出すためのメモだ。あの翌朝のメモは、とりわけ長かったっけ。

その間も、〝スカイ・ニュース〟のマーティン・ブラントは、ドキュメンタリーの制作をあきらめていなかった。2015年4月末は、スカイは大衆の耳目を集めたほかの大ニュースで手いっぱいだった。選挙、ハットン・ガーデンの貸金庫に入った強盗、ネパールの地震。だが5月12日になって、希望の持てる一通のメールがマーティンから届いた。

選挙を追っかけている間、いろいろ滞ってたけど、いくらか進展があったので明日スペインへ行ってくる。アクロムが2年前に逃れた罪で、そこの刑務所に再拘留されているんだ。現地へ行って彼に面会すれば、昔の罪状とか、もっと詳しいことがわかるだろう。被害者も探してみる。

進展があったと聞いて嬉しかったが、マーティンがアクロムに会えば、彼の正体を知っていてもだまされてしまうんじゃないかと心配だった。返信で忠告しておこう。

スペインでうまく手がかりがつかめますように。アクロムに会うのは大賛成だけど、丸めこまれちゃだめよ。人を操る天才だし、びっくりするほど口がうまいから。

マーティンはマークの秘書フェルナンダと会計士とのインタビューを終えて戻ってきた。ほかにもいろいろと手がかりを追ってはいるが、いまだにマークの収監先はわかっていない。スペインのムルシアじゃないかと当たりをつけているようで、ジェームズもその線が濃厚だと考えている。アクロムの妻の実家がそこにあるからだ。

6月5日、事態が大きく動いた。マーティンが電話で、アクロムがムルシアの中央刑務所にいることを確認できたと言ってきたのだ。わたしはすぐさまアダム・バンティングに電話してこのニュースを伝え、確かめてくれと頼んだ。バンティング警部は、アクロムがどこにいるか、皆目見当がつかなかったのに、あなたはなぜ彼がスペインにいると思ったのですか、と尋ねてよこした。ジャーナリストの友人からもらった情報だと答えたが、彼は何の証拠もないと言い、さほど関心も示さない。それから、わたしがなぜ携帯を調べさせるのを嫌がっているのかとまた尋ねた。1年前は警察をせっついていたじゃありませんかと言って。自分の人生をもうちょっと大切にしようと思ったからかもしれません、と答えておいた。

7月22日、探偵の才能を明らかにし始めていたラーラが、スペインの裁判所に立つマーク・アクロムの映像をインターネットで発見した。わたしが求めていた証拠だ。なぜわたしにわかるようなことを警察が見つけられないのかといぶかりながら、それをバンティング警部に送った。翌日来た彼からのメールには「彼の居場所がわかったのはいいことです」とあり、わたしの携帯を調べるのが今や急務だと続けてあった。

8月、スカイのドキュメンタリーは懐事情で立ち消えになったと告げられた。マーティンにとってもわたしにとってもショックな知らせだったが、彼は、引き続きできる限りの調査を続けると言った。同じく調査を続けていたラーラが、アクロムについての五ページにわたる特集記事を見つけた。1992年にニック・コーエンが書いた『GQマガジン』の記事だ。思わず引きこまれるような、でもぞっとするような内容で、アクロムがサイコパスだというわたしの確信はますます強まった。「ティーンエイジャーで詐欺師になった私」というタイトルの下には、こんな文章がある。「友人たちがニキビに悩んでいるときに、一六歳のマーク・アクロムは大の男たちから数千ポンドを巻き上げ、住宅金融組合から44万6000ポンドをだまし取った。頭の切れる若き詐欺師と、ニック・コーエンが面会」。記事はこう始まっている。

イギリスで最も年少のエリート犯罪者の青白い顔が、若々しい笑みにパッと輝いた。何度だってやってみせる、とその笑顔は語っている。父さんやガールフレンドたちに見捨てられようが、役立たずのメディアに、ロバート・マクスウェルのティーンエイジャー版に仕立て上げられようが、刑務所にいようが、どんなに罵られようが、ぼくはそれでも人を信じさせてみせる。**絶対だ**。

「ぼくが何になりたいか、当てられっこないよ」いかにも会計士っぽい眼鏡の奥で目をきらめかせながら、彼は言った。

「何なの？」

「聖職者さ。想像できる？　ぼくが聖職者なんて？」

80年代末という時代を象徴する産物、この若き金儲けの天才は、信仰を得たからといって、今度は慈悲深き90年代の一員として暮らすというのか。

ずいぶん陳腐な文句だと、私はなかばがっかりした。と、次の瞬間、彼が続けた。「いいアイデアだろ。聖職者に仮出獄を認めないわけにいかないよね？」そう、それが彼のやり口だ。勝ち誇ったような笑いの意味はこれだったのだ。またもや人をペテンにかけようとしている。神学部に入学申請をしようというのか。ローマンカトリックのお偉方が、刑務所から脱出するトンネルを掘ってくれるからという理由で。

コーエンは明らかにアクロムに心を許し、彼の本質をよく理解しないまま、甘やかされた金持ちの子どもがちょっと羽目を外した、くらいで片づけてしまったのだと思う。記事をじっくり読めば、アクロムのサイコパス的性質がみごとに表れているのがわかるだろう。この記事も警察に渡した。またもや、なぜ彼ら自身が見つけなかったのだろうといぶかりながら。

10月にマーティンがアクロムを訪ねてスペインの刑務所へ行ったときも、わたしは、忠告にもかかわらずアクロムに丸めこまれてしまうんじゃないかと、心底心配だった。マーティンからの報告によれば、アクロムは早口でひっきりなしに喋り続け、自分は被害者なんだと主張して、〝ＩＲＡに拷問された傷跡〟を見せたそうだ。その傷なら覚えがある。後で知ったのだが〝プリンス・トラスト〟のリック・リビーにも見せていたらしい。それがきっかけで、リックはアクロムを怪しみだしたのだとか。アクロムはわたしの訴えを〝くだらないたわごと〟だと一笑に付した。面会後、アクロムはマーティンに何通も手紙をよこし、生活態度を改めると約束して、妻子への愛情を語ったという。わたしに言わせれば、使い古された手だ。どんな人間が、二歳のわが子をペテンの道具に使うというの？　マーティンは正直、いくらか同情めいた感情が湧いたと認めた。

警察の調べは一向に進んでいないようだ。せっかくスペインの刑務所にいるとわかっているのに、いたずらに時が経ち釈放の日が近づいていることにやきもきする。7月に3年の判決を受けたのだが、すでに再拘留期間を数か月過ごしているし、こっちの警察が彼に対する罪状をまとめ切らないうちに釈放されてしまうのではないかと、気が気ではなかったのだ。妙なことに、4月のあの話し合いの時点で、公訴局が一切罪状を認めなかったにもかかわらず、警察は捜査を打ち切っていなかった。ただ、わたしとの関係は依然、緊張をはらんだものだったが。11月12日、わたしはまた聴取に呼ばれたが、今度はアマーシャム警察署で、そこで会ったゲイリー・ハスキンス主任警部に、警察がこの捜査をいかに重要だと思っているかお伝えしたいと言われた。アダム・バンティングとクレア・

ボールも同席していて、わたしのほうは友だちのウェストに、精神的な支えと証人を兼ねて一緒に来てもらっていた。

ハスキンス主任警部は、警察がマーク・アクロムを裁判にかけると決めたことを、あらゆる手を尽くしてわたしに納得させ、いくらかいいニュースも伝えてくれた。公訴局がやっと、この件に事務弁護士をつけてくれたのだ。警察との間のわだかまりがやっと解けたので、わたしは携帯を調べさせ、クレア・ボールともう一度話し合うことを承諾した。これまでの聴取では事前に話し合うべきことが示されていなくて、だらだらと3時間も4時間も続くのにうんざりしていたので、クレアに提案してみた。次の話し合いは、この件でわたしが出した報告書に沿って進めませんかと。そうすれば、とわたしは続けた。ほかの話も全部スムーズに運ぶし、わたしとアクロムの間に何があったか、あなたもよくおわかりになると思うわ。

2015年11月24日、わたしはブリストルにある〝ハイテク犯罪捜査課〟の、何の特徴もない広い会議室に座り、調べてもらうため携帯を渡した。どっさり持参した書類の中には、すでに警察に渡したものもあれば新しいものもある。2年以上前の最初の話し合いで出しておいた報告書を取り出した。クレアの手に何もないのを見て、写しを持っていないのかと尋ねると、わからないといった顔だ。「そんな書類は見たことがありません」彼女は言う。「ファイルにありませんから」。わたしは仰天した。その後の話し合いでも、ジェームズの詳しい報告書をはじめ、わたしが次々出す書類に、返ってくる答えはすべて同じで、「ファイルにありません」。

クレアには大量の書類をコピー用に渡し、後からメールでも送った。クリフトン・カレッジの基金立ち上げ用のプロモーションビデオのリンクや、ラーラが作ったアクロムに関する九六ページにわたる詳細な書類なども。8か月前の話し合いを思い返すと、あのときたしかに警察は、アクロムとわたしが店で初めて出会ったときの監視カメラのことも、ブロック・ストリートの偽造賃貸契約のことも知らないと認めた。そのときは、事件について読む手間さえかけないのだと思ったのだが、今わかった。警察に渡しておいた資料は、全部とは言わないまでもほとんど紛失していたのだ。11月26日、クレアから、たくさん情報を送ってくれてありがとうとメールが来た。「新しい資料を全部読んで、あなたのファイルでもっと必要なものがあったらお知らせしますね」(今のところ、あなたの資料のほうがずっと充実しているみたいだから!)と言って。

数日後、また別のすごい資料を手に入れた。2012年のクリフトン・カレッジの資金調達に向けた概況報告書。これを読めば、ドクター・ザック・モスを名乗るアクロムが、当時わたしに語っていたとおりこの学校に潜入し、資金調達の活動に関わっていたのが明らかだ。同校の〝クラシック・カー・イベント〟では、彼の言葉どおり、宣伝用の飛行機を提供し、ニコラス・ケイジのロールス・ロイスと、スピットファイアの儀礼飛行を実施し(本当はジェームズがすべて手配したのだが、アクロムからは1ペニーも謝礼がなかった)、賞品や著名人の出席の手配もした人物として名前が挙がっていた。

彼の提案した〝光と音のショー〟については、「ドクター・モスはイベントの成功に向けて尽力すると申し出て……イベントに呼べる『有名人』の名を挙げ、コネを使ってたくさんの人に連絡してくれました。ロックバンド〝コールドプレイ〟、歌手のフリオ・イグレシアスやゲイリー・バーロウ……それに、テレビ局にもこのイベントを放送してくれるよう声をかけ、その収入だけでもアーティストへの支払いをして十分おつりがくるだろうと言いました。ほかにも〝チャブ保険会社〟や〝コカコーラ〟など、スポンサーになってくれそうな大企業に知らせると、あちらもテレビ放映されるならと興味を示したのです」

思うに、アクロムはこの学校が金脈だと見て、ブリストルの金持ち連中に取り入る手段にしようとしたのだろう。ジェームズのメモにもあったように、アクロムはたしかに女性スタッフと親しくなるのがとてもうまく、そこから情報を引き出し、家へも訪れていたと聞いている。ボートのコレクションを持つ審査官は同校の資金調達委員会のメンバーだし、宅地造成業者でありインオルグの取締役でもあるジョン・ブレスナンは父兄の一人だ。こうしたことについて、クリフトン・カレッジは長いこと、警察の取り調べを拒絶していて(最終的にはたしか書面で短い声明を出したはずだが)、著名人たちはドクター・ザック・モスに会った記憶などないと言っているそうだ。

その年の最後のひと仕事として、わたしはハスキンス主任警部にメールして、ファイルからこんなにたくさんの証拠が消えていることについての懸念を伝えた。クレアは警察の手続きに不備があったことを公にしたくないという気持ちがあり、そのせいでわたしに対して正直に打ち明けてくれないのでは、と。9日も経ってから返信があったが、彼はわたしの懸念には触れず、正直に打ち明けることについては賛成だ、警察は「アクロムを司法の場に出すため、利用できる証拠をすべて集めることに全力を挙げている」と繰り返すのみだった。

12月10日、マーティンが電話で、アクロムから月末に釈放されることになっているというメモを受け取ったと知らせてきた。マーティンには、アクロムにからかわれているのよと言ったが、本当のところはわからないので、クレアにメールで知らせた。そして、アクロムの判決や、釈放日などについて警察は何か知っているのかと尋ねたが、彼らは何についても、何も知らないのだった。

第十二章　真実を語って

もし君の語った真実が、ならず者らに捻じ曲げられ、愚か者を陥れるために使われても耐えられるなら
あるいは生涯を捧げてきたものが目の前で壊されても
身をかがめて拾い上げ、使い古しの道具で再び作り直すことができるなら

ラドヤード・キプリング『もし』

年が明けるといつも、わたしは思う。「今年こそ、万事うまくいく」。でも２０１６年は、これといったことも起こらず、わたしも含めて誰もが〝病欠中〟みたいな年だった。

新年の幕開けは、4時間にわたるクレアからの尋問で、またしても調書を取られた。終わる頃には精根尽き果て、頭がふらふらだったが、1月8日にクレアが電話で知らせてくれたのはいいニュースだった。公訴局の弁護士と話したところ、アクロムの名で欧州逮捕令状を申請することに同意を得たという。ようやくだ！　この知らせに舞い上がったのもつかの間、1月21日になってクレアがよこしたメールに、たちまち心が沈んだ。例の弁護士が正式な告発状を作成したか確かめようとしたら、病気休暇を取っていて、2月の初めまで復帰しないことがわかったのだという。2月4日、再び彼女からのメールで、弁護士は今月いっぱい休みを取っていることがわかった。「彼が休みの間、別の弁護士に仕事を進めさせて」おくようにと、またくれぐれも至急にと伝えたそうだ。何かわかったらまた知らせますとのことだった。12月末には釈放されるとアクロムがマーティンに言った言葉

を思い出し、気が重くなる。それが本当のことか、正確な釈放日がいつなのか、誰も知らない。警察が教えてくれたのは、彼が12月28日にはまだ拘留中だったことだけだ。

ユートゥリー・ロッジでは、ジェームズもわたしもかなりの苦境に立たされていた。彼は事業をたたんでしまい、二人とも無一文だったから失業手当を受けねばならず、これがまた、いつ果てるとも知れない手際の悪いお役所仕事のせいで新たな頭痛の種だ。ひとまず糊口はしのげたし、何か月かは住宅手当も出るが、わたしの健康はすぐれず、この悪夢が始まってから最悪といえるほど落ちこみが激しかった。2月9日にわたしはハスキンス主任警部にメールして、捜査が進展しているとしたら状況を教えてほしいと頼んだが、返事が来たのは2週間も経ってからで、彼もまた病欠中なのだという。

体調はますます悪化し、パニック障害も再発した。主任警部にもう一度メールしたが返信はなかった。この時期に書いた日記が、わたしの深い絶望を表している。

2016年2月8日

気分が悪く、ひどく参っている。お金はないし、ジェームズもわたしも失業者だし、警察は能なし。すべてがつらすぎて、もう生きていたくない。そう気づいたときはショックだった。絶望の淵から這い上がって、もう滑り落ちることはないと思っていたのに、またここに戻るなんて。四六時中涙があふれそうで、我慢できずに死を思う。眠りについて二度と目覚めなければ、どんなにいいだろう。

2016年2月11日

リビングで眠った——というより、目覚めたまま横になり、切れぎれにまどろんだ。パニック障害が再発した。床を抜けて体が沈んでいき、大きなおもりに胸を押しつぶされて息が苦しい。デイマー湾の夢を見ては、あそこへ行って海の中へ入っていけたら、と思う。これ以上は耐えられない。朝が来るといつも、涙が頬を伝っている。元気なふりをすることすらできない。もう無理。

2月12日、クレアがメールで、公訴局には病欠の弁護士の代わりに割ける人員がいないため、彼が職場に復帰する月末まで待たねばならず、うまくいけばその後で事態が動き出すかもしれないと知らせてきた。クレアには2月16日に、アクロムがまだ拘留中か、もしそうなら釈放日はいつか、知らせてくれるよう頼んでおいた。これがその返信だ。「国家犯罪対策庁からは動きがあったという連絡は受けていませんし、問い合わせに対して、直接スペインから回答はありません」

この少し前、わたしは医師の診察予約を取っていた。ユーマとアントニーの家に滞在していたとき以来の診察になるが、今回ばかりは助けてもらわなければ自殺しかねないと思ったからだ。予約を取ろうとしたのがいつだったか正確には覚えていないが、その時点で少なくとも3週間待ちと言われたように思う。緊急だと訴えることは思いつかなかったが、通常の診察時間の二回分を予約するくらいの才覚は働いた。短時間で済むような話じゃない。診療所には時間ぴったりに着いたのに、遅れてやってきた医師は、何があったか、どういう気持ちなのか、わたしが泣きながら話そうとすると、時計にちらちら目をやって、会議に遅れそうなんですと言うのだ。助けを求めているのはわかったはずだが、どうやらわたしの言葉はひと言たりとも信じていないようだ。

どう切り抜ければいいんだろう。まるでマーク・アクロムの作りあげた妄想の世界に舞い戻ったように、すべてが現実味を失っている。しかも、その世界で学んだのは、これが最悪だと思っても、物事はまだまだ悪くなるものだということであり、実際にそうなった。

2月19日、クレアはメールで、警察が国家犯罪対策庁を通してスペイン当局に、アクロムの釈放日を知らせるよう重ねて要請し、またこちらからも、欧州逮捕令状を取るつもりであることを知らせたと伝えてきた。しかし、わたしがアクロムにプロポーズした日からちょうど4年後の2月29日午後6時、クレアから電話があり、アクロムが前週の2月24日に釈放されていたことを知った。恐れていた電話だ。頭にキーンという鋭い痛みが走った。まるで誰かに殴り倒されたように。

3月2日、わたしは再びハスキンス主任警部に、事件を全面的に見直してくれと頼み、なぜいまだにスペイン当局と直接連絡が取れないのか尋ねた。「アクロムが釈放されたのにはほんとうにがっかりです。それに、後から気づいたんですが、最初のあの刑事さん、わたしが苦情を申し立てたからファイルを失くしたってことにしたんじゃないでしょうか?」返事は書面でくださいとも書いた。記録の残らない電話での会話だと、わたしの言葉が間違って伝わる恐れがあると思ったからだ。二度催促してやっと彼から電話があったのは3月15日。だが彼は、わたしが長いメールで突いた肝心な点はのらりくらりとはぐらかした。書面での連絡もない。

公訴局の弁護士は3月15日に復帰し、「近いうちにアクロムの情報をまとめる」つもりだという。その後数週間にわたって、クレアは〝プリンス・トラスト〟のリック・リビーとやりとりし、大いに収穫があったらしい。

6月15日、欧州逮捕令状がようやく出された。この快挙を祝う気持ちには、どうしてもなれない。むしろ逆だ。こんな紙切れ一枚を発行するのに3年もかかり、しかも、わたしから見れば、もう役には立たない。だってアクロムは4か月も前に、どこへでも好きなところへ行ってやり直せる身になってるんだから。

医者には見切りをつけていた。抗うつ剤を処方されるのが関の山だし、ありがたいことに生活保護を申請する日々が去ったので、気持ちもだいぶしゃんとしてきた。晴れた日は自転車に乗って、髪を風になびかせながらコッツウォルズの美しい風景を楽しむこともある。でも感情の浮き沈みはまだ激しく、悪夢もたびたび見た。今でも覚えているのは、アクロムがゲシュタポの格好で不気味にたたずんでいる夢だ。彼の両親もいて、父親は血の気のない姿で吐しゃ物にまみれて横たわっている。わたしもいる。まわりにはたくさんのタオルやシーツが干されている。気味の悪い女がすがりついてきて、逆らっちゃだめと訴えるが、わたしが何に逆らっているというんだろう。そこでハッと飛び起き、半分意識がもうろうとしたまま、冷や汗をべっとりかいているのに気づく。

欧州逮捕令状が出された後の数か月はまた膠着状態が続き、10月のある日曜の午後、ふと自分でもインターネットで調べてみようと思い立った。アクロムの釈放後数日のうちに、マリア・ヨランダ・ロス・ロドリゲス。2時間の検索でわかったのは、アクロムの妻、マリア・ヨランダ・ロス・ロドリゲスを単独取締役にした高級住宅地用の不動産会社〝ロス・ラグジュアリー・エステート会社〟がムルシアで登記されたこと。これはマーク・アクロムの仕事に違いない。不動産サイト〝プライム・ロケーション〟に広告が載った住宅は建設中で、コンピューター画像で最新のデザインが描かれている。〝ロス・ラグジュアリー・エステート会社〟の電話番号もウェブサイトも載っていなくて、関心を持った見込み客のための連絡フォームがあるきりだ。どこから見てもアクロムのにおいがプンプンし、これは全く架空の土地か、あるいは誰かほかの人の所有地を餌に、アクロムが手付金を巻き上げようという企みだと確信した。

これに警察が気づかないなんてあんまりだ。怒りに燃えてマーティンに電話で知らせると、ちょうど電話しようと思ってたんだと言う。犯罪撲滅のためのチャリティ団体〝クライムストッパーズ〟の設立一〇周年を記念した記者会見で、スペインに行くんだ。国家犯罪対策庁はマーク・アクロムを、イギリスの最重要指名手配犯一〇人のリストに入れようとしてるらしい。

マーティンはスペインに行ったらロス・ラグジュアリー・エステート会社を調べてみると言った。それから、アクロムについてのニュース番組に入れるためのインタビューを受けてくれないかという。放送日は10月19日。常日頃プライバシーを大事にしているわたしは、こういう形で人前に出るのは嫌だった。インターネットにも載るだろうし、それこそずっと避けてきたことだ。それでもわたしはインタビューを承知した。アクロムの正体を暴くにはほかに手がなさそうだし、世間に知れ渡れば逮捕につながるかもしれない。

マーティンとの電話を終えた後、探し出したエステート会社についてクレアにメールした。その会社の登記情報とプライム・ロケーションに載った住宅のリンクもつけ、最後にこう締めくくった。「これはどう見てもマーク・アクロムの手口です。実際に彼が毎日この会社に出勤してるとは思わないけど、これは有力な手がかりよ。なぜあなたのところの捜査担当者も、国家犯罪対策庁も、スペイン警察も気づかなかったのかしら。わたしが日曜日のほんの数時間を使って苦もなく調べられた事実に？」

わたしはこれまでの人生で名声を求めたことは一度だってなく、無名の人として生きるほうを好んできた。だから２０１６年10月19日に勃発した報道の嵐には、全く備えができていなかった。その数日前にマーティンがカメラマンを連れてインタビューにやってきたときだって、ひどく緊張していたのだ。アクロムの経歴をかなり深掘りしてくれる1時間もののドキュメンタリーではなく、短いニュース特集に縮められてしまったが、このチャンスに彼の正体を暴いてやらなきゃ。欲を言えば、警察の捜査に手落ちがあることにも、注目を集めたかった。でもまあ、一度に一歩ずつだ。

カメラマンがセットした機材のギラギラする光を見ると、自宅の見慣れた景色に囲まれていても、口の中がカラカラになり、手にはじっとり冷たい汗がにじむ。写真を撮られたがっていないことを知っているマーティンが、シルエットだけにするか、モザイクをかけてもいいよと言ってくれたが、できるだけ強い印象を与えるため、そして何より、これを見るかもしれないアクロムに怖がっていると悟られないため、顔を出し、カメラに向かって直接語りかけることにした。

自分の〝安全地帯〟に踏みこまれるのは嫌だった。鏡をのぞきこんだらひどい顔。この印象が視聴者の脳裏に刻まれるんだわ。とても現実とは思えないアクロムとの地獄の18か月を経て、自信はかろうじてわずかに回復したが、アイデンティティの崩壊にはいまだに苦しんでいる。なんとか微笑みらしきものを浮かべてみたが、すぐに、これじゃ陽気すぎるかしら、わたしの身に起こったことの悲惨さが十分伝わらないかもしれない、と心配になった。特集の大半はアクロム自身が中心だと聞いている。わたしはほんのちょっと編集された映像で登場するだけだということも、編集には口を挟めないことも。

けれどその日、ギラギラと目を射る照明のもと、カメラが回るなかでマーティンに話しながら感じた身のすくむような思いなんて、ニュース報道が始まった後に比べたら何でもなかった。どういう仕組みかは知らないが、メディアはこれから放送されるニュース特集をチェックしていたらしい。マーティンの番組当日の朝までは報道規制が敷かれているとのことだったのに、その前日の午後、情報番組〝ディス・モーニング〟から、翌朝のショーに出演してくれないかと電話があったのだ。わたしの話など、一日二日で消えてしまうのはわかっている。マーク・アクロムのことを暴くチャンスは多ければ多いほどいい。たとえそれで、わたし自身の私生活が暴かれることになっても。だから急いで荷物を詰め、駅へ向かった。

そんなわけで、翌朝6時に〝スカイ・ニュース〟をつけたときには、わたしはロンドンのホテルの一室で〝ディス・モーニング〟のTVスタジオに出かける準備を整えていた。特集が始まり、心臓が口から飛び出しそうな思いでマーティンの声に耳を傾けた。

「三歳の頃から、詐欺師マーク・アクロムは、自分ではない誰かの真似をしてきました」TV画面に、衛兵に扮して行進する幼い男の子の横顔が、モノクロの写真で流れた。背後には、気をつけの姿勢を取った本物の衛兵。出だしの部分はほんの数分間だったが、何もかもスローモーションのように流れる画面を、わたしは食い入るように見つめた。次は十代の頃のアクロムの画像だ。「彼は一六のとき、株式仲買人と称して父親のクレジットカードを盗み、プライベートジェットを借りてヨーロッパへの小旅行としゃれこみました。このたいそう立派な邸宅は、住宅金融組合をだまし、500万ポンドものローンを組んで購入したものです。まだパブリックスクールに通っているとあって、詐欺をはたらいたこの少年は、しばらくの間、世間を騒がせました。だが刑務所へ送られた後、ふっつり姿を消したのです」

マーティンは続いてアクロムの犯罪歴を語り、まさに今、イギリス警察が彼の行方を追っているのですと告げた。そして、視聴者に向かってわたしと彼との関係を語り始めると、画面はわたしの映像に切り替わった。喉がカラカラで、手にはじっとり汗をにじませながら、画面の中の自分の姿を見つめ、自分の声に聞き入る。

「ドアベルが鳴り、目を上げると、彼が立っていました。一つ言っておきたいのは、ひと目見て圧倒的な存在感とカリスマ性を感じた、ということです」

そしてまたマーティンの語りに切り替わり、監視カメラに写ったアクロムとの出会いの場面が流れる。わたしはホテルのベッドに釘づけになり、じっと座っていた。

放送が終わると不思議な気分になった。これは本当にあったことかしら。そもそも、マーク・アクロムとのあれこれはすべてが現実離れしていたが、今こうして数分にまとめた要旨だけを抜き出して語られるのを聞くと、ますます現実とは思えなくなる。だが朝食の後はＴＶスタジオに向かい、そっくり同じことをまた繰り返さなければ。それも、マーティンほど理解があるかもあやふやなキャスターの前で。

ロビーに下りて、ラーラとグレンがいるのを見たときは、すごく嬉しかった。一緒に朝食をとり、元気づけるために来てくれたのだ。ＴＶ局まで付き添いますと言ってくれたグレンの言葉が、ことのほかありがたい。1時間近くかけて化粧を終えると、ますます〝本来の〟自分から遠ざかってしまった気がした。さあ、いよいよスタジオ入りの時間だ。

司会はフィリップ・ショフィールドとクリスティン・ランパート。二人ともわたしに同情的だった。今となっては記憶もおぼろげながら、これだけは言える。素人にとって、まぶしい光に照らされ、カメラが回るＴＶスタジオで、自分の姿が生放送されるというのは恐ろしくこたえる。短いインタビューなのにへとへとだった。グレンと一緒にコーヒーを飲んでから、パディントン駅へ向かい、次の列車で帰宅した。列車に乗りこむときはうつむき、乗車中は目を伏せるか窓の外を眺めていた。まるで裸身をさらしているみたい。愉快な経験とはとても言えない。

パディントン駅を出て10分もしないうちにスチュアート・ヒギンズから電話があり、〝メール・オン・サンデー〟紙がインタビューしたいから、すぐにこっちに来てくれないかと言う。もう列車の中だが、そちらから家に来てくれれば独占取材に応じると答えた。この件に関してはあらゆるチャンスをとらえて世間に知らせるのが得策だと思ったのだ。帰宅してすぐジーンズとジャンパーに着替えた。頭痛がひどく休みたかったが、〝メール・オン・サンデー〟の記者とカメラマンは、もう今にも来るかもしれない。

インタビュアーのクラウディア・ジョセフには好感を抱いたが、のべつまくなしに喋られ、頭がくらくらする。かつて同じ町に住んでいたこともわかり、わたしたちはすぐに打ち解けた。数時間にわたる話し合いの間メモを取っていた彼女は、パソコンの写真も記事に添えたいので何枚か選んでいいかと言った。新聞記者と一緒にいるときの忠告を二、三しよう。相手に何も与えないことでないと後悔する。それから、疲れているとき、相談できる相手がいないときには、何も喋らないこと。

日が沈みかけた頃、カメラマンがそろそろ写真を撮らなきゃと言った。「もっと明るい服」に着替えてくるよう頼まれたが、気が進まない。家ではいつもジーンズとジャンパーなんだから。レザージャケットはどうかしら。田舎暮らしにはふさわしい服装では？　だが、それではだめで、もっと読者の目を奪うような服がいいらしい。クラウディアが見ていた写真の中に、結婚式に出席したときの紅白のドレスがあり、それを着てほしいと言われた。わたしからすると妙な格好だ。10月の夕方に、ブリジッド・バルドー風のハートネックラインのサマードレスなんて。だが、嫌な予感を覚えつつも、あきらめて着替えることにした。2年以上も日光に当たっていないしストッキングもなかったので、脚は写真に写らないようにしてと言い、了解を得た。外へ出たときは、撮影は簡単にさっと済むと思っていたのに、そうは問屋が卸さなかった。カメラマンはライトと反射板まで準備し、わたしはこれ以上ないほど注目を集めることになった。敷地を横切る小径を誰も通りかかりませんようにという祈りもむなしく、大家までが通りかかったので手を振って挨拶してみたものの、猛烈に恥ずかしい。できるだけ早く終わらせたくて、全部言われるとおりにしたが、後で考えれば、断って自分の好きなようにすればよかった。ジーンズとブーツ姿で微笑む自然な感じの写真とか。だが、微笑むのはNGらしい。次の日曜に記事を見たとき、わたしはぞっとした。なんて間抜けな写真だろう。紅白のドレスを着てコッツウォルズの石塀に座る、げっそりやつれた惨めな姿。最悪なのは、わたしの脚が丸見えだったことだ。生白く毛も剃っていない状態で、ばっちり写っている！クラウディアに写真の写りがひどいと文句を言うと、返ってきたのはこんな答えだった。

「そこが狙いなのよ」

記事になる前にクラウディアが送ってくれた初稿はまあまあだった。だが問題が一つ。二〇〇〇字におさめるはずだったのを四〇〇〇字書いてしまったために編集が必要になり、そのせいで質がぐっと落ちて、扇情的で安っぽい文章になってしまったのだ。今は経験を積んだから、こういう状況になってもきっとうまく対応できる。短い期間でずいぶんいろんなことを学んだものだ。

わたしの話は10日間掲載され、ほぼすべての新聞に取り上げられた。パッと目を引く太字の見出しをあちこちで見かけた。「映画『キャッチ・ミー・イフ・ユー・キャン』さながらの詐欺師、現る」と『サン』は書き立てた。「実の母親からも金を巻き上げた男」。「詐欺師の残した痕跡は、飛行機、車、そして傷ついた心」は『サンデー・タイムズ』の見出し、「かつてのパブリックスクール時代の詐欺師、今度は孤独な離婚女性の貯金85万ポンドをだまし取る」は、『デイリー・メール』だ。「わたしみたいなふつうの女が、セックスにつられてMI6の偽スパイに85万ポンドを吸い取られるのなら……あなただって」という扇情的な一節は『メール・オン・サンデー』。マーティンや警察やラーラを通じて、たくさんのインタビューの依頼があったが、とても全部には対応しきれなかった。だからマーティン、〝ディス・モーニング〟、『メール・オン・サンデー』のインタビューの後は、一つしか受けなかった。

報道のしかたはおおむね好意的だったが、興味の中心はもちろん、マーク・アクロムとその偽りの人生だ。いちばん抵抗を感じたのは、わたしがまず「離婚女性」と表現され、それに多くのネガティブな言葉が加えられていたことだ。彼女は歳をとっていました、寂しかったのです、孤独で投げやりになっていました、云々。離婚した男性がこんなふうに表現されることはほぼない。それに、新聞記事に誤解を招く表現が潜んでいるのにも気づいた。たとえば、わたしが貯金を失ったという表現は、まるでよぶんな85万ポンドを銀行に眠らせておいたように聞こえる。その大半が家を売ったお金で、わたしが無一文で放り出されたという真実を伝える記事はほとんどなかった。

ニュースのウェブサイトに載ったコメントはなるべく見ないようにしていた。どうせ否定的なことばかりなんだから。でも、つい見てしまうこともあり、最悪を覚悟していても、あまりに差別的で腹立たしい表現を目にして強いショックを受けた。そのほとんどは「バカ女」といった語調で、「離婚してるんだろ。じゃあ本人の金でもないじゃないか」というのまであった。ばかばかしすぎて笑うしかないが、本当は笑い事なんかじゃない。社会にはびこる女性蔑視の根がどれだけ深いかを示す悲しい一例だ。こんな言葉は男性に対しては決して投げつけられないだろう。

〝スカイ・ニュース〟とそれに続くメディア攻勢の後の数日間、わたしは再びブラインドを下ろして家に閉じこもり、地元の住人が誰も、新聞で目にするのがわたしだと気づきませんようにと祈っていた。でもひとしきり騒ぎがおさまると、ずいぶん気分がすっきりした。アクロムのことを暴露しただけでなく、自分自身も〝さらけ出す〟ことができたからだ。〝スカイ・ニュース〟や〝ディス・モーニング〟などでわたしを見たという友人の数に驚き、そうした友人たちから寄せられる励ましと支援のメッセージに、とても力が湧いた。マーク・アクロムと出会ってから、わたしは多くの友人と連絡を絶っていた。それに、人と会うときは〝ふつう〟でいようと努めてはいたが、人との集まりはどうしても疲れてしまい、長く避けていた。わたしが表面上はどうであれ正常な暮らしを送れていないことを、みんなにはわかってもらえないだろうという気がしたのだ。最近はずいぶんましになったが、まだ回復途上といったところか。ともかく、2016年の10月末、わたしが望むのはただ、報道機関を通じてマーク・アクロムの正体が世間に明かされ、それが逮捕につながりますように、ということだけだった。

スカイ・ニュースの放送後すぐ、クレア・ボールから電話があった。警察にはマーティンとのインタビューのことは知らせていなかったので、報道を見て電話してきたのだ。

「キャロリン、なぜあんなことを?」彼女は訊いた。

「警察の無関心にしびれを切らしたから」わたしは答えた。「彼がスペインの刑務所にいるって知らせたのはわたしよ。あなたのほうから知らせてくるべきだったのに。8か月間、逮捕しようと思えばいつだってできたのに、あなたたちはそうしなかった。ムルシアの不動産会社のことを教えたのもわたし。これも役割が逆じゃない? 話はそこから始めなきゃ」

クレアは、あなたの気持ちはわかるが、これじゃどんな訴訟も台なしよと言った。アクロムは、大々的に報じられたことで公正な裁きが受けられないと主張するでしょうから。

メディアが世間の関心を引いたおかげで、たくさんの手がかりが警察に寄せられたが、すべて途中で切れてしまった。そして数週間後には騒ぎはすっかりおさまり、年も終わりへとゆっくり近づいていった。

11月半ば、わたしはスペインのウェブサイト〝オリーブ・プレス〟で、アクロムが今、マーク・ロングという名前を使っているのを見つけた。クレアに知らせると、検索は毎週しているが、「見逃しがあるといけないから」、新たな情報を送ってほしいと言う。12月半ばに、クレアとアダムはとうとう、アクロムとつながりがあり、彼にお金を貢いでいた医者と会うことになったと言った。アクロムが撃たれた傷や脳外科手術を装ったとき、包帯を巻いたのはこの医者だったとわたしはにらんでいる。ところが、面会はどうだったのか尋ねると、向こうが土壇場で約束をキャンセルし、結局話ができなかったと言うのだ。またもや足踏み状態か。

クリスマス直前にクレアにメールして、警察は、アクロムがスペインの刑務所にいるらしいとわたしが知らせた2015年の6月以来、スペイン当局からの情報を何も回してくれないと訴えた。新しい情報が欲しい、「スペインにしろ、ここにしろ、アクロムを見つけようという努力なんて、何もされてないんじゃないでしょうか」と書くと、こんな返信が来た。

国家犯罪対策庁へ再三メールしてるんだけど、アクロムの居場所を突き止めようという積極的な動きについては、何も知らされていません。年が明けたらアダムに報告してみますね。スペインから何の音沙汰もないのはおかしいもの。

これを読んでも、不安は全然解消されない。そうして、2016年も暮れようとする頃には、事件解明のために一石を投じた自分の行動を誇らしく思う一方で、警察はやはりこの件にはあまり関心がないのだとあらためて感じていた。

第十三章　強さのあかし

死んでしまったほうがましかもしれない。でもそんな特権は、どうやら自分には与えられていないようだ。彼女の魂の奥深く、人生を捨てたいという渇望よりもっと深くに、生きていくことがこれから先の自分の役目だという意識があった。そして時おり、自分を活気づかせ、気分を浮き立たせるような瞬間もたしかにあった。それは強さのあかし——いつの日か、彼女がまた幸せになれるというあかしだった。

ヘンリー・ジェイムズ『ある婦人の肖像』

新しい年が明けた。心の中では、2012年から2013年にかけて起きたことには、長くても5年あれば決着がつき、だから六〇の誕生日までには自分を取り戻しているはずだと思っていた。ひょっとしたら仕事にも就き、昔の友人たちを呼んで誕生日パーティを開こうという気になってるかもしれない、と。だが、その時期が近づいた今になっても、相変わらず仕事にも就かず、たとえいい気分転換になるとしても誕生日パーティなんて考えるだけでぞっとした。

六〇歳を目前にして、アクロムの支配がどれほど人生に影を落とし続けているか実感せずにいられない。財産だけでなく、5年という歳月をも奪われてしまったのだ。が、それを思うにつけ、わたしの中では彼を責める気持ちよりも、司法のあり方に失望する気持ちのほうが強くなった。アクロムの正体がわかった直後、ジェームズの弁護士と会ったときのことを、人生を元どおりにすることに全エネルギーを注ぎなさいとアドバイスされたあの日のことを、たびたび振り返る。暗黒の時期、それはほかのどんなアドバイスよりも役に立った。
警察との数々の経験から、正義を追求しようとしている人々にわたしがアドバイスするとすれば、このひと言に尽きる。「やめておきなさい！」。司法の仕組みに関する最近のベストセラー、『The Secret Barrister（未邦訳、【仮題】謎の法廷弁護士）』では、証人の苦境をこう語っている。

証人を調査したところ、その半数近くが、将来的には犯罪捜査に関わりたくないと言っている。女性が襲われるのを目撃しても、犯人を裁きの場に送るのに手を貸すつもりはない。誰かが誤って暴行罪で告発されたとしても、進み出て、あれは正当防衛だったのですと言うつもりもないと。彼ら自身が被害者になっても、犯罪者を司法の手に委ねるよりむしろ、悪漢は罰せられないとあきらめるか、あるいは、もっと早い神の裁きに委ねるほうがいいと思うのみだ。

当時のわたしは、警察が結果を出し、正義が最後に勝つだろうという希望のもとに、何が何でも捜査に関わり続けなければと思っていたが、それを後悔した瞬間は何度もある。わたしはアクロムをすぐに捕まえてほしかった。ほかの誰にも、わたしと同じ思いをしてほしくなかったし、もちろんお金も取り戻したかった。だが２０１７年の初めに感じていたのは、最初に犯罪を報告してからの３年半を警察に奪われてしまったという思い、彼らは完全にはわたしの味方ではないという思い、それに、警察のすべき仕事をマーティンとわたしが肩代わりしてきたという思いだ。
1月11日、再びクレアに、状況を知らせてほしいとメールした。回りくどい言い方はしなかった。

12月23日以降、連絡を頂いていませんが、教えてください。あなた方や国家犯罪対策庁、ス

ペイン警察は、マーク・アクロムの居場所を突き止めるために何をしてきたの？　それから、２０１６年の10月11日に、アクロムがムルシアでロス・ラグジュアリー・エステート会社を設立したらしいとお知らせしてから、それについて何か手を打ったのか、それも聞きたいわ。この件は追跡調査されているのかしら？　誰か動いているの？　捜査が棚上げにされているような印象を受けるので。

すぐに返事はなく、やっと2月2日になってクレアが電話してきた。スペインからは相変わらず何の情報もないが、バースで有力な手がかりが見つかったと言う。わたしがアクロムとつきあっていた頃、彼はウィドクームに家を借りていて、その持ち主は地元の建築家、デイヴィッド・ハドフィールドだった。クレアが知りたいのは、アクロムにそこへ連れていかれたことがあるかどうかだった。つきあい始めた当初、バースの郊外にある建物へ連れていかれ、買う予定でそこを借りていると言われたことがあったが、夜だったし、場所ははっきりしない。とても狭い道を入っていったことと、道からその家までの進入路と家そのものは、はっきり覚えているのだが。アクロムの借りていた家の写真をクレアが送ってくれたが、明らかに連れていかれた家とは違う。でも興味を引かれ、パソコンを開いてストリート・ビューにアドレスを入れてみた。写真の家を見つけることはできなかったが（後で知ったが、通りからは見えないのだ）、ストリート・ビューで道をたどってみると、何だか見覚えがある。そして突然、アクロムに連れていかれた家の車道のはずれが出てきた。車回しを右に折れ、丘を下って大きなバース・ストーン造りの家を左に見ながら右に進むと、長細い平屋の離れ家が見えてきた。このストリート・ビューに映る離れ家は、あのときアクロムに連れていかれた家のように見えるが、警察が送ってきた写真とは合わない。

わたしはクレアにメールしてこのことを伝えた。アクロムが借りたという家の写真を見たが、そこに行ったことはありません、ただ、その近くに見覚えのある離れ家がありますと。彼が借りていた家には寝室二部屋の離れがあるから、連れていかれたのはそこではないかとクレアは言う。後から、たしかにそこが、アクロムがデイヴィッド・ハドフィールドから借りていた離れだということが判明した。

その日のクレアとの会話で、彼女がいかに情報を豊富に持っているかを知って、わたしは驚いた。ハドフィールドに雇われた私立探偵がドクター・ザック・モスについて調べ上げ、クレアは今になってその詳細を教えてくれた。アクロムは2011年12月に、ハドフィールドから短期でその家を借りている。そのときはマーク・モスと名乗り、国際的な銀行家で自家用機を持ち、ニュー・フォレストに家を建築中だと言っていたそうだ。その家に移ってくるとすぐに彼はここを購入したいと言い、ハドフィールドに300万ポンドの改装計画を持ちかけた。誰に聞いても、アクロムはバースの社交界に入りこもうと熱心で、間もなく近隣の金持ち連中とつきあい始め、その際には小児神経外科医のドクター・ザック・モスと名乗っていたそうだ。アクロムの妻、マリア・ヨランダ・ロドリゲスは、スペインの有力な宅地開発業者、メアリー・モスだと紹介された。それをきっかけに、バースの宅地開発業者であるハドフィールドのパートナーが疑惑を抱き、マーク・モス、またの名をドクター・ザック・モスを調べさせたほうがいいとハドフィールドを説き伏せ、彼の過去を暴いたのだった。2012年2月、ちょうどわたしがアクロムと出会った頃に、私立探偵が依頼人であるハドフィールドらに報告書を提出し、この男は要注意人物なので、警察に通報すべきだと勧めた。そこで2012年4月、私立探偵の報告書がグロスターシャーとエイボン&サマセットの二つの警察署に送られたというわけだ。

「もちろん、アクロムと同一人物だとはわかってなかったんですよ」クレアは言った。「だって、その名前は知らなかったんだから」

でも、ドクター・ザック・モスという名前はたしかに知っていたはず。モスの名前でちょっと調べてさえいれば、その時点でアクロムとの関連が簡単にわかったのに。そうすればわたしもあんな惨めな思いをしたり全財産をなくすこともなかったし、ほかの犠牲者だってそうだ。最悪なのは、わたしが彼のことを警察に通報し、ドクター・ザック・モスをはじめ、たくさんの偽名も伝えた2013年6月にはすでに、ドクター・モスの身元が警察に伝わっていたことだ。では、私立探偵から詳しい報告書が出ていて、彼が大規模な詐欺をはたらいていると警告を受けていることをはっきりさせるのに、なぜ4年近くもかかったの？ そもそも、なぜ報告書の時点で何もしなかったの？

2017年4月11日、わたしが警察に渡した書類がすべてそろっているか確認するため、クレアに会うことになった。この話し合いは的外れだと、あらかじめことわってある。すでに、なくしたと言われたファイルを再度渡してあるのだから、そろっているに決まっている。でもとにかく、わたしは警察に出向いた。

五、六冊のファイルが会議室に持ちこまれ、中の書類についての話し合いが行なわれた。だが会話の中心は、わたしが初めて見る書類、アクロムすなわちドクター・ザック・モスについての私立探偵の報告書だ。これは、もともと多くの書類が紛失していたことについて話し合いたいという、わたしの本来の目的から注意を逸らすためだったと思うが、そうだとすれば彼らの目論見どおりに運んだ。

報告書を自分の目で読むことはできなかったが、クレアが中をあらためため、すでにわたしに話したことを繰り返した。デイヴィッド・ハドフィールドには、高額な家の改装計画を持ちかけたばかりか、ケンブル飛行場を、航空ショーで有名なファーンバラ飛行場を模して設計し直せる建築家を探しているとも言っていたらしい。ハドフィールドはケンブルにあるレストランへ連れていかれ、そこでドクター・ザック・モスは、旧知の友人として温かく迎えられたという。どうやらハドフィールドはそれと知らずに、アクロムがバースの社交界に入りこむための道具として使われたようだ。

クレアはまた、警官がリトル・コーチ・ハウスを訪ねてきたり、2012年の4月、アクロムとポール・カウアーと一緒に車でMI6へ向かっているときに、婦人警官から電話がかかってきたりしたことにも触れた。わたしにも警察にも、謎だった件だ。エイボン&サマセット署がこの件を担当する前、わたしはサイレンセスター署に出向き、前年にこの署から二人の警官が訪ねてきたのだから、記録があるはずだと訴えた。ハーディング巡査から電話があったことも伝えておいた。応対した部長刑事からは、そんな名前の警官はいないと言われ、電話での会話を詳しく話すと、銀行がそういった形で警察に連絡することはあり得ないとも言われた。その言葉は、のちにバークレイズ銀行の副頭取によって裏づけられた。何年もこの謎が解けず、いつしか警官の訪問もその後の電話も、アクロムの仕組んだお芝居だったと思うようになっていた。ところが今になってクレアが言うには、2012年4月に私立探偵の報告書の件でわたしに連絡してきたのは、チェルトナム警察だったのだ。それがあの電話の警官なら、お互いに身元の確認もきちんとせずに、あんな問い合わせで満足したなんて信じられない。しかもあのとき、わたしの隣には〝ドクター・モス〟その人が座り、わたしにこう話せと指示を出していたんだから。今となっては後の祭りだが、警官は、犯罪者の報告が出ている人物のことをわたしに詳しく知らせ、用心するよう言うべきだったし、わたしと直接会うべきだった。そうすればアクロムは逮捕され、わたしはその後の地獄の苦しみを免れたのに。いちばんひどいのは、2013年6月にわたしがアクロムのことを警察に通報したとき、ドクター・

ザック・モスの名はもう浮上していたにもかかわらず、アクロムの所業について深刻な注意喚起がなされていることも、その時点でわたしに連絡していたことも、警察が把握するまで4年もかかったということだ。

5月半ばに、消えた書類のことで申し立てた苦情に対応する警部から手紙が届いた。証拠がいくつか消え、ミスがあったことはたしかですが、「この組織の職員には問題がないとわかって満足しています」とのことだった。すぐにこれはカムフラージュだとわかった。だってわたしの知る限りでは、もともとの捜査担当者はすでに〝職員〟ではなくなっているのだから。わたしがその点を指摘すると、こう言われた。「もしこの件の責任が彼にあったとしても、もうこの組織の職員ではないので関わることはできないんです」。でも、証拠を失くしたという疑いがあるなら、その人を調べるべきだし、警察を離れたからという理由で責任逃れできるはずがないでしょう？　この結論に異議を申し立てる権利はあるそうだが、わたしにはもう、異議申し立てのややこしい手順をいくつも踏んでいくエネルギーは残っていなかった。ああいう手順は、異議を申し立てられないように考えられているに違いない。

5月末、マーティンから電話があり、過去にアクロムの被害に遭ったという人から、ジュネーブのカフェの外でアクロムが別の男と会っているところをとらえ、証拠の写真も撮ったという連絡があったと知らされた。それでマーティンは、アクロムと一緒だった男が誰かわかるかと訊いてきたのだ。目撃情報については2週間前に警察から聞いたわ、アクロムは警察の監視下にあるらしいけど、それ以上のことは知らないと答えると、マーティンはもらった写真の一部を送ってきた。手で口を覆った男の横顔だが見覚えはない。これがアクロムの次の犠牲者なのかしら。翌日、マーティンはほかの写真もすべて見てアクロムを写したものだと確信し、その翌日の6月2日に、アクロムの手がかりを追ってジュネーブのカフェに飛んだ。その日のスカイ・ニュースでこの件が取り上げられると、メディアはまた沸き立ったが、マーク・アクロムの行方は杳として知れないまま。手がかりはまたしても途切れてしまった。

だがマーティンは、ジュネーブでアクロムと一緒にいた男を突き止めたらしく、9月8日、その男はホセ・マヌエル・コスタス・エステベスという名だと知らせてきた。1100万ユーロの詐欺をはたらいた疑いでスペイン警察から指名手配されている男だという。アクロムと彼の間で、今度はどんなペテンが企てられているのやら。

2018年。また新しい年の始まりだ。今年こそは、マーク・アクロムのことにけりをつけられるかしら。人は往々にして、膨大な時間とエネルギーを費やしたことをあきらめるわけにはいかない、と思うが、ある段階に達すると、人生には目を向けるべきもっと大切なことがあると気づく。わたしはこの段階に近づきつつあった。

1月、〝最新情報〟が飛びこんできたと、警察から連絡が来た。関連国の警察が動いているらしい。どの国のことかはわからなかったが、2月になって、アクロムと接触していたと思しき男が、まだ当地で日々の動向を監視されているという情報が入った。問題の男とは、警察が前に言っていた、そしてわたしとマーティンが調べていた詐欺師のことだろう。

マーティンに伝えると、今〝チャーリーズ・エンジェル〟と連絡を取り合い、アクロムの共同事業者だとにらんでいる男の前妻から協力を受けているらしい。アクロムはスイスかリヒテンシュタインにいるらしく、おそらく彼のだと思われる派手なウェブサイトを見つけたんだとマーティンは言う。頼んでリンクを送ってもらうと、その中の一つ、〝スイス・ディスク〟というのにすぐ目がいった。

〝インオルグ〟のウェブサイトとそっくり。速い車、飛行機、高級腕時計に加え、ジェームズ・ダイソンやバーニー・エクレストンといった有名人の名前が連なっているのを見て、これは間違いなくマーク・アクロムの手になるものだと思った（ただし、ジェームズ・ダイソンやバーニー・エクレストンがマーク・アクロムと知り合いだったと仄めかすつもりは全くない）。しかも、以前アクロムの妻がオンラインにあげていた写真もあるし。ウェブサイトはうわべをきれいに繕ってあるだけで中身がないが、ただ、この〝スイス・ディスク〟のモットー「負けるが勝ち」というのは気に入った。これを「負かすのが勝ち」に変え、マーク・アクロムを法廷に引きずり出すこの戦いの間、わたしの座右の銘にしよう。警察からは、公訴局弁護士のアリソン・ハリス（細かいことに徹底的にこだわる人物だそうだ）が、欧州逮捕令状を見直し、もっと罰則を多く入れようとしていると聞かされた。マーティンによれば、めったにない改革らしい。

3月の終わり、マーティンから連絡があった。チャーリーズ・エンジェルが、スイスにあるアクロムの会社についてマーティンと一緒に探り出したことをもとに、国家犯罪対策庁をせっついて行動を起こさせようとしているが、あまりうまくいっていないそうだ。4月末、今度はクレアから、新たな欧州逮捕令状取得の第一段階を終えるため裁判所に行くと連絡があった。わたしに関するものだけで二〇もの容疑があるのだから、アクロムの起訴を考えるいい材料になるだろう。5月最初の週末には、新たな令状を取得できたと連絡が入った。クレアは、ずいぶん進展があり、「複数の国の当局と連携してアクロムを捕まえるつもり」だと言う。

わたしは、警察への新たな供述書をまとめ、アクロムがわたしとの出会いからわずか1週間後に、インターネットのチャットルームにあげた投稿を見せた。彼の企みと、彼がいかに酷薄な人間かを示す投稿だ。「焦って必死な女って、頭を使わないいんだな」と彼は書いている。「出会って2か月であんたと結婚しようなんてやつはいないって。金かコネでもあれば別だけどさ」

6月は、これまでの6年間でいちばん調子がよかった。できるだけ戸外で過ごし、夏の眺め、音、香りを満喫しているうち、日々気持ちが明るくなっていった。


7月1日のことだった。ラーラが週末を過ごしに来ていた。ここ半年ほど、ジェームズは仕事で家を空けることが多く、月の三分の一くらいしか家にいなかったので、娘がいてくれるのはとても嬉しい。日曜の朝、わたしの寝室でラーラに、マーク・アクロムや彼にまつわることに対する執着が薄れてきてるの、と話していると、電話が鳴った。非通知の相手だ。警察からの連絡以外、この手の電話には出ないのだが、ラーラには理解できないらしい。「出てよ、ママ」彼女が言った。

アダム・バンティング警部からだった。お知らせがあるんです、と彼は言い、続く言葉にわたしは耳を疑った。この5年間ずっと待ち続けた言葉。

「マーク・アクロムが逮捕されました」

第十四章　自分自身の価値を認める

そのすぐ後で、彼女はまた頭を高くもたげるのだった。神妙にしていても何にもならない。彼女には、自分自身の価値を認めたいという抑えがたい欲求があるのだから。

ヘンリー・ジェイムズ『ある婦人の肖像』

アクロムが逮捕されたのは2018年6月30日、スイスでのことだった。だがスイス当局の報道は遅れ、7月3日にマーティンがニュースを流すと、またたく間にすべてのメディアに取り上げられた。『デイリー・メール』オンラインでは、隣人によると逮捕劇は「ネットフリックスのドラマのよう」で、アクロムはバルコニーを飛び越えて逃げようとした、と報じられた。彼には二歳の頃からおかしなところがありました、私が家へ連れ帰った子犬を蹴とばしたんです、という母親の談話もあった。母親は、彼の寝室のドアに「どうかふつうでいてちょうだい」と書いた張り紙を貼っていたことも明かした。

アクロム逮捕のニュースで、わたしは再び彼のことを考えるようになったが、今度はトンネルの先に光が見えている。それでもジェットコースターのような激動の日々は続き、月の終わりになってマーティンから、アクロムが〝スイス・ディスク〟との関わりや、過去の詐欺事件について、スイスで取り調べを受けている最中だと聞いた。何はともあれお祝いだと、わたしたちは8月1日、遅い午後の陽を浴びながら、ロンドンにあるゴードンのワインバーで、シャンパンを開けた。アクロムの裁きを見届けようという揺るぎない決意を互いに讃え合って。

1週間後にマーティンから聞いた話では、アクロムはスイスの二つの州で取り調べを受けていて、捜査の中心は〝スイス・ディスク〟に投資した六、七人の詐欺被害報告に移っているという。アクロムの今の名前はマヌエル・エスコラール。自称「イーロン・マスクのブレーン」で、アクロムの妻も近所の人に、マスクから50億スイスフラン投資されたと言いふらしていたそうだ。アクロムの引渡しは保留され、イギリスでの裁判がいつになるのかわからないため、わたしはまたもや宙ぶらりんの状態になった。

8月10日、マーティンが、ハラルド・ハーボンのインタビューを放送した。スイスの銀行家である彼は〝スイス・ディスク〟のＣＥＯに任命され、50万スイスフランを投資し、そして失った。アクロムとは一度も面識がないままだ。マーティンは、逮捕のときにアクロムが家族と住んでいた高級マンションの中からも中継した。ハラルド・ハーボンを介して借りたマンションで、払われたのは保証金のみ。賃貸料は、新しい会社に何百万スイスフランという大金が転がりこむようになったら払うと約束していたそうだ。わたしの耳には聞き覚えのある話――全く同じ使い古された手口だ。だが、インタビューを受ける勇気がハーボンにあってよかった。アクロムの被害者はたいてい、引っかかったことを恥じて公表しないと知っていたからだ。ハーボンはアクロムをこう断じた。「彼は人を操る天才です。彼の話が始まると、2、3分後にはすっかり信じこんでいるんですから」。面白いことに、やり手のビジネスマンたちがアクロムの口のうまさを語り始めるようになってから、わたしの弟を含め多くの人が、何となくわかる気がすると言いだしている。相手が女なら「バカな女」で片づけられてしまうのに、ビジネスマンの言うことなら聞く価値があるというわけね！

スイスでの取り調べが進行中のため引渡し時期は相変わらず不明だとマーティンに言われ、わたしの心は沈んだ。トンネルの先に見えた灯りは消えてしまった。

わたしは努めて前向きでいよう、人生を立て直すことに気持ちを切り替えようとしたが、これがなかなか難しい。だが、何といってもアクロムが捕まったと思うと、喜びと達成感のようなものを覚えた。塀の向こう側では少なくとも、次の犠牲者を見つけることはできない。彼の逮捕に一役買ってきたことで自分をねぎらうことにしよう。

11月21日の夜、わたしは友だちのアンと、ウェスト・サセックスの彼女の家で過ごしていた。夕食の支度をしていると電話が鳴った。クレア・ボールから驚くべき知らせだ。スイス側は現地でのアクロムの行為について取り調べを打ち切ることにし、イギリスへの引渡し許可が下りたのだという。現場はいくらか混乱しているようで、アクロムがこの引渡しに異議を申し立てているとも、その申立ての期限は切れているとも伝えられた。

翌日、また彼女から電話があり、あらためて引渡し許可が下りたことを知らせた後で、アクロムは11月30日に連行されることになった、ブリストルの拘置所にぶち込まれたのを確かめたらまた電話する、と言った。裁判所への出頭は12月1日だという。

だが5日後、アダム・バンティングが電話で、期限切れにもかかわらずアクロムの異議申立ては認められてしまったと伝えてきた。マーティンからも、スイス当局が引渡しを許可したと聞いていたのに、どういうことだろう。ほんとうにがっかりだ。終わりが見えてきたと期待を膨らませてからたったの1週間でまた、いつアクロムが引き渡されるのか、そもそも引き渡されるのかもわからなくなってしまったのだ。わたしはすっかりふさぎこみ、その気分を新年まで引きずってしまった。クリスマスは台なしとまでいかなくても暗い影がさし、努力もむなしく、わたしは常にピリピリと怒りを抑えきれず、一緒にいて楽しい相手ではなかった。クリスマスをオーストラリアで過ごしているラーラとエマが恋しい。ジェームズは家に戻ってきたが、何よりも二人で暮らすことが負担になりつつある。三分の二は出かけているので、わたしは友だちや娘たちと自分のサイクルで過ごすことに慣れてしまったのだ。だから、彼が帰ってくると、その存在がうっとうしく、リズムを合わせるのに何日もかかる。そして、そばにいることに慣れた頃、彼はまた出ていってしまうのだ。

何もかもが中途半端なままで落ち着かない。ふだんはもっとしっかり自分を持っているわたしも神経質になっていた。ジェームズと彼の職場の近くへ引っ越そうかと話し合った。何百キロも離れた場所なのでためらいはあったが、このままではやっていけないし、何となく、また変化が兆すのを感じていたから。

2019年が明けて何週間かは、嵐の前の静けさだった。1月16日、クレアが電話で、アクロムがスイスの裁判所への異議申立てに最初は失敗したのだが、最高裁判所に申し立てているのだと知らせてよこした。これでまた2週間かそこらはかかるだろうが、でも必ずあいつを捕まえると自信満々だった。2月15日にまた電話があり、最高裁判所からアクロムの異議申立て(根拠は、ブレグジットの後だから自分の人権が保証されないということだったそうだ!)が却下され、引渡しの許可が下りたとのことだった。これで警察は、10日以内であればアクロムを連行することができる。4日後のクレアからの電話で、引渡しは22日に決まったと知った。イージージェット航空でブリストル空港に送還されると聞いて、どの便か調べてみようと思った。国家犯罪対策庁はアクロムの引渡しを公表したがっているという。そうすれば犯罪者に、逃げても結局は捕まるから無駄だというメッセージが伝わるからだ。マーティンに知らせてスクープをあげましょうよ、とクレアは言った。今度こそわたしは内心で確信した。アクロムは本当に送還されてくるんだ。でも、この前の失敗があったから、いくら確信があっても慎重にしようと思い、ごくわずかな人にしか最新情報は教えまいと決めた。

そのうちの一人がマーティンだ。彼にはすぐさま連絡した。金曜日の便を予約してあると聞いたわ、おそらく16時55分ジュネーブ発の便よ、と。警察も公表を望んでいるようだが、あまり詳しいことを大っぴらに話すわけにはいかないだろう。マーティンは、カメラマンと一緒にその便に乗るつもりだが、変更があったら知らせてくれと言った。2日後に彼は、エイボン&サマセット署の報道担当から電話があり、アクロムが乗る飛行機を事実上教えてくれたと伝えてきた。予想どおりの便だったので、マーティンも予約を取った。

2月22日午前10時、マーティンはメールで、今ジュネーブ空港だと知らせてきた。わたしはどうにも落ち着かず、クレアはどんな気持ちなんだろうと思った。数年の間に、わたしは彼女に好感を抱き、信頼するようになっていた。ほかの誰よりもわたしにははっきりものを言い、間違っているときは率直に認める人だもの。アクロムを逮捕するなら彼女しかいない。今頃さぞ神経をとがらせているだろう。カリスマ性があり、心を操る魔術師だと、さんざんわたしから聞かされてきた男とついに対面するのだから。わたしも神経をとがらせていた。彼女までアクロムの魅力に取りつかれてしまいませんように。作家のロバート・ヘアによれば、刑務所に勤めていて、患者のサイコパス的性質を知り抜いているプロの臨床心理士でさえ、その虜になってしまうことがあるそうだから。

夕方、ブリストルからマーティンが電話してきて、機内でちょっとした騒動があったものの、アクロムに会えたという。元気そうだったよ、髪もひげもきれいに整えて、2015年にスペインで捕まったときほどやせこけてもいなくて。彼はこの引渡しのニュースを、ブリストル空港で、警官に付き添われて警察車両へと向かうアクロムの映像とともに流した。わたしは一人で家にいたが、祝杯をあげる気にはなれず、アクロムが無事拘留されたというクレアからの連絡を待っていた。そのメールが夜中の1時半に届いたときは、ぐっすり眠っていたが。

翌朝、アクロムはブリストルの治安判事裁判所に出頭して名前の確認を受け、そこで彼に対する二〇件の罪状が読み上げられた。クレアからの電話で、逮捕から飛行機での送還の顛末を、彼女の側から聞くことができた。なんだか尻すぼみの展開だったわよ、と言う。スーパーマンか、大物催眠術師みたいな人を思い描いてたのに、そこにいたのは「緑色のクロックスを履いて、片方のポケットに刺繍のある悪趣味なジーンズをはいたふつうの男だった。ねえ、緑色のクロックスよ！」。それに、アクロムの身柄を拘束した際、彼はクレアにお礼を言い、馴れ馴れしく近づいて腕に手をかけたという。これが彼女の癇に障り、「おべっか使いのごますり野郎」だと反感を覚えさせたらしい。機内で隣の警官と話しているのが聞こえたんだけど、これから行く刑務所のことをいろいろ聞きだそうとしていたわ。ローンの未払いは民事であって、刑事事件じゃないだろうなんて話してた。

彼女の説明によれば、裁判は6か月以内に始まり、アクロムは3月25日にブリストルの刑事法院で予審を受けることになっている。やっとのことで、トンネルの先には、ちらちら瞬くろうそくの炎ではなく、道を照らす明るい光が見えてきた。アクロムがどんな答弁をするのか、無罪を主張したら陪審員はどんな評決を出すのか、わたしにはわからない。でもいずれにしろ、6か月後には、長くつらかったこの人生の一幕を閉じることができるのだ。

2019年3月25日、マーク・アクロムは自分に向けられた二〇の訴えすべてに無罪を申し立てた。驚くことではない。あれほど傲慢な男なのだから、ほかの道を選ぶわけはないと思っていたし、公訴局の弁護士にいくら、アクロムには「弁明の余地はほぼない」と言われていても、彼が自分の主張を決して譲らないだろうというのはわかっていた。これは個人としての戦いだ。わたしと彼との。

日を追うごとに、裁判に向けての動きが慌ただしくなり、緊張が高まっていった。5月、わたしはロンドンに滞在して、ブリストルの裁判所に赴き、検察側弁護士のチャールズ・トーマスに会った。法廷がどんなふうになっているかを見られるのはいい。裁判長が座る一段高いベンチ、下のほうには、弁護士団や警官たち、傍聴人のベンチ、それに書記官や記者たちのベンチ、わたしが証言するはずの証言台があり、ガラスのスクリーンの向こうにマーク・アクロムが座ることになっている。

証言はテレビ電話かスクリーン越しでもいいと言われていた。テレビ電話は最初から断っていたし、スクリーン越しも嫌だったのだが、後になって、もしかしたらアクロムが視界に入ったら気力を失くしてしまうのではないかと思った。彼が見えないところ、彼から見えないところにいたほうが集中できるのでは。文字どおり彼と対峙したい気持ちはあったが、見つめられるだけで気持ちが萎えてしまうかもしれない。初めて店に入ってきたあの日、彼がどんなふうにわたしの目をとらえたかを思い出した。あんな思いは二度とごめんだ。でも今、置かれてあるスクリーンを目の当たりにして、やはりこれは嫌だと思った。実際には証言台の片側に取り付けられたカーテンで、その中に立っただけで閉所恐怖症を起こしそうだ。

ヘレン・ホルトとクレア・ボールとともに、チャールズ・トーマスと短い話し合いをした。彼がこの事件の重要な点を二つともわかってくれていたのが嬉しい。わたしが長いこと苦しんできたために〝無気力状態〟に陥っているに違いないと思ったのか、多くを語らなかったが、それでも、アクロムとの関係でわたしがずっと、自分の財産と自尊心を取り戻したいと強く望んでいることはわかっているると言った。アクロムはすごく頭がいいから気をつけてくださいと伝えたが、あの主張を陪審員に信じてもらうのは難しいでしょうねと返された。「あなたと出会ったとき、自分の名前も、妻と二人の子どもがいることも忘れていた、なんてね」

どうしても伝えたいことは二つ。だからぐずぐずしないで切り出した。

「世間から〝バカな女〟と思われているのは知っています。でもわたしはバカじゃありません」。そして、アクロムはサイコパスだと思います、と。

「文字どおりの意味で？」彼が尋ねる。

「ええ」わたしの言葉を彼が正しく理解したのは間違いない。

わざわざブリストルまで出かけていってよかった。裁判所への訪問と弁護士との話し合いは裁判が始まる日まで行なわれないことも多く、わたしの場合も、8月5日まで先延ばしされるだろうと言われていた。そんなストレスはどうしても避けたかった。ロンドンへの列車に乗りこみながら、わたしは元気を取り戻し、これから先、何が待っていても大丈夫と思った。


続く静かな数週間は、唐突に終わりを迎えた。裁判を6週間後に控えた6月19日、ご機嫌でバスに乗って家に帰る途中、警察から電話してもいいかというメールが入ったので、1時間後に電話してと返信した。

「初めに言っておきますが、この会話は録音されています」電話をかけてきたクレアが言う。わたしは緊張し、頭の中に赤信号がともった。嫌な予感がする。これまで警察との通話が録音されたことはなかった。名目上こうしなければならなくなったのかと思ったが、明らかにもっと深刻そうだ。たちまち警戒心が強まる。

まず、マーク・アクロムとの関わりで、お金を得たことがあるかと訊かれた。あまりのばからしさに言葉が出ない。「わたしは全財産をなくしたのよ」頭の中で金切り声がする。「すべてよ！」でもどうにか平静を保ち、どういうことか尋ねると、新聞記事の謝礼をもらったことがないか、本や映画の脚本を書いたことはないか、と問われた。もしそうなら、それを誰かに読ませましたか？

出版社と契約は？

ようやく、会話の行き着く先が見え始めた。アクロムと弁護団は、わたしが彼との関係で利益を得たと主張するつもりなのだ。なんてばかばかしい。でもまじめに取り合わなければ。２０１６年にいくらの謝礼が支払われたのか、とっさに思い出せなかったが、たぶん６０００ポンドかそこらだろう。本については、２０１４年に事の経緯を記憶しておくために原稿らしきものを書いたけれど、映画の脚本は書いていない、と伝えた。原稿を読ませた相手ですぐ思い浮かんだのは、娘のラーラだけだ。クレアには、出版社を二〇社くらい回ったけれど、どこも興味を示さなかったのよと話した。この質問に腹が立ったので、マーク・アクロムがわたしにお金を返してさえくれれば、出版なんて考えなかったと言い返した。ほかにどうすればよかったというの？　わたしに残された手段は、この話をすることだけなんだから、それを武器に闘おうとするのは当たり前じゃないの。

アクロムとの関連で受け取った支払いの証拠をすべて欲しいと警察に言われたときには、絶望的になった。まだ越えなければならないハードルがあるなんて！　電話を切ったと同時に、ほかにも原稿を読ませた人が三人いることを思い出したから、もちろんすぐに折り返して〝告白〟した。それから、銀行の取引記録を確認したところ、支払われた金額は６０００ポンドではなく、さまざまなメディアを合わせると９０００ポンドだったこともわかったので、それも〝告白〟しなければならなかった。まるで裁かれてるのはこちらのほうみたいだ。ひどい体験だったが、いい教訓になった。証言台に立ったら、こういうつらいことにも耐えなければならないだろう。反対尋問は特に大変そうだが、真実のみを話そうとあらためて心に決めた。そうすれば間違いがない。でも、もし思い出せなかったら？　何といっても、訊かれるのは7年半も前のことなのだ。「訊かれたときに触れるのを忘れ」たことが、後で必要になったら？

翌日、わたしは日記に「警察からの昨日の電話の後、すごく惨めな気持ちで落ちこみ、アクロムのことを考えた」と書いている。その日を境に、わたしはひどい鬱状態に逆戻りし、深酒をしてはろくにものも食べずに暮らした。ただ裁判までの日々が早く過ぎますようにと祈りながら。そうすればすべてから逃れられる。精神的にも身体的にももっと元気を出さなきゃと思ったが、どうにも自分を奮い立たせる気になれなかった。それでも、アクロムの裁判中に起こるだろう事態に備えて、『謎の法廷弁護士』を読んでおいた。刑事裁判システムに潜む危険について警鐘を鳴らす画期的な本だ。すべての人が読むべきだと思う。準備を怠らないのはほんとうに大切なことだから。

次の数週間に、警察からは何度か電話があり、そのうち一本はまた録音された。アクロムの弁護団は、送られてきたわたしのウェディングドレスの写真が、ウェディングドレスらしくないと言い張っているそうだ。

「でもドレスの領収書があるでしょう?」わたしは言った。

「ええ、でもドレスとあるだけで、『ウェディングドレス』とは書いてない。で、あちらが言うには、写真のはただのドレスのようだから、本物を見たいんですって」

なんてくだらない。弁護団は、どうせわたしが出せないと当てこんでいるんだろうが、ありがたいことに、わたしはそのドレスを取ってある。バッキンガムシャーのブリジットの家のクローゼットにあるから、それを取ってきてブリストルへ持っていかなきゃ。そしてお次は、２０１４年に書いた原稿を警察へ送ってくれと言われた。検分し、公開していいものかどうか判断したいからと。数年前、警察にお渡ししましょうかと言ったのはわたしだが(その際は「作りごと」に左右されたくないからと言って断られていた)、今は、またプライベートに土足で踏みこまれるのかと思った。あの頃、携帯を調べさせるのが嫌だったのと同じように、検察側に自分の心の内を見せるのが嫌だった。ましてや弁護団になんて。身ぐるみはがされ、骨までしゃぶられるような気がする。

これが「公開」の現実だ。人生が丸ごとさらけ出され、バラバラにして調べつくされ、あちこちに送られる。それもみな、弁護側がこちらを貶め、怒らせ、侮辱するチャンスをつかみ、できるだけ優位に立つためなのだ。わたしの目には、弁護側が圧倒的に有利に見える。インターネットデートをしていなくて幸いだったとも言われた。さもなければこれまでのデートの履歴を洗いざらい調べつくされただろうから。それから、アクロムの最終陳述からして、わたしの医療記録に何らかの精神病歴があれば、それも公訴局が徹底的に調べ、結果が弁護側に有利だとされれば開示しなければならないそうだ。なぜなの、とわたしは思った。告訴された側でなく、重要証人のほうにここまで重い開示義務が課されるなんて。

こうしたシステムは全く不可解だ。だが、こういう場合、証人に選択の余地はないので、わたしはしかたなく、いやいやながら2014年の原稿を警察に提出し、そのうち十二の章がアクロムの弁護団に開示された。さらに、法廷に出るときには、警察の取り調べの記録と、マーク・アクロムに関して手元にあるものすべてを持ってくるよう言われた。正気かしら。警察と交わしたやりとりのプリントアウトまで入っているが、それはそっちのファイルにもあるはずじゃない。しかしここでも選択の余地はない。きまりに従わなければ、何か隠しているのではないかと怪しまれるだろう。〝しみひとつなく潔白〟に見えるようにしなければ。そう思って、山ほどの書類ファイルと三台の携帯電話、帳簿やら書類やらに加えてウェディングシューズまで車に積んで、わたしは数百キロの道のりを運転することになった。3週間分の着替えも詰めて。

第十五章　花咲く川べりに潜むヘビ

彼の教養と聡明さと感じのよさの下に、善良さと親しみやすさと常識の下に、彼の利己主義が隠されていたのだ、まるで花咲く川べりに潜むヘビのように。

ヘンリー・ジェイムズ『ある婦人の肖像』

8月5日、警察との打ち合わせのため、ブリストルにはお昼頃着いていなければならない。ラーラとエマとホテルで落ち合った後、クレア・ボールとヘレン・ホルトが、わたしの持ってきたファイルや証拠の品を取りにやってきた。二人はわたしに、2014年以降のわたしの供述すべてのコピーを渡し、証言台に立ったときのために記憶をよみがえらせておいてと言った。例のウェディングドレスはもう法廷に持っていかれ、陪審員の選定も済んでいた。その朝わかったのだが、判事が翌週の月曜から水曜は法廷に出られないため、木曜日まで裁判はないという。次の証人が証言するまで5日間も空くのか。それに、わたしが証言してから結審まではおそらく3週間かかるのだ。陪審員はわたしの言葉を忘れてしまうんじゃない？　この分だと裁判は4週目にずれこみそうだ。

聞くところによると、アクロムに振り回されて弁護士は疲労困憊の様子だという。また、弁護側と検察側双方の弁論はその日いっぱい続きそうなので、裁判所から30分以内のすぐ連絡できる場所であれば、午後は三人で出かけていいことになった。アクロムの弁護士が同じホテルに滞在しているので、ホテルや法廷の近くで事件のことを話さないようにと釘も刺された。

気持ちのいい午後で、ラーラとエマも裁判所を見てから、わたしたちは古いブリストルの街を散策し、最後に川を見下ろす高台のテラスで、夕日を眺めながらお酒を楽しんだ。こんな状況でなければ、一緒に休暇を過ごしていると勘違いしてしまいそう。けれども、そんな幸福な気分は翌日あっけなく消え、続く48時間は希望から絶望へ、秩序から混沌へと、一気に下降するジェットコースターのようだった。

翌朝、ヘレンとクレアがホテルまで迎えに来てくれ、わたしたちは裁判所へ向かった。スモール・ストリートへさしかかったとき、待機しているパパラッチたちに気づいた。シャッターを切るカシャカシャという音がやかましく響きながらどんどん近づき、文字どおりわたしの顔の前にカメラがぬっと突き出された。こんな怖い思いをするなんて、思ってもみなかった。次は気をつけなくちゃ。また一つ利口になった。

裁判はいちばん大きな第一法廷で行なわれる。ほかの法廷と少し違った造りになっていて、傍聴人席は二か所あり、一か所は陪審員席の上のガラスの後ろ、証言台をまっすぐ見下ろす位置にある。前に見ておいた法廷と同じように無味乾燥でありきたりの空間なのに、威圧的な感じがするのは単に大きいせいか。〝正式に〟入る前に見ておいてよかった。わたしとチャールズ・トーマス、検察側の事務弁護士アリソン・ハリスとの短い話し合いに、アダム・バンティング元警部が加わった。彼はもう半分引退しているが、この件には引き続き関与している。

ホテルに帰ったが、すぐに警察から電話で裁判所へ来てほしいと言われ、わたしは証人控室へ戻った。自分だけでは心もとないので、念のためラーラとエマにもついてきてもらった。いったい何が始まるんだろう。

テーブルについたのは八人だ。クレア、ヘレン、アダム、チャールズ・トーマス、アリソン・ハリス、ラーラ、エマ、そしてわたし。チャールズが口を開いた。

「じつは、アクロムが有罪を認める可能性が出てきました」。彼は続けて、アクロムは彼に対する容疑のうち、五つに関して有罪を認めるらしいと言った。わたしは黙っていたが、心の中では叫んでいた。「何言ってるの！　全部有罪よ！」

チャールズは進行中の答弁取引のあらましを話してくれた。なぜ検察側がそちらを望んでいるかも。要するに、その五件の有罪を認めることで、アクロムは「先天性の犯罪者」だとされ、裁判になったときとさほど変わらない量刑を受けるというのだ。裁判になれば、おそらく彼は二〇件すべてに無罪を申し立てるだろう。五件の有罪答弁に対する量刑は推定で6年。有罪を認めたことでここから10パーセントは差し引かれる。一方、裁判までもっていった場合、たとえ二〇件すべてに有罪判決が出ても、言い渡される量刑は最長で10年、弁護士たちの感触では、8年がせいぜいだろうという。それに、たとえ出されている訴えの四分の一でも、アクロム自身に有罪を認めさせるということに意味があり、何よりわたしが証言台でつらい思いをし、辱められるような事態を避けられる。

残りの一五件についてはどうなるんですか、とわたしは訊いた。アクロムは無実とみなされるの？なかったことにされてしまうの？　そんなのは耐えられない。説明によれば、告訴の記録はファイルに残るとのことだ。「では、その一五件がファイルに残った状態でも、わたしはこの話を人にしたり、本を出したりできるんですか？」。チャールズ・トーマスは、自分は名誉棄損の専門家なんですと断ってから、あなたがご自分の話をするのは全く自由ですよと答えてくれた。「アクロムがあなたを追いかけまわす心配はありません」。警官たちにも答弁取引を受け入れるのに賛成かと尋ねると、そうだという。少しご家族だけで話しますかと訊かれたので、そうさせてもらうことにした。

簡単に受け入れられることじゃない。心の内にはさまざまな思いがあふれていたが、わたしは平静を装っていた。どうしてわたしみたいな人間は、いつでも立派な態度を崩さないように頑張ってしまうのだろう。本当はわめき散らし、大声で叫び、罵りたいのに。

ラーラとエマと三人で、今言われたことをじっくり話し合った。メモを取る二人を見て、娘たちが冷静でいてくれてよかったと思った。わたし自身は冷静とはほど遠い状態だったから。チャールズからは、最終的に決めるのはわたしたちではなく彼らだとはっきり言われていた。今も時々思う。あのとき別の結論を出していたらどうなっていたんだろうと。が、30分間あらゆる角度からじっくり考えた結果、いちばん妥当だという結論に達した。弁護士と警官たちが戻ってきたとき、本当にアクロムの五つの有罪答弁を受け入れるべきだと思うか、もう一度尋ね、間違いないという返事を聞いてから、わたしたちも賛成ですと答えた。

その日の午後は、気の抜けた雰囲気のなかで過ぎていった。時が経つにつれ、どんどん元気がなくなってゆく。夕方にはすっかり落ちこんで、娘たちにも、励まそうと駆けつけてくれた友だちのアンと息子のニックにも、無礼にならない受け答えをするのがやっとだ。食事はどこでしようと相談したが、全く食欲がないわたしは、誰がどの店を提案しても気に入らない。結局、ゆうべと同じ店に行くことになり、あの明るい雰囲気で気分も上向くかもと期待したが、やっぱりだめだ。みんなむっつりとし、ホテルに戻ったときの気分は最悪だった。

その晩は眠れなかった。全く報われない日だったと思う。わたしの6年間の戦いが答弁取引で終わってしまうなんて。もしかしたら公訴局はただ裁判費用を節約したかっただけなんじゃないかしら。アクロムが提案を受け入れたのはただ、裁判になればもっとたくさんの罪を問われ、長い刑期を言い渡されると知っていたからだろうし。サイコパスを動かす動機はただ一つ、自分の利益だけ。アクロムは、これが自分にとっていちばん有利な選択肢だとわかっているんだ。

水曜日の朝9時に警察と話し合うことになっていたが、身支度しながらもあふれそうな涙をこらえるのに必死だった。もうくたくたで、パニックを起こして今日を乗り切れなかったらどうしようと、怯えてもいた。何があっても不思議じゃない。アクロムが法廷で五件の容疑に「罪を認めます」と答える土壇場になって考えを翻し、わたしが証言台に立つ羽目になるかもしれないのだ。いまだに彼がすべての糸を操り、見たくもないドラマを作りあげている。みんなが右往左往して自分の引く糸に操られているのを見て、さぞ楽しんでいるのだろう。

ホテルのロビーにヘレンとクレアが到着したときには、また涙が出そうになった。アクロムはおそらく有罪答弁をするだろうが、確かなことは言えないらしい。舞台裏ではまださまざまな駆け引きが続いている。もしすぐに決着がつかず、アクロムが罪を認めなければ、裁判は2か月間延期されることになる。証言の順番がめちゃくちゃになっているし、判事が翌週頭の3日間は出廷できないことも考えると、8月中に再びすべての証人を法廷に呼ぶのは無理だからだ。

不測の事態には備えているつもりだったが、何の収穫もないままブリストルを去ると思うとがっかりした。ここから2か月間も宙ぶらりんの状態なのか。希望はまた打ち砕かれてしまうのか。そう思うと耐えられない。だが、これで却って頭がはっきりした。ここですべてを片づけて有罪答弁を受け入れるほうが、事態を引き延ばすよりずっといいと、あらためて納得がいったのだ。アクロムは有罪判決を受けた後より、拘留中のほうが扱いがいいので、手続きを引き延ばしたがっているんだろう。長引けば長引くほど、事は彼に有利に運ぶ。今いる拘置所での日数は、最終的に科される刑期から差し引かれるし、有罪宣告を受けてしまえば、条件は格段に悪くなるのだから。

そのうちに、法廷が再開されるという知らせが来て、警官たちとラーラとエマが様子を見にいった。わたしはまだ証言台に立つかもしれないので法廷には入れない。ラーラとエマは、法廷で見聞きしたことを後で知らせてくれた。

審理の開始は10時45分。判事に対して答弁取引の申請がなされ、アクロムが五件の詐欺罪を認めた場合に受ける最長の刑期が示された。判事は答弁取引を認め、その場合の最長刑期は6年だと言った。ただし、これは被告が速やかに有罪を認めなければ効力を失うとも。

11時30分、エマが電話で、アクロムはやはり有罪答弁をするらしいので、これから警官と一緒に迎えにいくと知らせてきた。わたしたちは横の入口から法廷に入ったが、そこから見える正面入口の前には、大手報道機関が陣取っている。ありがたいことに、今回は記者たちに煩わされずにすんだ。第一法廷に入ると、傍聴人席にラーラとエマとわたしの分の席がとってあって、知った顔が何人か並んでいた。ほとんどはロンドンやバッキンガムシャー、サセックス、ウェールズなどから来てくれた友だちで、親しいジャーナリストもちらほらいる。〝スカイ・ニュース〟のマーティン・ブラント、〝BBCポイントウエスト〟のマーティン・ジョーンズ。わたしはかすかに笑みを浮かべてみんなに合図を送った。友だちがここで応援してくれているのを見たら、俄然元気が出てきた。善良で立派な人たち、わたしを理解し、信じてくれる人たち、そして、正義が行なわれるのを見たいと望む人たちだ。

抑えたひそひそ声と期待の高まりのなか、空気はピンと張りつめていた。陪審員が入ってきたがよく見えない。共感を得るため、陪審員の半分は女性がいいと思っていたのに、女性が四人しかいないのがわかっただけだ。もう陪審員たちがわたしに偏見を抱いているのでは、と邪推してしまう。判事の入廷に立ち上がり、また腰をおろしたとき、わたしは思い切って振り向き、マーク・アクロムを見た。彼がそこにいることを自分の目で確かめるのは、わたしにとって重要なことだった。目に入った姿に面食らう。ガラスのスクリーンの向こうにいるのは、ごく当たり前の男だった。記憶にあるよりやせて、頬ひげを伸ばしていたが、2012年当時の「おしゃれな無精ひげ」風に刈りこんではいない。グレーのパーカー姿でどこから見ても冴えない男。今、この男が店に入ってきたら、わたしは夢中になったかしら？　なるわけがない！

緊迫した空気の中、廷吏が五件の容疑を一つひとつ読み上げた。

「マーク・リチャード・ジョージ・アクロムは、２０１２年1月18日から２０１２年3月22日にかけて詐欺をはたらき、キャロリン・ウッズに虚偽の表明を行ない、キャロリン・ウッズとの関係において、真実でないこと、または誤解させうることを知りながら、自由に結婚できると思わせ、所有し開発中の物件の改装費用として2万９５６４ポンド36セントが必要であると述べたことにより、２００６年詐欺法第二条に違反した。答弁を述べよ」

アクロムの弱々しい声は、聞き取れるかどうかというくらい小さかったが、第一法廷の静まり返った空気の中で、全員の耳に届いた。「罪を認めます」

廷吏は続けて残りの四件の容疑を読み上げ、そのたびにわたしたちはアクロムの答えに耳をそばだてた。声があまりに小さく抑揚に乏しかったため、四件目でわたしは、彼が気を変えたのかと思ったほどだ。廷吏が質問を繰り返そうとしたとき、それを遮るようにぼそぼそと「罪を認めます」という返事が聞こえた。そのとき、わたしは気づいた。そうだ！　アクロムのみすぼらしい外見も伏し目がちな態度も、新たなゲームの一部なんだ。カメレオンよろしく、できるだけ若く見える普段着で、虐げられて自信もなく小声でつぶやく平凡な男を演じている。その計算されつくした演技は、こんな男がハンサムであか抜けた魅力的な億万長者だと思われるはずがない、だから、嘘をつき、妄想に陥っているのはわたしであって彼ではない、と法廷じゅうに信じこませるためだ。

昼休みの休廷を挟んで、事件要点の説示と判決言い渡しのため午後2時に再び召集され、審理はわたしの証人意見陳述で始まった。じつはわたしは直前まで、意見陳述を法廷で聞かせたいという思いと、そんなのは時間の無駄だという思いの間で揺れていた。矛盾する情報をもらっていたからだ。

もともと2014年時点では、証人意見陳述をわたしが書き、それを法廷で公訴局の弁護士が読み上げるか、自分自身で読み上げることができると言われていた。わたしの陳述は判決に影響すると思っていたので、最大の効果を狙って自分で行なうことにした。でも後から、証人意見陳述の目的は、自分の行為がわたしにどんな影響を与えたかを被告に知らせるためであり、判決には何の効果もないと教えられた。判事はすでにすべての証言を聞いて結論を出しているだろうからと。それを聞いて、自分が意見陳述を読み上げても何の意味もないと判断した。いちばんしたくないのは、わたしの人生をどれほどめちゃめちゃにし、心と精神を破壊しつくしたかを、マーク・アクロムに直接聞かせて満足を与えることだ。それでも自分の言葉で伝えたかったから、チャールズ・トーマスに、意見陳述を書面で直接判事に渡したいと申し出て、OKの返事をもらっていた。だから、つい昨日まではそのつもりだった。だがそれは、3週間の裁判の間にわたしが証言でマーク・アクロムとの関係を語り、それを判事が聞いた後のことだと思っていたからだ。それが今、アクロムは有罪答弁をすることで、犯した罪より軽い判決を受けようとしている。この予期せぬ状況にあっても、やはりわたしの意見陳述は法廷にいる人たちに聞かせるべきだと思った。特に、法廷ボランティアの一人に、証人意見陳述はもちろん考慮の対象で、判決に重要な影響を与えると聞かされたのでなおさらだ。

警官や弁護士たちに手短に相談すると、アリソン・ハリスが言った。意見陳述が法廷で読み上げられれば、あなたの気持ちが楽になるかもしれないし、裁判で自分の意見を言えたという気にもなれるんじゃないかしら？　それに、判決に影響を与えることは確かよ、あなたにはそれが大事なんじゃないの、とも言われた。それが決め手だった。陳述を法廷で読み上げよう。だが自分でも思いがけないことに、自ら証言台に立つ気にはなれなかった。代わりに読んでほしいとアリソンに頼むと、彼女は快く承知してくれた。

アリソンの声を通じて、わたしは法廷で、どれほどアクロムの誠実さを信じていたかを語った。それなのに彼は、周到に計算しつくした手口で、お金ばかりか家や仕事など、わたしの持っているものすべてを奪った。彼の情けにすがるしかない状況に追いこまれ、家族や友だちとも引き離されて、彼のしかけた心理ゲームにはまって怯え続けていたことも語った。自分の利益のためだけに、こんな残酷な仕打ちで、わたしの人生をめちゃくちゃにするなんて。

経済的なことだけでなく、わたしは性的にも感情的にも凌辱されたのだ、と語った。アイデンティティの崩壊と病に苦しみ、生きていくのもつらかった。「感情や心の傷は、身体の傷ほど目立ちませんし、わたしは人前では平静を装ってしまう性格ですから。けれど、もしわたしが心に受けた傷が身体的なものだったら、こてんぱんに打ちのめされて見えたことでしょう。それがわたしの心と感情に起きたことなんです」

おしまいに、わたしはそれまで自分の強みだと思っていたことが、アクロムとの関係ではマイナスに働いたと話した。そして法廷に向かって、わたしの扱いは不当だったと思う、正義がきちんと行なわれ、マーク・アクロムが、二度とわたしにしたような形で誰かの人生を壊すことがないようにしてほしいと告げた。

その後、チャールズ・トーマスがアクロムの過去の罪を挙げてから事件の要約を始めた。それを聞きながら「違う！　大間違いよ！」と叫びたい気持ちになった。わたしがマーク・アクロムと出会ったとき、銀行口座にあった約80万ポンドは「大半が両親からの遺贈と離婚によるものです」というのだ。わたしのような女を言い表すのに、特にメディアがいつでも使う「離婚女性」という表現、それから、財産が離婚調停によるものだと決めつけるやり方には、ほとほとうんざりだ。離婚した男性だったらこんなことは言われない。「離婚した」という枕詞が男性に使われることすらほとんどないし、財産はすべて本人が稼いだもので「離婚調停の一部」とみなされることもない。まったく腹が立つ！　わたしが離婚したのはアクロムと出会う9年も前のことで、離婚調停では22年間の結婚生活の間、互いにコツコツ働いて得た財産を半分ずつ分与したのだ。元夫も同じだけのものを受け取っている。もっと正確に言えば、銀行にあったのはほとんどが、２００３年から２０１０年の間に価値が急上昇した家を売ったお金と、両親からの遺贈だったが、はっきり言って、このお金が銀行にあった理由を知って何になる？

被告人の軽減措置に話が移ると、ますます自制心を試されているような気になってきた。グドルーン・ヤング弁護士はお涙ちょうだいの言い訳ばかり並べ、根拠のない意見をところどころに挟みながら、大小とりまぜたアクロムの主張や嘘をシャボン玉のように法廷じゅうにばらまき、空中に漂わせておくという手を使った。

初めの嘆願は、スイスの刑務所で引渡しを待機していた期間（２３７日）とイギリスでの拘留期間１６７日を刑期の一部に含めてほしいというものだ。次に彼女は、この事件は不当なまでに世間の関心を引いたと言い、なかでも、アクロムがヨーロッパの十大逃亡犯の一人としてメディアに取り上げられたことを挙げた。明らかに、残りの凶悪犯たちとは、犯した罪の程度も種類も全く異なるのに。マーク・アクロムは、彼の話がすべて嘘だったという主張は受け入れがたく（わたしはそんな主張はしていない）、スイスの金融機関で働いていたのも、ニッキー・クラークを知っていたのも、七か国語を操れるのも、映像記憶を持っているのも事実だと言っているそうだ。イギリス政府機関の名前も出し、ＭＩ６にいた可能性をにおわせさえした。グドルーン・ヤングはこの最後のシャボン玉を思わせぶりに空中に漂わせ、それ以上は触れなかった。後はあなたたちの想像にお任せします、とばかりに。

同情を引くためか、アクロムが特権階級の生まれにもかかわらず、子ども時代が「不安定で落ち着かない」ものだったということが明かされた。父親はロイズに勤め、大金を稼ぎだしたが失いもした。家庭に愛情はなく、アクロムは十一歳で寄宿学校へやられた（わたしだってそうだけど）。こうしたことが重なって、アクロムは愛されていないという不安を植えつけられたのだという。アクロムは、家族を欺いたのは確かだが、父親はクレジットカードが使われたことを知っていたと言った。自分の過去は世間に思われているのとは違い、最初の結婚でもうけた小児麻痺の子どものために金を工面しようと、書類を偽造したのだとも。子どもたちがごく小さいときに最初の家族を捨てたくせに、そこには触れない。自分はとても子ども思いの父親で（子どもを思うあまり、芝居の片棒を担がせたというわけね）、今は妻ともども、新聞ダネにされてとても困っていると言う。

アクロムは、わたしを利用したことは認めているが、最初に惹かれた気持ちは混じりけのないもので、わたしのほうが彼に夢中になっていたと主張している。家庭があることこそ隠していたが、金がないこと、個人的な事情で正式な交際はできないことはわたしも承知だったはずと。証拠は、グドルーン・ヤングは次に、「二人は体の関係がなかった」と言った。ああ、それが事実なら。証拠は、と彼女は言った。わたし自らアクロムに宛てた手紙の中で「あなたはわたしの裸を見たことがない」、それに「一晩も共に過ごしたことがない」と書いていること、だそうだ。着ているものをすべて脱ぎ捨てなければ、あるいは、一晩過ごさなければセックスできないと思うようなうぶな人間が、この法廷に一人でもいるのかしら？　マーク・アクロムがいつだって早業を使う男だってことを忘れないでほしい。

「いいですか、皆さん」と彼女は言った。「アクロムは金を全部自分のために使ったんじゃありませんよ。かなりの金額が彼女を喜ばせるために使われました。たとえば、バースの豪奢な邸宅に住まわせるとか！　自分にのぼせあがった女性を利用しただけで、初めから詐欺をはたらこうと思ってたわけじゃありません。それに、刑務所でほかの受刑者たちに読み書きを教え、彼らを救う事業のパンフレットを作ってるんです」判事に提出されたそのパンフレットは、どう見てもお粗末だった。この間ずっと、アクロムはうなだれ、無表情のまま、ガラスのスクリーンの向こうで紙切れに何か書きつけているだけだった。

ピクトン判事が判決を言い渡す前にまた休廷になった。

20分後、わたしたちは判決を聞きに戻った。判事は、アクロムが初めからわたしを狙ったわけではないことは認めた――これは怪しいものだと思うが、本当のところは誰にもわからない――が、たくさんの嘘でわたしを苦しめて楽しみ、はなからお金を返すつもりもなく、返そうという努力もしなかったと述べた。「あなたは湯水のようにお金を使っていましたからね」と彼はアクロムに言った。マーク・アクロムは前科者で、たくさんの偽名を持ち、あらゆる手を尽くして逃げ回っていた。この裁きの場に引き出せたのは、ここにいるみんなの努力の賜物だ。

ピクトン判事は、アクロムの嘘をほぼすべて見抜いていた。判決に関しては、アクロムがわたしに与えた大きな傷と、司法の手を逃れようとした点を考慮すれば、情状酌量の余地はほんのわずかしかない、と彼は言う。有罪答弁をしたことで、アクロムは公費を若干節約し、わたしは裁判に耐えなくてすんだ。でも、有罪答弁と引き換えにアクロムが受けられる減刑は法定の10パーセントまで。彼の妻と家族が今陥っている状況は、ひとえに彼自身が招いた結果だ。「奥さんとお子さんたちは、巻きこまれて災難でしたね」

「裁判になっていれば、6年と4か月の判決を下していたはずですが、答弁取引となったので、あなたの刑は5年と8か月。拘留期間は差し引かれ、一五件の未決の罪状はファイルに残されます」

閉廷後、外へ出ようとしながら、わたしの証人意見陳述はたしかに判決に影響を与えたのだ、と気づいた。4か月分だけだが。法廷で読み上げてもらってよかった。たいした違いでないとしても、その分アクロムを塀の向こうに長く閉じこめておけることになったんだから。もっと大切なのは、アクロムとの関係がわたしにどんな影響を及ぼしたか、みんなに知ってもらえたことだ。わたしは強気な顔の裏に脆い女を隠していた。弱さを見せないようにというしつけの賜物だ。だが、弱さこそ人間のあかし。さらけ出せば、助けてくれる人はたくさんいる。

裁判所内で少し時間をつぶしてから、クレアとヘレンに挟まれ、アダム・バンティングやアリソン・ハリスに付き添われて外に出ると、記者たちが待っていた。外に集まった友だちは大きな笑みを浮かべながら喋っている。すべてが終わったのだと思うと、何だか信じられない気持ちだ。勝ったんだとはしゃぐ気にもなれず、公正な裁きが行なわれたという気もしないけれど、大きな重荷が肩から取り除かれた安堵は感じる。アダムが口を開き、わたしはどうせ「われわれは公訴局や各国の仲間たちと連携し……」というようなありきたりのセリフを聞かされるんだろうと、冷めた気持ちでいた。ところが、彼の口から出たのは全く違う言葉だった。ずっと鋭く力強い言葉。

「マーク・アクロムは詐欺の常習犯です。病的な嘘つきで、妄想癖もある。長年にわたって、関わる人の人生を破壊してきました。人心を操るのが巧みで利己的な男です。家族との贅を尽くした暮らしは、他人の人生を壊すことで得られたものなのです。

マーク・アクロムは起訴されてからずっと無罪を主張してきました。今日、冒頭で有罪を認めたのは、あまりに多くの証拠がつきつけられたからにほかなりません。皆さんの前で、この事件の被害者キャロリン・ウッズさんに感謝を捧げたい。その勇気に、その強さに、そして、アクロムに正当な裁きを受けさせたいという強い意志に。本日下された判決で、彼女の気持ちに区切りがつき、新しい人生に踏み出せるようにと願っています」

10分後、ホテルに戻ったわたしは、友人たちに迎えられた。当初予定されていた証言初日を元気づけようと集まってくれた人たちが、笑いさざめきながらシャンパンを頼んでくれた。みんなと祝いながら、わたしは心からの幸せを感じた。マーク・アクロムは、これまでずっと億万長者として暮らしてきたかもしれないが、今のわたしには遠く及ばない。出会ってたった48時間後に、ベッドの中で彼が言った言葉が頭の中で響いた。「ぼくは、心から愛したことも愛されたこともないんだ」あのときは、それは間違いだと思ったが、今はわかる。彼は愛することができないのだ。そして、彼のような人間を誰が心から愛せるというのだろう？　それにひきかえわたしは、家族や友人、恋人との間で、ちゃんと愛し、愛される関係を築けている。お金の面でどんな状況にあろうとも、わたしの人生は彼の人生よりずっと豊かだ。

翌日、ラーラとエマと一緒に、仕事を離れてアダム、ヘレン、クレアと昼食をとることにしていた。アダムは、捜査のこと、法廷であったことについて、できる限りどんな質問にも答えたいと言っていた。

この日もブリストルは暖かい夏日だったので、わたしたちは川べりのレストランにテーブルを取った。注文を取りに来たウェイトレスに、お飲み物は何にしますかと聞かれ、わたしは一瞬ためらった。この人たちの前では、いつもわたしはきちんとした態度で接し、緊張を解いたことがない。彼らの目が気になった。

「白ワインを一杯頂きたいわ」わたしは言った。

「サイズはレギュラー？　それともラージですか？」ペンを構えながらウェイトレスが尋ねる。

わたしはまたもやためらった。

「ラージでいこう！」アダムが言い、それで緊張は一気にほぐれた。そう、ラージでいこう。

打ち解けたムードのなか、舞台裏で何が進行していたかが語られた。わたしには事前に話せなかったことだ。わたしが重要な証人になるのではとにらんでいたポール・カウアーだが、結局、警察はアクロムの駒に過ぎないとして釈放していた。この犯罪では何の得るところもなさそうだったので、アクロムのほうが黒幕だと判断したのだ。証人として呼ぶことも検討されたが、しかし検察側は最終的に、彼を証人に立てると、どちらの罪が重いのか陪審員が混乱するのではと危惧した。とりわけ、アクロムのほうが知的で理路整然と話せるし、演技も一流だから。涙でも流せば陪審員のあわれを誘うだろう。これまでの裁判でもやってきたことだ。というわけで、ポール・カウアーは裁判が始まる4週間前になって、舞台から去った。

細かな規定を根拠に引渡しの不当性を訴えることも、証人としてのポール・カウアーの信頼性に疑問を呈することもできなくなったアクロムの弁護団は、新たな道を考え出した。彼らは、わたしが捜査を攪乱するために、警察に対して情報を隠したり小出しにしたりしたのではないかと抗弁したのだ。これが、警察との話し合いに関する資料をすべて開示するように言われたときのことだ。わたしがアクロムとの関係で勝手な妄想を膨らませたのだと主張するつもりだった。わたしの手記を読んでいたアクロム側の弁護団は、こちらの主張を正確に把握していたので、それを利用して、手記に書かれたアクロムとの関係が妄想だと陪審員たちを納得させられると思ったのだ。特に、法廷に現れた彼が、誰も振り返りもしない、あか抜けない平凡な男だったらなおさらのこと。

そう思うとぞっとする。たしかに、わたしの手記は一見、妄想じみていたが、その主張を裏づける検察側の証拠があるのに、弁護団はどうやってそこをごまかすつもりだったのだろうか。今となってはわからないが、いずれにしろそういう事態にはならなくてよかった。

正義が行なわれるのを見届けようと決めたのは、お金を取り戻したかったからではない。あのクズ男に、わたしにした仕打ちの報いを必ず受けさせてやる、という気持ちからだ。どうかほかの人も、勇気を出して声を上げてほしい。わたしの例を知って、これからみんながあらゆる種類の不正に立ち向かってくれることを願っている。わたしたちが今生きているのは、頂点に上りつめるためなら他人をどんなに踏みつけにしてもよしとされるような時代だ。それは間違っている。みんなが勇気を出して不正を暴かなければならない。事の善悪を見定める目を取り戻し、自分の利益のために人を苦しめる人間を見過ごしてはならない。世間では、良心も責任感も思いやりもどんどん薄れているらしい。インターネットの世界で顕著な傾向だが、そのあおりか、現実世界の人間関係もますます希薄になっている。

警察はこの事件を「大変な難事件」だったと言った。関わった警官たちがそれまで経験したことのないような長く入り組んだ捜査は、イギリスとヨーロッパをまたいだ司法当局が扱わねばならなかったためだろう。

4年間、公式なつきあいしかしてこなかった三人と、こうして非公式に話し合えたことはほんとうによかった。この人たちは、不利な状況と限られた人手にも負けず、世界をよくしようと闘う善き人たちなのだ。刑事裁判のあり方には深刻な欠陥があるし、そこは正されなければならないとも思うが、それについてこの三人を責めることはできない。『謎の弁護士』では、公訴局についてこう書かれている。

発足当時から資金不足なうえに、人員の三分の一と予算の四分の一を減らされた状態で、本来の機能を果たせる機関など、どの分野を見ても存在しない。さらにその組織が頼る先が、同時期に全体の13パーセントに当たる二万人近い警官を減らされ、20パーセントの予算カットを余儀なくされてきた国家警察であれば、過ちが起こる可能性はもっと大きくなるだろう。
アダムはあらためて、最初に事件として迅速に取り扱わず、真剣にとらえなかったことを詫びた。単純な詐欺事件だと思ったし、詐欺事件を扱いたがる人間はいないのだ。「強い態度で捜査を成功に導いてくれてありがとう。僕がにらむところ、アクロムは土壇場で勝ち目がないと知ってあきらめたんでしょうね」と言った。「土壇場で崩れてしまうのはあなたのほうだと思ってた、でも恐れずに彼に立ち向かうのがわかり、あなたの傷を最小限に抑えるために答弁取引をしようと決めたんです」と。『謎の弁護士』にもこうある。

多くの弁護士が、裁判当日ギリギリになって有罪答弁を行なう理由の一つは、時機を待っているからである。検察側のミスが発覚したり、重要な証人が決意を翻したり――家庭内暴力の場合によくあるのだが――して、被告が罪を免れることがあるからだ。

何度も言ってきたとおり、わたしはそれまで自分の強みだと思っていた性質が、マーク・アクロムとの一件では不利に働き、自分を破滅に追いやったのだと思っていた。弱みを見せないところ、辛抱強さ、正しいと思ったことをやり抜く気力が。だが最後にわかったのは、わたしが自分で思っていた以上に強く、まさにそうした性質が土壇場で彼を倒すのに役立ったということだ。

第十六章　日の輝く場所

彼女には、この世界を日の輝く場所とみなそうとする固い信念があった。
ヘンリー・ジェイムズ『ある婦人の肖像』

マーク・アクロムとの関係を綴ったこの手記で、彼がいかにしてわたしを操り、欺瞞の芽を育ててきたかをお伝えできただろうか。そもそもの発端は彼に魅了されたことだった。魅了する、つまり誰かの注意を強烈に引くこと。心を奪う、夢中にさせる、うっとりさせる、幻惑する、惑わす、そんなふうに言い換えてもいい。マーク・アクロムはこのすべてをわたしにしかけた。

ただ魅了されただけではない。彼の謎めいた雰囲気は、目の前に差し出されたパズルだった。パズルはわたしの趣味で、あの18か月間、このパズルを完成させれば何が起きているのかがわかり、〝未来予想図〟が描けると思って必死になっていた。肝心なピースが欠けているのにも気づかずに。マークの話はどんなに突拍子もないものでも、人を説得する力があった。いや、むしろ突拍子もないからこそ、そんな作り話はありえないと誰もが信じてしまうのかもしれない。今思えば、ヘア・アンド・ハウンズ・ホテルでのあの初デートの日、彼はすでにわたしの心にそう思わせる種を蒔いていた。それにしても非凡な人生ねと言ったわたしに、彼は答えた。「そのとおり。非凡な人生さ。映画みたいだけど、そんな脚本を書こうとは、誰も思わない」。あらゆることに答えを用意し、一瞬のためらいもない。あんなにやすやすと、あんなに長いこと嘘をつきとおす人間がいるなんて、想像すらしなかった。今こうしてアクロムの冷酷さを知った後の目で振り返ってみると、「魅了する」

の語源の「射すくめる」という言葉こそ、わたしをとらえて離さなかったあの魔力を表すのにぴったりだと思う。ヘビが獲物をじっと見つめ、動けなくさせてしまう様子を表すのに使う言葉だ。ロバート・ヘアも『良心の欠如』で書いている。

サイコパスの被害に遭った人たちは一様に、こんな自問を繰り返す。「なぜ自分はあんなに愚かだったんだろう？　なぜあんなたわごとを信じてしまったんだろう？」と。被害者たちが自問しないとしても、ほかの誰かが必ず訊く。「なんでまた、そんな罠にかかったんだい？」。被害者たちは一様にこう答える。「きみもその場にいてごらん。そのときは理にかなった、いかにもありそうな話に思えるんだよ」。意味は明白で、その場にいればきみだってだまされていたよ、というのだ。そしてそれはほぼ真実だ……悲しいことに人間とは脆いもので、狡猾なサイコパスに狙われて、その企みに屈しないでいられるほど、人の性質を知り尽くした賢い人など、めったにいるものではない。

マーク・アクロムの正体に気づく前は、わたしの頭がおかしくなったのかと思った。ある意味ではそのとおりだったと思う。おかしくなった頭に理性がしみこむにも、新しい脳神経が発達して回復し始めるにも、とてつもなく長い時間がかかる。わたしが愛したのはマーク・アクロムではない。マーク・コンウェイという、彼がわたしのためだけに作りあげた人格だ。おかしくなった頭と壊れてしまった心に、これを納得させるのはとても難しかった。マーク・コンウェイは勇敢で高潔でユーモアがあり、勤勉で完全無欠。マーク・アクロムは正反対の人間だ。支配欲に取りつかれて無防備な人間に寄生し、相手をしぼりつくす。目的はただ、自分の歪んだ欲望を満たすため。そこには勇気も高潔さもない。２０１２年1月に店に入ってきたのは虚像のマーク・コンウェイで、間もなくマーク・アクロムが顔をのぞかせ、すり替わった。アクロムはいくつもの顔を持つ男で、その一つに惹きつけられた人はあっという間に混乱に陥り、自分がバラバラになって二度と元に戻らないように思えてしまう。元へ戻る道のりは長く険しい。

アクロムに出会う前のわたしは、陽気でポジティブな人間だった。それが彼にのめりこむや思考停止に陥り、猜疑心の塊になっていた。パニック障害や閉所恐怖症、広場恐怖症に苦しみ、激しい気分の浮き沈みや鬱に悩まされ、集中力がほとんどなくなって本を読むことすらできなくなっていた。真相を知ってからたっぷり1年間、ラジオ4を聴くのも耐えられなかった。経済ニュースを聞くと、どれだけの財産を失ったのか思い知らされたからだ。あちこちの家に下がった〝売物件〟の札を見ては、本来ならわたしが買えたのにと思うのも耐えがたかった。そこからずいぶん長い道のりを経たが、まだまだ試練は続くだろう。

6年間にわたる警察の捜査を思い出し、なんという時間と労力の無駄遣いだったかと思うこともある。あんなに大変だとわかっていたら、身体的にも精神的にもあれほど健康を損なうとわかっていたら、やり抜けただろうか？　答えは永遠に出ない。捜査の途中、時間ばかりがいたずらに過ぎ、正義は決して行なわれないと感じたときには、何度もくじけそうになった。欧州逮捕令状の許可、スイスでのアクロムの逮捕、引渡し、そして最終的な有罪判決に至るまで、自分が見せた不屈の意志に誇りと達成感はあるが、高揚感はない。時間と健康という面で、わたしが払った代償は計り知れないから。アクロムは5年8か月の判決を受けたが、実際に刑務所で過ごすのはせいぜいそのうちの半分の期間だろう。それでも、彼に立ち向かい、ほんの数年であっても刑に服させることができたのは大きな喜びだ。残念ながら、釈放されるが早いか彼は間違いなくまた同じ罪を犯すだろう。だがもう彼のことは忘れよう。とても頭の切れる、口がうまい人間だったが、ひと皮むけばどこにでもいるただの犯罪者。軽蔑にも値しない。

わたしの夢は今も変わらない。安心し、ゆったりできる自分の家が欲しい。わたしはかねがね、苦境に立たされたら生きていくためにどんな仕事でもするだろうと思っていたが、今回のことでわかった。自分にとって何の価値もないことをするくらいなら、むしろ何もしないほうがいい。前の家のローンを払い終えるのには30年かかったが、もう今のわたしにそれだけの時間は残されていないから、夢がかなうことはないかも。それでもまずできることから一歩ずつだ。

この物語を綴るなかで、どうしても苦しみや痛みのほうに重点が置かれてしまったが、そうした最悪の時期でさえ、喜びに満ちた奇跡の瞬間は何度もあった。マーク・アクロムの厚かましさを笑い飛ばさずにはいられない瞬間さえも。

幸運なことに、わたしは自然があれば大いに楽しめる人間だ。散歩に出て、野ウサギやミズハタネズミ、オコジョ、コガモや白鳥の子など野生の動物に出会えればそれだけで気持ちが晴れる。牧草地で羊や牛を眺めるのも楽しい。カラスエンドウの花が咲く野原の匂い、7月になると花をつける菩提樹の並木道、春にはキンポウゲの原っぱを歩くのもいい。夜にはインクを流したような空に吸いこまれるように浮かぶ星や月を眺め、草原の向こうの森から聞こえるフクロウの鳴き声に耳を傾ける。田園地帯での暮らしは、ほかの何よりもわたしにとっての癒しだ。窓からの風景を眺めて、こんな美しい景色の中で暮らせることに感謝を捧げない日は一日もない。

ここ数年の間に、住所録をずいぶん吟味した。初めは、自称友だちの態度に深く傷ついた。かなりつらい経験だったが、思いめぐらす余裕ができてみると、うわべだけの友情というおいしそうなリンゴの中に潜むウジ虫が見つかってよかったと思えるようになった。そんなリンゴはもういらない。

その一方で、たくさんの人が手を差し伸べてくれた。一時の宿、食べるものや着るものなど、あらゆる形で。学生時代からの旧友から、つい最近まで見も知らぬ他人だった新しい友人まで、こうした人たちから受けた親切を、わたしは決して忘れない。わたしの話がメディアで取り上げられたときに送られてきた励ましのメッセージにも、大いに元気づけられた。

では、この物語に登場した人々とは、その後どうなったのか？　途中で途絶えてしまった関係もあれば、一時は揺らいだが強まった関係もある。それに、何があっても揺らがなかった関係も。

ユーマとアントニーとは、口論になって荷物を放り出されたあの日から会っていない。ユーマには2014年にメッセージを送り、わたしが2年前にあげたものを、どれでもいいから返してくれないかと頼んだことがあった。1か月後に来た彼女からの返信は、わたしの近況を詳しく聞きたいから、一緒にランチしましょうというものだった。返事はしていない。

アンは今でもいちばんの親友だ。すっかり大きくなった子どもたちと一緒に、イギリスのアウトドアを楽しんでいる。

弟のニックと妻のアナリーサとは、何年もぎこちない関係が続いた。わたしがアクロムと出会ったとき、二人が本心から救おうとしてくれたのは疑いない。なぜか会う前からアクロムの正体を見抜いていた二人にとって、わたしが忠告を聞こうともせずに背を向けてしまったのは、どれほど腹立たしかったことだろう。ニックとは2年半もほぼ没交渉だったし、アナリーサとは、2012年11月にブロック・ストリートに来てもらって以来、2018年のクリスマスまで二度しか会っていない。一度は2016年のわたしの元夫の葬式で、二度目は2018年9月の彼らの娘の結婚式で。最近やっと、わだかまりが少しずつ解け始めている。2018年のクリスマスは一緒に過ごし、案外みんな楽しそうな様子だった。ぎこちない空気も消え、わたし自身もとても楽しかった。関係修復にまだ時間はかかるだろうし、完全に元どおりにはならないかもしれないが、このまま家族としてやっていける自信がある。だって心の奥底では、わたしたちみんな、それを望んでいるのだから。マーティンとは友だちとして、今も連絡を取り合っている。ついにドキュメンタリー番組『詐欺師：マーク・アクロムの人生とその罪』が完成し、2019年の9月にスカイ・クライムチャンネルで放送され、今はユーチューブでも見られる。これはお勧めだ。何とチャーリーズ・エンジェルその人にも会ってインタビューしたという。彼とわたし(それからチャーリーズ・エンジェル)はいつか届くだろうマーク・アクロムのニュースに目を光らせておかなくちゃ。わたしと同じ苦境に陥った人に向けるアドバイスはこうだ。「調査の腕があるジャーナリストを見つけて、手を貸してもらいなさい」

2019年11月、エイボン&サマセット警察のウェブサイトで、アダム・バンティング主任警部とヘレン・ホルト部長刑事、それにクレア・ボール刑事が、マーク・アクロムの居場所を突き止め、逮捕したことで表彰されたと発表があった。

これを書いている時点(2020年1月)では、マーク・アクロムは刑務所にいて、犯罪収益法に基づき、彼に資産があるかどうかの捜査が行なわれている。驚くにはあたらないが、彼は資産がないと申し立てているので、わたしが彼に貸したお金が1ペニーでも返ってくる見込みは薄そうだ。個人的な意見を言わせてもらえば、彼は永遠に閉じこめておくべきだ。常習犯で、社会に有害なのはわかりきっているんだから。でも現実には、彼は間もなく刑務所を出て、また人の金で億万長者の生活を送るだろう。次に狙われるのは誰の財産なのか？

この8年を振り返ってみると、わたしがこれまでやってこられた理由はただ一つ。わたしが母親だからだ。こんな人生にけりをつけたいと思ったことは何度もあるが、どんなに絶望的な状況でも、娘たちを残していくことはできなかった。二人はこの恐ろしい旅に同行してくれ、それまでの生涯で当たり前だった安全が奪い去られるのを見てきた。二人は、どんな子どもも見たくない、どんな母親も子どもに見せたくないわたしの姿を見てきた。ラーラは『テレグラフ』に寄せてこんな記事を書いている。

その後、何日も何週間も、母はわたしの家で、わたしのソファで眠りました。毎朝仕事に出かけるときに、涙ながらに横たわるその姿を見て、胸が張り裂けそうでした。まるで役割が変わり、わたしが親で母が子どもになってしまったようなつらい気持ちだったんです。

記事はこう結んである。

母は何もかもなくしました。お金も、仕事も、家も、安心感も自信も、他人の善意を信じる気持ちも。でも一つだけ、彼が奪えなかったものがあります。それはわたしたち娘に対する愛です。この数年間に起きた一つひとつのできごとが、わたしたちの絆を断ち切るのではなく強め、わたしたちは、これが何にも増して大切なことだと知っています。

わたしを生かしてくれたのは、この互いへの愛情だった。マーク・アクロムにも言ったとおり、娘たちはすべての点において美しい。あの子たちがいてくれてほんとうによかった。これからはふつうの家族として、何年も共に楽しく過ごすのだ。

つらい試練を受けたにもかかわらず、天性の楽観主義は消えるどころか日々強くなっているようで、相変わらずあまり先のことは考えない。人生は当てにならないものだから。でも刹那的な生き方はもうしない。来週、来月のこと、時には来年のことを考えて、この本がベストセラーになるかしら、なんて想像したりもする。もしかしたら、いつかそのうち、自分のものと呼べる家が買えるかもしれない。もう一度、一から人生をやり直せる家が。先のことはわからないんだから。

そしてジェームズは？　わたしたちは結婚してはいないけれど、一緒に暮らしている。2018年の終わりに、変化の兆しを感じたと、そして、2019年の最初の数週間は嵐の前の静けさだと書いたのを覚えておいでだろうか。そう、マーク・アクロムの突然の引渡しに伴う騒動のほかに、私生活のほうも劇的に変化していたのだ。1月末、ジェームズとわたしはスコットランドの美しい場所に建つ、じつにすてきな貸家を見にいった。3月1日に引っ越したその家を、わたしたちはとても気に入っている。家には猫もいて、言葉で表せないほどの喜びを与えてくれる。またペットが飼えるのはいいものだ。それに、新しい景色を探索し、たとえ仮住まいでも家をきれいに整えるのは楽しい。もう何キロも歩き回って写真も山ほど撮った。健康のバロメーターは安定というわけだ。ジェームズとわたしが共に過ごした6年間の日々は苦難の連続だったが、わたしたちは互いにできる限り支え合っている。これまでも楽しい時間を過ごしてきたし、これからももっと過ごせるだろう。天の定めた理想の関係とはほど遠い始まりだったが、わたしたちなりのささやかな幸せを見つけて暮らしている。日々、その恵みに感謝しながら。

謝辞

マーク・アクロムと関わった後で、わたしに手を差し伸べてくれたすべての人たちに感謝を捧げます。泊まる場所、仕事、食事、お金、衣服、精神的な支え、それにヘアカットのような贅沢で、人生のつらい時期を耐え抜く力を与えてくれた人たち。あなた方の助けがなければ、わたしは今こうしてこの物語を書いてはいなかったでしょう。

この本を出版するにあたって、わたしの話に関心を示してくれたスチュアート・ヒギンズ氏にお礼を申し上げます。何年にもわたる氏の協力は、たいへん貴重なものでした。そして、スチュアートに紹介されたマーティン・ブラント氏が、粘り強く懸命に働いてくれたおかげで、この話はメディアに取り上げられ、ひいてはアクロム逮捕につながったのです。スチュアートとマーティンは、警察での取り調べの際も、この本の執筆中も、ずっと陰にひなたにわたしを励まし続けてくれました。

マーティンが紹介してくれた出版エージェンシー、デイヴィッド・ハイアム・アソシエーツのアンドリュー・ゴードン氏には、出版の機会を与えていただき、言葉に尽くせないほど感謝しています。彼には、ダメ出しと励ましとアドバイスを同じくらいもらいました。時に怖気づくわたしを力づけてくれる彼との作業はじつに楽しいものでした。

ハーパーコリンズ社の編集者ケリー・エリス氏がこの物語に注いでくれた限りない情熱にも感謝します。また、新型コロナのパンデミックのさなかという困難極まる状況で、この本を世に送り出そうと奮闘してくださったすべての関係者の方々にも、感謝を捧げます。

家族も友人も含め、出版前に原稿を読んでもらったのはただ一人——娘のラーラだけですが、彼女の懸命な支えと励ましには、いくら感謝してもしきれません。娘エマの励ましも、それに、わたしたちみんなが忌み嫌うあの男について、ともすれば喋りすぎるわたしを黙って見守ってくれた彼女の忍耐も、ほんとうにありがたいものでした。

最後に、ジェームズに心からの感謝を。わたしは必ずしもそうじゃないのに、あなたはいつも穏やかで優しいわ。ほんとうにありがとう。

訳者あとがき

「事実は小説より奇なり」という言葉がこれほど似合う本も珍しい。

詐欺事件に巻き込まれた女性の数年間を描いたドキュメンタリー、つまり実話であるにもかかわらず、奇想天外なエピソードの数々に、いつの間にか私の脳内ではフィクションにすり替わってい て「大丈夫、必ずここで主人公が救われる展開になるはず」と思っている自分に気づき、はっとすることもしばしばだった。

著者である主人公キャロリンは五〇代後半。独身に戻り、子どもたちを立派に育て上げ、これから第二の人生を楽しもうと希望にあふれていた矢先に、思わぬ落とし穴にはまってしまう。

ある日、マークと名乗る男性が、キャロリンの働く店を訪れたことがすべての発端だ。それまで出会った男性とは全く違う魅力を感じ、あっという間に彼と恋に落ちてしまうが、彼女の行く手に待っていたのは……。

キャロリンは自らも認めているとおり、もともと明るく活発で感情豊かな性格だ。育ちがよく、ひねくれたところもない魅力的な女性なのだろう。ところが、まさにその長所を詐欺師でありサイコパスでもある人間に、巧みに利用されてしまうとは。

最近の心理研究で、サイコパスがどのような特徴を持っているのか、かなりはっきりわかってきているようだ。「見た目が魅力的」「人の心を巧みに操る」「常に自信たっぷり」という特徴を知れば、知り合ってすぐにその魅力にころりと参ってしまうのも無理はない。そのうち、マークがそうだったように「病的な嘘つき」「責任感の欠如」「犯罪に対する抵抗力が弱い」といった厄介な（というか人間関係には致命的な）特徴が顔を出すようになっても、いったん魅力にとらわれてしまった人がそこから抜け出すのは容易ではないようだ。「なぜ気づかなかったのか」「そんな言葉にだまされるなんてありえない」と周りは思うのだろうが、いざそんな人格の持ち主が目の前に現れたら？

本書を読むと、サイコパスにしても詐欺師にしても、相手の弱点を見抜いてそこにつけこむのがとてもうまいということがよくわかる。キャロリンの場合は、自分でも気づかなかった密かな孤独感だった。英国で「孤独問題担当大臣」が任命されたというのも記憶に新しい。孤独がつらいのは日本でも同じこと、いや、世界各国共通のことなのだろう。人間は寂しさに弱い生き物だ。「今日は暖かいね」と言葉をかけ、「そうだね」と返してもらうだけでいいのに、いきなりひとりになったキャロリンの心の中には、そういう些細な喜びがなくなった寂しさがあったのだと思う。誰でもひとりになる可能性がある以上、この作品で描かれるできごとは誰の身に起きても不思議はない。寂しさから詐欺に遭ってしまうという事態をどうすれば防げるのか、どうすればそこから立ち直れるのか、簡単に答えは出ないけれど、キャロリンが娘たちや友だちの支えを頼りに闘い抜いた姿勢にそのヒントがあると思う。たいていの人が泣き寝入りしてしまうところを、彼女は決してあきらめず、罪が罪と認められるまで知力と精神力を尽くして闘った。とても称賛に値する行為だと思う。

キャロリンの物語を読んだ人が、見かけの華やかさに惑わされず、身の回りにある本当の優しさ、本当の善意を意識するようになってくれたら、訳者としてこんなに嬉しいことはない。

下田明子

著者　キャロリン・ウッズ　Carolyn Woods

著者キャロリン・ウッズは、イースト・アングリア大学で比較文学とフランス語を専攻した。彼女の信念は、自分の頭で考えること、自分の行動に責任を持つこと、さまざまな視点から世の中を見ようと努めること。人に言わせると、彼女の三つの美点は、陽気で寛大で立ち直りが早いところであり、三つの欠点は、カッとなりやすく頑固、それに後先考えず自分に不利な行為に走ってしまうところだという。生来の楽天家で、いつも前向きな姿勢を崩さず、人生で一番つらい時期でもそれは変わらなかった。今は田園地帯に猫と暮らす静かな生活に、たいへん満足している。

訳者　下田明子　Akiko Shimoda

英日翻訳者。早稲田大学第一文学部卒。訳書に『300点の写真とイラストで大図解　世界史』(ジェレミー・ブラック著・ニュートン・プレス社)、共訳書に『若い読者のためのアメリカ史』(ジェームズ・ウエスト・デイビッドソン著・すばる舎)、『パスタ』(クーネマン社)、『エコ・デザイン・ハンドブック』(アラステア・ファード=ルーク著・六耀社)、『男と時計の物語』(マット・フラネック著・K&Bパブリッシャーズ)、『性格バイブル-性格を変えてなりたい自分になる方法-』(クリスチャン・ジャレット著・K&Bパブリッシャーズ)がある。

サイコパスに恋をして

2023年3月20日　初版第1刷発行

著　者　　キャロリン・ウッズ
訳　者　　下田明子

発行者　　河村季里
発行所　　株式会社 K&Bパブリッシャーズ
〒101-0054　東京都千代田区神田錦町2-7 戸田ビル3F
電話03-3294-2771　FAX 03-3294-2772
E-Mail　info@kb-p.co.jp
URL　http://www.kb-p.co.jp

印刷・製本　　中央精版印刷株式会社

落丁・乱丁本は送料負担でお取り替えいたします。

ISBN978-4-902800-86-9